Brian Moore

Ich bin Mary Dunne

Roman

Aus dem Englischen von Hermann Stiehl

Diogenes

Titel der 1968 bei The Viking Press, New York,
erschienenen Originalausgabe:
›I am Mary Dunne‹

Umschlagillustration:
Paul Gauguin, ›Bildnis Madeleine Bernard‹
1888 (Ausschnitt)

Meiner Frau Jean gewidmet

Veröffentlicht als Diogenes Taschenbuch, 1991

80/91/43/1
ISBN 3 257 22431 1

O Körper, schwingend zur Musik, o heller Augen Glanz,
O wie noch unterscheiden wir den Tänzer von dem Tanz?

W. B. Yeats

Cogito ergo sum. Ich schließe die Augen und versetze mich in die Zeit vor siebzehn Jahren. Schwester Marie-Thérèse malt den Satz an die Tafel. Ihr Arm ist bis zum Ellenbogen entblößt: Den Ärmel ihrer Tracht hat sie wegen des Kreidestaubs hochgekrempelt. »Ich denke, also bin ich«, sagt sie. Das Lateinische ist ein beliebiger Text, der übersetzt werden soll, aber die englischen Worte machen mich stutzig, meine Hand schnellt in die Höhe (was sonst nicht meine Art ist), und als Schwester Marie-Thérèse zu mir hersieht, frage ich, ob es nicht richtiger sei, *»Memento ergo sum«* zu sagen.

»Memento?« fragt sie mit ihrem etwas frostigen Lächeln.

»Ja, Schwester. Ich erinnere mich, also bin ich.«

Sie schickt forschend ihr Lächeln aus, aber in der Klasse hat kein anderes Mädchen dazu etwas zu sagen. Das Lächeln bedeutete etwa: »Ein dummes Mädchen hat Descartes mißverstanden« oder »Sieh einer an, da haben wir doch einmal die Aufmerksamkeit der Mary Dunne erweckt«.

»Und warum würdest du es lieber so sagen?« fragt sie.

»Weil –« ich bin fünfzehn – »weil wir das sind, woran wir uns erinnern.«

»Interessant«, sagt Schwester Marie-Thérèse, aber hat sie das wirklich gedacht? Hat sie sich eine Stunde später noch an unser Gespräch erinnert? Ich habe mich siebzehn Jahre lang daran erinnert und es nicht vergessen. Wenn wir sind, woran wir uns erinnern, ist dann das Mädchen, das ich war, gestorben, weil ich es vergessen habe? So wie ich jetzt vielleicht zu sterben beginne, weil irgendein zukünftiges Ich mich nicht im Gedächtnis behalten wird?

Warum ist mir das gerade jetzt eingefallen? Es ging doch ganz gut, bis ich plötzlich an den Tod denken mußte, und jetzt hämmert mein Herz wieder laut, halt, halt, ich muß mich daran erinnern, wie tröstlich es war, die Augen zu schließen und in die Vergangenheit zurückzuwandern, wo sie schon auf mich warteten, Schwester Marie-Thérèse und die Klasse. Wenn ich mich so weit und so deutlich zurückerinnern kann, dann sei still, Herz, beruhige dich, du hast nichts zu befürchten.

Ich rede meinem Herzen zu, wie ich einem einfältigen Menschen zureden würde. Ich sage ihm, daß es ein völlig normales Herz ist: Der Grund seiner Aufregung ist Besorgnis. Ich sage ihm, kein Wunder, daß es sich so aufregt nach einem Tag wie diesem und vor allem wegen dieser Geschichte mit Hat heute abend. Aber das hat nichts mit mir zu tun, ganz gleich, was die Leute sagen, es hat nichts mit mir zu tun, es ist längst vorbei und erledigt, ich liebe jetzt Terence, ich bin endlich glücklich verheiratet, das einzige, was uns fehlt, sind Kinder, aber das kommt noch, der Doktor sagt, wir sind beide gesund, also wird das auch noch klappen. Ja, wenn ich heute abend schwanger wäre, würde mein Herz nicht so wild klopfen, denn der wirkliche Grund meiner Aufregung ist physischer Natur, ich bekomme jetzt jeden Augenblick meine Tage, deshalb war ich den ganzen Tag durcheinander, deshalb diese Angst, daß ich etwas vergessen könnte. Es begann heute morgen, als die Empfangsdame beim Friseur meinen Namen vergessen hatte, damit fing alles an, und ich wette, daß ich keineswegs mein Gedächtnis verloren habe, sondern alles, was heute geschehen ist, genau beschreiben könnte, wenn ich mir Mühe gäbe, alles, was ich gedacht, gesagt und getan habe. Aber was würde das schon beweisen? Wenn man sagt, man erinnert sich an alles, was einem im Leben widerfahren ist, dann macht man sich etwas vor. Denn wenn ich jetzt versuchte, einem anderen die Geschichte meines Lebens zu erzählen, käme sie dann nicht genauso bruchstückhaft und vergilbt hervor wie die alten Fotoalben, Notizbücher und Briefe, die jeder in irgendeiner Schublade aufbewahrt? Was weiß ich schon von meinem Leben – wäre es mehr als ein verregneter Filmstreifen voller Schnitte, mehr als ein subjektives Porträt meiner Eltern, mehr als eine Aufzählung der Orte, an denen ich mich aufhielt, der Menschen, die ich kennenlernte, und würde das alles eine Vorstellung etwa davon geben, wie ich über Sex oder Kinder denke, was ich von etwas so Trivialem wie der Reinigung des Ofengrills halte oder von etwas so Schrecklichem wie dieser Sache mit Hat?

Nein. Ich darf nicht an Hat denken. Ich sollte mich lieber mit etwas Konstruktivem befassen, mir zum Beispiel überlegen, warum ich heute morgen meinen Namen nicht wußte. Damit sollte ich anfangen, denn der Tag begann in Wirklichkeit um halb zwölf heute morgen im Golden-Door-Frisiersalon, als ich für Waschen und Legen bezahlte. Ich weiß noch, ich warf einen Blick zurück in den Raum, und mir fiel auf, daß man seit dem letzten Mal die Farben der Einrichtung geändert hatte. Ich sah sechs Frauen in scharlachroten Umhängen, die Köpfe unter den frischlackierten rosa Trockenhauben, die mich an Bischofsmützen erinnerten; die Frauen wurden zu Kardinälen, die beim Hochamt in ihren Bänken saßen, und dabei mußte ich an die verzerrten Kardinalsporträts von Francis Bacon denken; ich fragte mich, ob ich diese Gemälde zum erstenmal im Museum of Modern Art oder später mit Terence zusammen bei der großen Bacon-Ausstellung im Guggenheim-Museum gesehen hatte. Jedenfalls war ich ganz woanders, als die Frau an der Kasse mich nach meinem nächsten Termin fragte. Ich sagte, Donnerstag in einer Woche, wie üblich. Die Frau räusperte sich und sagte dann lächelnd: »Ist das nicht schrecklich? Ich weiß nicht, was heute morgen mit mir los ist – jetzt habe ich Ihren Namen vergessen.«

Ich erinnere mich, daß mich die Wut packte. Ich dachte, Herrgott, Sie haben mich doch oft genug gesehen, ich bin Stammkundin hier, warum müssen Sie ausgerechnet meinen Namen vergessen, wenn Sie die Namen aller anderen Kundinnen behalten? Ich habe oft gehört, wie Sie Damen, die von der Straße hereinkommen, mit Ihrem »Guten Tag, Mrs. Dies« und »Guten Tag, Mrs. Das« empfangen. Ich weiß, das war dumm von mir, aber kurz vor meinen Tagen bin ich nun mal so, und da stand sie vor mir, das Buch aufgeschlagen, Kugelschreiber in der Hand, und wartete darauf, meinen Namen eintragen zu können, meinen Namen – o Gott, ich hatte ihn auch vergessen.

Panik. Ich stehe da und lächle idiotisch diese idiotisch lächelnde Frau an, und in meinem Kopf geht es hin und her, wieheißichbloß, wieheißichbloß, wieheißichbloß? Und als mein Hirn immer leerer wurde, stellte sich plötzlich, um das Vakuum aufzufüllen, ein blödsinniger englischer Music-Hall-Vers ein, den ich vor Jahren einmal gehört hatte und seitdem nicht mehr los wurde, und so begann mitten in meinem verzweifelten Wieheißichbloß dieser verrückte Schlager in meinem Kopf loszuträllern:

Ich bin Big Gerties Tochter,
Der dicken Gertie Kind, jawoll.
Big Gerties Tochter,
Ja, ihre kleine Tochter,
Bin so, wie ich sein soll.

Und so stand ich, und in meinem leeren Kopf ging es im Kreis herum, Big Gerties Tochter, Big Gerties Tochter, wie wär's, wenn ich sagte, ich sei Big Gerties Tochter, und dieser Gedanke lockerte die Panikstimmung, so daß ich mich auf einmal sagen hörte: »Mrs. Phelan.«

»Natürlich«, erwiderte sie. »Mrs. Phelan.« Und schrieb den Namen in ihr Terminbuch. Als ich die Handtasche öffnete, um das Wechselgeld in meine kleine Geldbörse zu stecken, blickten mich aus der Tasche heraus Kreditkarten an. Die oberste war eine von der Firma Bloomingdale, und sie war ausgestellt auf den Namen *Mrs. Terence Lavery, 201 East 78th Street, NYC.*

Depression. Ich heiße nicht Phelan. Phelan hieß ich, als ich mit Jimmy verheiratet war, und mir wurde bewußt, daß Henry, der mich immer frisiert, die Achseln zucken würde, wenn er nächste Woche im Terminbuch »Phelan« las, und mich einem jüngeren Kollegen abtreten würde, weil er mich für eine unbekannte neue Kundin hielt. Aber während ich noch darüber nachdachte, sagte ich mir, was kann ich machen, ich kann mir irgendeinen Witz über meinen »Verflossenen« einfallen lassen; doch kann ich Frauen nicht ausstehen, die spöttische Bemerkungen dieser Art machen, und so sagte ich nichts, klappte die Handtasche zu und trat aus dem Frisiersalon hinaus auf die Madison Avenue, wo mir ein schrecklicher Wind entgegenwehte. Ich hatte vergessen, eine dieser kleinen Plastikhauben mitzunehmen, also waren acht Dollar fünfzig, mit Trinkgeld zehn, beim Teufel, wenn ich nicht sofort ein Taxi fand. Ich versuchte die Frisur mit der Handtasche zu schützen, eilte zur Kreuzung und wartete auf Grün, damit ich die Straße überqueren und mir drüben ein Taxi suchen konnte. Ein Mann näherte sich und blieb neben mir stehen. Ich hatte die Tasche vor dem Kopf, so daß ich ihn nicht richtig sehen konnte, aber ich wußte geradezu instinktiv, daß er der Typ des korrekten Bürgers war, so um die Dreißig oder Vierzig, kein Betrunkener, keiner, vor dem man sich in acht nehmen müßte. Dann wurde es grün. Ich wollte auf den Fahrdamm treten, aber der Mann legte mir die Hand auf den Arm und hielt mich an. Ich drehte mich zu ihm um und sah sein gerötetes Gesicht, die glänzenden Augen, das atemlose, erregte Lächeln.

»Ich möchte dich vögeln, Baby.«

Er lächelte, während er das sagte, er zeigte seine Zungenspitze, und ich wußte, daß er mit Wollust die Empörung auf meinem Gesicht genoß. Er ließ meinen Arm los, überquerte ganz schnell die Straße und verschwand auf der anderen Seite in der Menschenmenge, als hätte es ihn nie gegeben, während ich dastand wie die Katze im Zeichentrickfilm, nachdem ihr die pfiffige Maus eine tickende Bombe überreicht hat. Die Bombe explodiert, und wenn sich der Rauch verzogen hat, starrt die dumme Katze auf die Überreste der Bombe in ihrer Pfote. Pause. Dann zerfällt die Katze (ganz leise) in tausend Stücke.

Nun, im Augenblick vor meinem »Zerfall«, stand ich am Rand des Bürgersteigs und ließ vor meinem geistigen Auge eine Racheszene ablaufen. Wenn ich ihm nun nachliefe! Wenn ich ihn packte und ihm eins mit meiner Handtasche über den Kopf hieb! Es würde einen Auflauf geben, ein

Polizist würde erscheinen, ich stünde in der Mitte, und wildfremde Menschen hörten mir zu, während ich dem Polizisten zu erklären versuchte, daß dieser gut gekleidete, so solide aussehende Mann gesagt hatte, er möchte mich vögeln, und während ich das dem Polizisten erzählte, tauschte der Mann mit den Umstehenden beredte Blicke und sagte vielleicht: »Manche haben eine lebhafte Phantasie, vor allem Frauen.« Der Polizist würde sich das alles überlegen und dann sagen: »Hat dieser Herr Sie unsittlich berührt oder so?« Und an dieser Stelle meines kleinen Rachefilms zerfalle ich wie die Zeichentrickkatze. Gegen männliche Solidarität kommt man nicht an.

Die ganze Zeit starrte ich benommen auf das grüne Licht der Ampel, ich wußte, daß ich hätte hinübergehen sollen. Aber ich ging erst, als die Ampel wieder rot wurde, und rannte mitten in den Verkehrsstrom hinein und winkte einem Taxi, das frei zu sein schien. Der Fahrer sah mich und hielt ein Stück weiter an (womit er wahrscheinlich gegen irgendeine Verkehrsbestimmung verstieß); ich rannte zu dem Wagen und war wie alle New Yorker überzeugt, daß ein anderer mich bei dem Rennen um eine Nasenlänge schlagen würde. Aber ich schaffte es, stieg ein und schloß die Tür, klappte meine Handtasche auf und schaute im Spiegel meine Frisur an, die natürlich nicht mehr so aussah wie noch vor einer Viertelstunde, aber es hätte schlimmer sein können. Ich nannte dem Fahrer meine Adresse, und da erinnerte ich mich eines Artikels, den ich einmal gelesen hatte, eines Artikels über den Kommandanten des KZs Auschwitz, Höß; in dem Artikel wurde der polnische Staatsanwalt zitiert, der die Ansicht vertrat, daß die Hauptschuld der Wachmannschaft nicht im Sadismus, sondern in der Gleichgültigkeit zu erblicken sei. Die meisten Angehörigen der Wachmannschaften waren, so sagte der Staatsanwalt, keine Sadisten; nur konnten sie sich die Gefangenen (die bis auf Haut und Knochen abgemagerten Juden und Zigeuner) nicht als normale Männer und Frauen, wie sie selbst vorstellen. Als ich im Taxi darüber nachdachte, kam ich zu dem Ergebnis, daß das eigentliche Verbrechen des Mannes, dem ich gerade begegnet war, darin bestand, daß er eine Frau nicht als menschliches Wesen wie sich selbst betrachtete, sondern als ein Objekt, in das er eindringen und das er verletzen wollte. Ich weiß, das ist nicht »scharfsinnig« (wie Schwester Marie-Thérèse zu sagen pflegte), aber so kam es mir im Augenblick vor, und der perverse Mann auf der Straße brachte mich auf Jimmy, der mich zu lieben glaubte, aber immer »Du bist schön, ich will dich haben« sagte, als wäre ich ein neues Auto, das er seinen Freunden gern vorgeführt hätte. Und während das Taxi sich durch den Verkehr zwängte, kam ich zu dem Schluß, daß Jimmy mich nicht liebte, daß er einfach ein Gesicht und einen Körper haben wollte, die zufällig mir gehörten. Natürlich, ich weiß, auch das ist nicht »scharfsinnig«, aber das fiel mir eben im Taxi ein. Ich war in einer depressiven Phase. Und in meiner depressiven Phase sind alle Dinge schwarz und weiß.

Und trotzdem. Es gibt keine logische Erklärung, weshalb meine Depression wich, als das Taxi vor unserem Apartmenthaus hielt und Harold, der Pförtner, in flaschengrüner Livree, weißem Hemdkragen und sauberen weißen Handschuhen auf den Bürgersteig hinaustrat und mit seinem höflichen und fröhlichen »Guten Morgen, Mrs. Lavery« die Wagentür aufriß. Ich entlohnte den Fahrer, und Harold schritt voraus, um mir die gläserne Eingangstür aufzuhalten. Er sagte, er habe ein Päckchen für mich, und ging in seinen kleinen Raum, um es zu holen. Ich wartete in der freundlichen Halle, in der in einer Nische die Reproduktion eines T'ang-Pferdes diskret angestrahlt wird und in einer anderen ein marmorner Wandtisch mit einer weißen Vase voller flammenfarbener Gladiolen steht; wieder einmal war ich von der Gepflegtheit des Hauses so beeindruckt, daß ich mir sagte, die Mädchen, mit denen zusammen ich die Schule besucht hatte, müßten mich um diese Umgebung beneiden. Ich mußte an meine Schulzeit denken, weil ich durch die Glastür der Eingangshalle einen dicken kleinen Jungen sah, der draußen auf dem Bürgersteig stand und einen Pudel und einen Spürhund an der Leine führte und mir dabei zuzuwinken schien. Ich lächelte ihm zu (wer war das nur?), und da zerrte er auch schon an seinen beiden Hundeleinen und kam zur Tür herein. Er trat auf mich zu.

»Hallo, Mrs. Bell.«

»Hallo.« (Wer *war* das nur?)

»Wie geht's Bell? Ich meine Pete.«

Ich sagte (wieheißterbloß, wieheißterbloß), danke, Pete gehe es sehr gut.

Wanausek. Ich erinnerte mich, daß ich mit der Aussprache des Namens stets Mühe gehabt hatte. Es überraschte mich immer, wie flüssig der Name über Petes kindliche Lippen glitt. New Yorker Jungen, die eine Privatschule besuchen, haben die Angewohnheit, sich gegenseitig beim Nachnamen zu nennen. Pete und Wanausek waren Klassenkameraden, als Hat und ich in der East 13th Street wohnten.

»Geht er noch immer auf die Lawrence?« wollte Wanausek wissen.

Ich sagte, ich glaubte schon (obwohl ich nicht weiß, wo

er sich aufhält), und sowie ich »glaubte« sagte, sah ich, daß Wanausek mich mit einem veränderten Ausdruck anschaute, wie das Kinder bisweilen tun, wenn ihre kindlichen Körper plötzlich von der Persönlichkeit eines Erwachsenen besessen zu sein scheinen, mit dem sie in engem Kontakt stehen. In Wanauseks Fall mußte der unbekannte Doppelgänger ein Schullehrer sein, denn jetzt zog er, die Gesten eines Zuchtmeisters in mittlerem Alter nachahmend, die unglücklichen Hunde zu sich heran und fragte mich mit durchdringendem Blick und kritischer Kläffstimme: »Was ist? Ist Bell, ich meine Pete, nicht mehr bei Ihnen?«

Ich sage nein. Ich sagte: »Petes Vater und ich haben uns scheiden lassen.«

»Oh.« Er sah einen Augenblick lang vor sich auf den Boden, ein strenger kleiner Schulmeister, der sich die Entschuldigung eines Schülers durch den Kopf gehen läßt. Dann: »Sie sind nicht Bells richtige Mutter, nicht wahr?«

»Nein.«

»Oh.« Er nickte. Entschuldigung akzeptiert. »Na ja«, sagte er, »bestellen Sie ihm einen Gruß von mir, wenn Sie ihn mal sehen.«

»Das will ich gern tun.«

»Ich heiße Wanausek. Dick Wanausek.«

»Ja, ich weiß.«

Er glaubte mir nicht. Warum sollte er auch, mit so einem Namen. »Wanausek«, wiederholte er und zerrte die geplagten Hunde an sich. »Auf, Hugo, auf, Rochester. Gehen wir.« Und er ging mit den Hunden gerade in dem Augenblick hinaus, als Harold mit einem Päckchen zurückkam – es war das Lily-Daché-Badeöl, das ich bei Bloomingdale bestellt hatte. Ich bedankte mich bei Harold und fuhr mit dem Aufzug hinauf. Ich hatte Pete immer nur einen Monat im Sommer und eine Woche an Ostern bei mir gehabt und ihn deshalb nie richtig kennengelernt. Abgesehen von den zwei Monaten, als seine Mutter krank war und sie (die Großeltern) ihn zu Hat schickten. Pete sah Hat nicht ähnlich. Ich nehme an, er schlägt seiner Mutter nach.

Ich erinnere mich, die Post aus unserem Briefkasten in der Eingangshalle herausgeholt und sie während der Fahrt im Aufzug überflogen zu haben. Es schien nichts Wichtiges dabei zu sein: Reklame, ein Brief für Terence, ein Abonnementformular von *Life*, eine Telefonrechnung, die ich gleich in die Handtasche steckte, um sie zu bezahlen; und als ich die Wohnungstür aufschloß, sah ich, daß Ella Mae, unsere Putzfrau, inzwischen gekommen war, weil die große Papiertüte, in der sie ihre Straßenkleider aufbewahrt, wie üblich auf dem Stuhl in der Diele lag. Ich habe viele Einbauschränke, aber sie ist nicht zu bewegen, ein Fach davon zu benutzen. Ich rief nach ihr und fragte, ob jemand angerufen habe, wobei ich an Janice Sloane dachte, aber Ella Mae rief zurück: »Nein, Madam.« Ich legte die Post in die mexikanische Schale auf der Kapitänstruhe in der Diele, und dabei rutschte ein Brief hinter der Abonnementsaufforderung von *Life* heraus, ein vertrauter weißer Umschlag mit einem blauen Luftpostkleber und einer kanadischen Briefmarke. Ich konnte mir nicht erklären, wieso ich ihn nicht früher entdeckt hatte – es war die Handschrift meiner Mutter. Ich nahm den Brief und ging ins Wohnzimmer, um ihn zu lesen. Noch jetzt überrumpelt er mich, jener Satz, unter den vielen jahraus, jahrein wiederkehrenden Sätzen wie: *Madge Gordon ist herübergekommen, und wir haben eine Partie Karten gespielt, die ganze Woche kalt und Schnee, die Hinterveranda ist zugeweht.* Mama, ich sehe dich, wie du in dem kleinen Hinterzimmer sitzt, weil es dort wärmer ist, der Ofen steht dort, du hast Arthritis in den Händen, kannst nur mit Mühe die Feder halten, aber all die Jahre hindurch wurden die Briefe geschrieben, Briefe an mich und an Jimmy in Toronto, Briefe an mich allein in Montreal, dann in die East 13th Street, als ich mit Hat verheiratet war. Briefe. *Es war die ganze Woche kalt, und wir hatten etwas Regen, der Rasen ist überschwemmt. Madge ist zu Besuch herübergekommen, Dicks Ältester hat die Masern, die Arthritis macht mir zu schaffen.* Vor langer Zeit warst du einmal die ganze Welt, warst du alles, worauf es ankam. Ich erinnere mich, daß ich meine Puppe mit deiner Stimme ausschalt, ich weiß noch, wie ich neben dir in der Küche stand, um dir abzugucken, wie man Maiskuchen backt. Und später, als ich von dir fort war, sogar nach der Scheidung von Jimmy, dann von Hat, nein, erst als Terence kam, hörten die Besuche auf. Aber du schriebst noch immer: *Madge Gordon ist herübergekommen, und wir haben eine Partie Karten gespielt, es war die ganze Woche warm, Gott sei Dank, daß Sommer ist, bin für jeden warmen Tag dankbar, Dicks Zweiter hat die Windpocken, das Schlimmste ist aber vorbei,* und zum Schluß immer: *muß jetzt aufhören, viele liebe Grüße von Mama.*

Viele liebe Grüße. Auch ich schrieb »viele liebe Grüße«, aber auch ich brachte taktvolle Entschuldigungen vor, zuviel zu tun, kann diesen Sommer leider nicht kommen, hoffentlich an Weihnachten, spätestens im Frühling. Und du, die du einst meine ganze Welt warst – was wurde aus dir? Ein Brief aus Neuschottland. Ein Brief jeden Monat, geschrieben in jener Klosterhandschrift, die dir die Nonnen vom Heiligen Herzen vor fünfzig Jahren beibrachten, jener Handschrift, die *die ganze Woche kalt und Schnee und Dicks Ältester* schreibt, einer Handschrift, die Sätze bildet, welche ich halb überfliege, halb lese, bis es heute morgen in dieser selben Handschrift unter diesen vielen Sätzen hieß, *der Doktor sagt, ich muß diese Woche ins Krankenhaus und es mir herausnehmen lassen, es ist irgendein Knoten* – und, o Mama, liebe, liebe, gute, alte Mama, Gott verschone dich jetzt, dieser Gott, auf den du vertraust, dieser Gott, den ich nicht mehr kenne.

Als ich aufstand, war mir schwindlig. Ich hob den Hörer ab, wählte, und dein Telefon läutete und läutete dort am Ende des Briefes, acht Meilen vor der Stadt, die öde Fernstraße und dann den ausgefahrenen Weg entlang bis zu deinem Haus, dessen Schindeln alle schief sitzen, dessen Wände gestrichen werden müßten, läutete dort in der Küche (ich sehe den Wandapparat neben den Merkzetteln zum Einkaufen unter dem Kalender von der Holzhandlung Wilson), läutete und läutete und läutete, und wo warst du? Krank im Bett, auf dem Boden zusammengebrochen? Ich dachte sofort an Dick, aber (ich habe ihm so lange nicht geschrieben, habe so lange nicht mit ihm gesprochen) ich mußte mir seine Nummer von der Fernauskunft sagen lassen, und Dicks Frau, Meg, meldete sich, und als ich ihr sagte, daß ich dich angerufen hätte und mir Sorgen machte, sagte sie, du seist wohl zur Zwölf-Uhr-Messe gegangen.

»Zur Messe?«

Ihre Stimme, sehr kühl: »Ja, zur Messe. Heute ist ein strenger Fastentag.« Andeutend, daß ich das hätte wissen müssen. Und sie hatte recht. Ein strenger Fastentag. O Mama, dort oben in Butchersville, wo es strenge Fastentage gibt, wo dir – komme Regen, Hagel, Schnee oder ein Knoten unter der Haut – die Kirche befiehlt, aufzustehen, dich anzukleiden, deinen alten grünen Chevrolet auf die öde kanadische Fernstraße hinauszumanövrieren und acht Meilen weit zur Kirche der Unbefleckten Empfängnis zu fahren.

Ich sagte zu Meg: »Aber was ist mit der Operation? Ich habe gerade einen Brief bekommen, in dem sie von einem Knoten schreibt, den sie sich herausnehmen lassen muß.«

»Ich gebe dir mal Dick.« Ich hörte sie rufen: »Dick? Dick?« Und dann zu mir, so unpersönlich wie das Fräulein vom Amt: »Einen Augenblick, bitte.«

Während ich auf meinen Bruder wartete, kam wieder das Schwindelgefühl: wie es sich gewöhnlich einstellt, wenn ich mich bücke und dann plötzlich aufrichte. Einen Augenblick lang kann ich nichts sehen. Seine Stimme sprach in meine Blindheit hinein: »Hallo? Hallo, Mutt?« Das Schwindelgefühl löste sich, und ich spürte, wie sich meine Stimmung ein wenig besserte. Mutt war mein Spitzname aus unserer Kinderzeit. Dick ist der einzige, der sich noch daran erinnert. In gewisser Hinsicht sagt das alles. Er kennt mich als Mutt, die sich das Haar abzuschneiden versuchte, als sie acht Jahre alt war. Ich kenne ihn als Bat, meinen großen Bruder, der mich auf den Schultern eine Felsklippe an der Bay von Fundy hinauftrug. Und oben am Klippenrand wartete schon mein Vater, und mein Bruder bezog auf der Stelle eine Tracht Prügel. Ich war Mutt, und er war Bat, und auf dem letzten Foto (auf dem, das Mama mir letzte Weihnachten schickte) hat er graue Haare.

Ich erzählte ihm von Mamas Brief und fragte, wie das mit dem Knoten sei.

»Ach so, das«, sagte er. »Ja, sie muß ihn entfernen lassen. Nur ein kleiner Eingriff, sie ist in ein paar Tagen wieder draußen.«

»Ja, ja«, sagte ich, »– aber was ist, wenn es eine bösartige Geschwulst ist, macht ihr euch keine Sorgen?«

»Ich mache mir keine Sorgen«, erwiderte er. »Es ist einfach besser, diese Dinger rauszunehmen. Hat keinen Sinn, da ein Risiko einzugehen.«

»Aber Bat, ich weiß nicht einmal, wo es – wo er ist, dieser Knoten. Sie hat nichts davon geschrieben.«

»Im Mastdarm. Es ist ein Mastdarmpolyp.«

»Ach du liebe Güte«, sagte ich und lachte. Er lachte auch, denn über Mamas Schamhaftigkeit haben wir uns immer lustig gemacht. Obwohl mein Bruder der einzige Arzt im Gebiet von Butchersville ist, hat sich Mama noch nie von ihm untersuchen lassen. Sie hat es noch nie »gemocht«, und so fährt sie jedesmal die 40 Meilen bis zum alten Dr. McLarnon in Wolfville. Doch nach dem Lachen fragte ich: »Aber sag mal, im Ernst – ist es bestimmt ganz harmlos?«

»Na ja, die Möglichkeit, daß es sich um eine bösartige Geschwulst handelt, besteht natürlich immer.«

»Und was dann?«

»Dann können wir nur hoffen, daß man sie vollständig entfernen kann.«

»Aber angenommen, man bekommt sie nicht ganz heraus und sie ist bösartig und wächst nach?«

»Dann muß Mama noch einmal operiert werden.«

»Aber sie ist schon über sechzig, Bat.«

»Ich weiß. Hoffen wir, daß es harmlos ist.«

»Ich sollte sie vielleicht doch anrufen«, sagte ich, aber er sagte, nein, das sollte ich nicht, da werde sie sich nur

Gedanken machen. Er hat recht. Ich hatte nicht daran gedacht, daß für Menschen aus Mamas Generation, die in kleinen Orten wie Butchersville wohnen, ein Ferngespräch automatisch eine schlimme Nachricht bedeutet. Es wäre ein Fehler gewesen. »Na schön«, sagte ich. »Sag mir Bescheid, Bat, ja? So bald wie möglich.«

»Ja, ich schreibe dir, sowie ich Genaueres weiß.«

»Nein, ruf mich an. R-Gespräch, wenn du willst.« Das war Unsinn – als ob ich gesagt hätte, er sei geizig. Was er nicht ist.

Eine Pause. Dann: »Ich rufe dich an. Ich glaube, ich kann es mir leisten. Wie ist deine Nummer?«

Ich gab sie ihm an. Ich wollte einen Witz machen, mich über meine eigene Bemerkung wegen des R-Gesprächs lustig machen, aber er ließ mir nicht die Zeit dazu. »Gut«, sagte er. »Ich lasse von mir hören.« Er legte auf. Ich erinnere mich, daß er nichts von Terence sagte. Aber ich hatte schließlich auch nicht »Einen schönen Gruß an Meg« gesagt oder so etwas. Er kennt Terence doch gar nicht. Ach, denk jetzt nicht mehr dran. Es hat keinen Sinn, eine große Sache aus etwas zu machen, was jemand zu sagen vergessen hat.

Mama. Ich erinnere mich, daß ich »Polyp« im Lexikon nachschlagen wollte und dann an meinen Vater denken mußte.

Mein Vater starb während des Krieges. Er starb im Bett. Er starb an einer Gehirnblutung im alten Park Plaza Hotel in New York. Er diente damals in der kanadischen Armee und war auf Urlaub. Ralph Davis erzählte Dick, daß Daddy mitten im Geschlechtsverkehr gestorben war. Eine Frau sei bei ihm im Bett gewesen und die kanadische Botschaft in Washington habe Mühe gehabt, eine gerichtliche Untersuchung der Todesursache zu verhindern. Im Sattel gestorben. Ich sehe Dick noch vor mir, wie er es mir sagte, wie er dabei verlegen und wie ein Schuljunge lachte. Ich war zehn, als mein Vater starb, fünfzehn, als Dick es mir erzählte. Ich weiß nicht, ob er ahnt, wie sehr diese häßliche Episode mein Leben beeinflußt hat – wie ich, bis ich achtzehn, zwanzig war, jedesmal innerlich erstarrte, wenn ein Junge sich mir zu nähern versuchte, weil ich Angst hatte, ich könnte so werden wie mein Vater. Und manchmal, wenn ich mit jemandem zusammen bin, wie zum Beispiel mit Janice, dann sehe ich, wie der Betreffende mich anblickt, und weiß, er denkt, ich ginge mit jedem ins Bett, und ich habe dann das törichte Verlangen, demjenigen zu sagen, daß ich nicht so bin – daß ich nur in meinen Träumen so bin, jenen Träumen, in denen ich mit nackten Männern in Hotelzimmern zusammenliege, und ich weiß, daß diese Träume mit der Geschichte von meinem Vater zu tun haben, die Dick mir erzählte, und mit meiner Angst, daß ich irgendwie so sein könnte wie mein Vater.

Bin ich so wie er? Ich weiß es nicht. Ich war auf der Schule, als er starb. Ich erinnere mich an die Beerdigung – die Lafette, die schottischen Dudelsackbläser, die eine Trauermelodie spielten, Daddys Soldatenmütze oben auf der Fahne, die den Sarg bedeckte. Es regnete. Oder regnete es nicht? Ich war dabei, aber erinnere ich mich wirklich daran, hat man mir nicht nur immer wieder davon erzählt, von der Lafette, den Dudelsackbläsern, der Flagge, der Mütze auf dem Sarg? Erwachsene erzählen uns Dinge, die geschahen, als wir klein waren. »Du warst in Halifax, wir haben dich von der Schule abgeholt, erinnerst du dich nicht mehr an die Beerdigung? Nein, wahrscheinlich erinnerst du dich nicht mehr, du warst noch zu klein.« Aber

Kinder sind beleidigt, wenn man sie für zu klein hält, sie wollen erwachsen sein, und so lauschen sie aufmerksam, wenn die Erwachsenen etwas erzählen, woran sie, die Kinder, sich nach Meinung der Älteren erinnern müßten; sie merken es sich und gelangen mit der Zeit zur Überzeugung, daß sie sich tatsächlich daran erinnern. Aber das ist eine Täuschung.

Ich erinnere mich nicht an die Beerdigung meines Vaters. Ich erinnere mich nicht einmal mehr genau an meinen Vater. Er ist für mich eine gerahmte Fotografie im Schlafzimmer meiner Mutter in Butchersville. Er trägt eine Offiziersmütze. Er hat einen großen Schnurrbart. Seine Augen blicken lustig. Er sieht jung aus. Ich hasse Schnurrbärte. Ich hasse Hintertreppenehebrecher, die zu ihrer Frau nach Hause kommen, als wäre nichts geschehen. Ich hasse Offizierstypen. Ich hasse Männer, die Uniformen mögen. Ich hasse Charmeure. Er soll einer gewesen sein. Ein Charmeur. Daniel Malone Dunne. Dan Dunne. Malone hieß, wie Großmama Dunne sagte, ein irischer Bischof, der Tausende von irischen Auswanderern nach Australien gebracht haben soll, um sie vorm Hungertod zu bewahren. Mein Urgroßvater habe mit dieser Auswanderergruppe nach Australien gehen wollen und habe seinem gerade zur Welt gekommenen Jungen den Namen des Bischofs gegeben. In letzter Minute überlegte es sich Urgroßvater Dunne anders, brachte selbst das Geld für die Überfahrt auf und fuhr nach Quebec. Wenn er nach Australien gegangen wäre, hätte es mich nicht gegeben. Daran muß ich manchmal denken.

Wenn ich meinen Vater gar nicht richtig gekannt habe, wenn ich mich kaum an ihn erinnern kann, so ist es eigentlich lächerlich, daß ich mir die Umstände, wie er starb, so nahegehen lasse. Vater unser, der du bist in der Hölle, verflucht sei dein Name. Wenn ich nicht mehr an diesen Gott glaube, den ich verspotte, ist es dann Blasphemie, wenn ich mich über das Vaterunser lustig mache? Und warum (ich bin ja nicht gläubig) – warum ist es mir hier im Dunkeln ein Trost, dieses Gebet falsch zu sagen, so wie es mir als Kind ein Trost war, es richtig zu sagen? Gebete sind Zaubersprüche, sie klopfen an Holz, ich weiß, und doch habe ich heute, als ich nach diesem Telefongespräch mit Dick ins Wohnzimmer zurückging und im Lexikon »Polyp« nachschlug, zu beten versucht. *Polyp: tumorartige Wucherung der Schleimhäute.* »Tumor« ist ein Wort, das einem in die Glieder fährt, und ich begann auf der Stelle, wie ich das schon so oft getan hatte, eine flehentliche Bitte zum Allmächtigen hinaufzuschicken. Und wie mir das jedesmal passiert, kam ich damit nicht zu Ende und hielt inne und schämte mich über meine Vorstellung von einem Gott, der auf die von der Panik diktierten, gotthassenden Gebete von jemandem wie mir etwas geben sollte. Und so konnte ich nicht einmal für dich, Mama, beten und dachte an dich, die du beten kannst und dort in einem Bett des Lord Tweedsmuir Memorial Hospital in Wolfville liegst und dein Gebet sprichst, ehe sie mit dem Pentothalnatrium kommen, um dich für die Operation einzuschläfern. Ich nahm mir vor, nach Wolfville zu fliegen, um bei dir zu sein, und als ich dieses Gelübde tat, begann ich zu zittern (ich weiß nicht, warum), und aus dem Zittern wurde eine Art Schüttelfrost, als Ella Mae hinter mir ins Zimmer kam, den Staubsauger anschloß, einschaltete und dieses Geräusch, das schon normalerweise schlimm genug ist, mich ins Schlafzimmer hinüberjagte, wo ich die Tür zuschlug und im stillen über Ella Mae schimpfte, dieses faule Weibsstück, das fünfzehn Dollar kriegt für einen Tag Saubermachen, den sie praktisch auf vier Stunden abkürzt, indem sie morgens spät kommt und nachmittags früh geht, und wenn sie keine Negerin und ich nicht so krankhaft liberal wäre, würde ich ihr das auch ins Gesicht sagen.

Aber noch während ich auf Ella Mae wütend war, wußte ich, daß es nichts mit ihr zu tun hatte, es war meine verwünschte prämenstruelle Verkrampfung, die mich zu dieser Wut aufstachelte, die dieses Zittern auslöste, das zum Schüttelfrost wird, ohne daß ich etwas dagegen unternehmen könnte, geradeso, als ob mein Herz eine Maschine wäre, die sich plötzlich in mir aus ihrer Verankerung löst und meinen Körper in Stücke reißen möchte. Die Tage, die einmal im Monat über mich kommen wie ein Fluch, mir abwechselnd Mord- und Selbstmordgedanken eingeben, machen, daß ich weinen möchte, mir krank oder töricht oder verstört vorkomme und dasitze wie geschlagen und das Gefühl habe, eine Art anderes Ich beginne in mir Amok zu laufen. So wie heute morgen, als ich in meinem Schlafzimmer saß und auf die Putzfrau wütend war und dann in eine völlig unsinnige Panikstimmung verfiel, als draußen in der Diele die Haussprechanlage läutete. Ella Mae schaltete den Staubsauger aus und ging zum Apparat, während ich hinter meiner Tür saß wie ein zum Tode Verurteilter, der auf das Hinrichtungskommando wartet. So lächerlich das klingt – es ist keine Übertreibung. Und doch wußte ich, weiß ich (hör mir zu, Mary Dunne, wer immer und wo immer du auch bist), daß ich keinen Grund zu einer solchen Angst hatte, ich habe kein Verbrechen begangen, ich bin, an allen gewöhnlichen Maßstäben gemessen, eine glückliche Frau, diese Ängste sind völlig unbegründet, und es war einfach sinnlos, daß ich so zitterte hinter meiner Schlafzimmertür, und einem, der tatsächlich in einer Todeszelle ist, muß meine Furcht wahrhaftig töricht vorkommen. Und doch übertreibe ich nicht, wenn ich sage, daß ich in diesen Augenblicken auf Ella Maes Rückkehr von der Sprechanlage wartete wie auf mein Todesurteil.

»Jemand für Sie, sagt der Portier.«

Ich weiß nicht mehr, mit welchem Argument ich mich dazu brachte, aufzustehen, die Tür zu öffnen, in die Diele zu gehen und den Hörer der Sprechanlage ans Ohr zu halten. »Hallo?« sagte ich, wie vor dem Verdammungsurteil zitternd, als zu meiner Beruhigung die Stimme des Portiers heraufschwebte, verzerrt wie eine Botschaft aus einem Raumschiff. »Ein Mister Peepers will Sie sprechen.« Ich rief zurück. »Peepers? Was möchte er?«

Wieder die elektronisch hallende Stimme des Portiers: »Wegen der Wohnung.«

Ach, mein Gott, das hatte ich ganz vergessen – Terence hatte wegen der Untervermietung unserer Wohnung im nächsten Sommer eine Anzeige in die *Times* gesetzt, und daraufhin rief gestern jemand an. Ein Mr. *Peters.* Ich hatte mir den Namen auf dem Block neben dem Telefon im Schlafzimmer notiert. Er solle ihn heraufschicken, sagte ich dem Portier und lief dann zu einem kurzen Blick in den Spiegel ins Schlafzimmer zurück. Ich sah erträglich aus, und Ella Mae machte gerade die Wohnung sauber. Die Türklingel läutete und läutete. Wenn Ella Mae einmal öffnen sollte, tat sie es bestimmt nicht.

Mr. Peters. Vom ersten Augenblick an hatte ich das Gefühl, ihn irgendwo schon gesehen zu haben. »Mrs. Lavery?« fragte er. Und dann: »Meine Karte.« Er reichte sie mir. Ich blickte darauf: keine Adresse, nur der Name,

Karl Dieter Peters. Ich legte sie in die kleine silberne Schale auf der Kapitänstruhe im Flur und wurde mir dabei bewußt, daß es die erste richtige Visitenkarte war, die ich an diesen ihr gebührenden Platz tat. Und gleichzeitig grinste das Ich, das noch vor fünf Minuten in düsterster Stimmung gewesen war, über die Art und Weise, wie Mr. Peters seinen alten perlgrauen Hut zog und über die Schwelle trat, klein und lebhaft, mit rosigen Nikolausbakken, mit Spitzbärtchen, in einreihigem Mantel (gut im Schnitt, aber so alt, daß er um den schwarzen Samtkragen herum schon graugrün war); einen Rohrstock mit Silberknauf und gelbe Wildlederhandschuhe in der Hand, und mit einem sehr förmlichen, gezierten Gebaren, als vollführte er die ersten Schritte einer Gavotte, war er ein richtiger lieber alter Herr, man hätte ihn sofort bei sich aufnehmen und behalten mögen.

Das war also mein erster Eindruck, ich ließ mich gleich von ihm einnehmen, als er fragte, ob er seinen Mantel ablegen dürfe, sehr liebenswürdig, vielen Dank, sagte er, zog den Mantel aus und legte den Hut und die Handschuhe darauf, und da stand er in einem marineblauen zweireihigen Blazer und einem weißen Hemd mit einer Krawatte aus Seidenrips, die wie seine übrige Kleidung fast zu abgetragen, aber immer noch sauber und ordentlich war. Und er selbst war, wie seine Kleider, sehr, sehr alt, aber das fiel mir nicht gleich auf, denn er behielt seinen Stock zwar in der Hand, aber eher mit der Gestik eines Dandys als mit der eines Tattergreises, und erst als er gegen die Kapitänstruhe stieß und mit seiner alten Hand vorfühlte und mit den Fingern die Kante des Hindernisses zu ertasten versuchte, als spielten sie auf einem Klavier die Tonleiter, merkte ich, wie schlecht er sah.

Aber er mußte doch ganz gut sehen, denn im Wohnzimmer blickte er sich um und sagte: »Hm, was für ein hübscher Schrank.« Und der Schrank ist, wenn er auch nicht gleich hervorsticht, tatsächlich das schönste Einrichtungsstück in diesem Zimmer, der Schrank und der Orientteppich, den er ebenfalls bemerkte und mit einer beifälligen Äußerung bedachte. Dann fragte er, ob er auch die anderen Räume sehen dürfe, worauf wir vielleicht einmal über die Vermietung sprechen könnten, ja? Ich sagte, wunderbar, und los ging's auf einen Rundgang durch die Wohnung, und in jedem Zimmer entdeckte er immer die interessantesten Dinge, etwa meine Miniaturensammlung und die schönen alten Kupfertöpfe, die ich für ganz wenig Geld am South Shore erstanden habe. Die ganze Zeit über war ich innerlich vollkommen ruhig, und ich sagte mir, wie nett er doch ist, als mich plötzlich in der Küche ein Gedanke beunruhigte: Warum wollte ein so alter Mann ein Apartment in der Stadt für nur drei Monate mieten, und warum interessierte er sich für ein Apartment mit zwei Schlafzimmern und zwei Badezimmern, das doch offensichtlich viel zu groß für ihn war? Und als sich keine Antwort auf diese Frage einstellen wollte, geriet ich wieder in die gefährliche Nähe einer Panikstimmung. Um dem vorzubeugen, wandte ich mich zu ihm um und machte ihn darauf aufmerksam, daß der Küchenherd einen eingebauten Thermostat habe. »Aber das interessiert sicher mehr Ihre Frau, nicht wahr?« Und ich sah ihn dabei fragend an. Aber er ging nicht darauf ein, sondern nickte nur und verließ die Küche.

Hast du gesehen, sagte mein verrücktes Ich, er weicht aus, er will nicht antworten. Nun hör auf, mahnte das vernünftige Ich. Das ist doch Unsinn. Natürlich hat er eine

Frau, sie konnte nur nicht mitkommen. Und wahrscheinlich brauchen sie das zweite Schlafzimmer, weil ihre Enkel sie in den Ferien besuchen.

Aber es nützte nichts. Als wir ins Wohnzimmer zurückgingen und uns setzten, mußte ich die Hände unter die Beine schieben, so sehr zitterten sie. Mir war aufgefallen, daß er mit britischem Akzent sprach – zumindest kam es mir so vor –, und die Unterhaltung entwickelte sich etwa folgendermaßen:

»Hm, ich hoffe, ich bin nicht ungelegen gekommen und halte Sie nicht zu sehr auf?«

»Nein, nein, keineswegs.«

»Ich dachte, am Nachmittag sei es, hm, günstiger, gewissermaßen, aber Sie, hm, sagten ja, lieber heute morgen, erinnern Sie sich?«

»Ja, das sagte ich. Ja, mir paßt es heute morgen sehr gut. Und – gefällt Ihnen die Wohnung?«

»Reizend, ja. Sie haben schöne Sachen.«

»Das ist es eben«, sagte ich. »Ich meine, deshalb haben wir uns Sorgen gemacht; wir werden den ganzen Sommer in Europa verbringen, und mein Mann ist der Ansicht, wenn wir einen passenden Mieter finden könnten, wäre das besser, als die Wohnung leerstehen zu lassen.«

»Hm, ja, ja.«

»Die Miete wäre dreihundert Dollar, was weniger ist, als wir selber zahlen. Und dazu möbliert, natürlich.«

Wie geht das zu, daß ich mir immer unehrlich vorkomme, wenn ich mit einer geschäftlichen Transaktion zu tun habe? Jedes Wort, das ich sage, ist wahr, die Wohnungsmiete beträgt *dreihundertfünfzig, unmöbliert*, aber einfach, weil ich das Angebot machte und er der Interessent war, kam ich mir wie ein Betrüger vor, und ich dachte,

Terence, der Teufel soll ihn holen, es war seine Idee, das Apartment zu vermieten, warum erledigt er das dann nicht selbst?

Auf einmal stieß der alte Mann ein so lautes »Hm« aus, daß ich glaubte, er würde ersticken, aber nein, er räusperte sich nur und vervollständigte diesen Vorgang, indem er ein großes weißes Taschentuch zückte, es um Daumen und Zeigefinger legte, die Nase packte und dann zu einem gründlichen altmodischen Trompeten, Niesen und Ausräumen aller Nasengänge ansetzte, um danach das weiße Taschentuch säuberlich zusammenzufalten, wobei er mit geröteten Bäckchen und tränenden Augen zu lächeln anfing. »Entschuldigen Sie«, sagte er. »Hm. Nun, Mrs. Lavery, dieser Preis ist – ist sehr kulant für dieses Viertel hier. Ich weiß das. Drüben an der West Side, da kommen doch diese vielen Morde vor, und da stechen farbige Burschen die Leute im Fahrstuhl nieder – nun, Mrs. Lavery, hm, ich weiß zufällig, daß man in manchen dieser Häuser dort mehr Miete fordert, als Sie hier verlangen.«

Ich weiß noch, daß ich dachte, er scheint ja über Mietpreise gut informiert zu sein, er ist überhaupt gut im Bilde, denn er begann auf einmal sehr praktische Fragen zu stellen – Gießen der Blumen, Abtauen des Kühlschranks – und sprach sehr vernünftig über alles und benahm sich ganz so wie jemand, der die Wohnung nehmen will, und als er mir zu verstehen gab, daß mein Mietangebot recht günstig sei, vergaß ich völlig meine Sorgen und fragte mich nicht mehr, wozu er die Wohnung haben wollte. Es war eine merkwürdige Situation – er ließ mich irgendwie fühlen, daß ich ihm einen Gefallen tat, und das erweckte in mir natürlich das Verlangen, ihm noch weiter gefällig zu sein, und deshalb hörte mein Zittern auf, und obwohl es schon nach zwölf war und ich mich um eins mit Janice Sloane zum Lunch treffen wollte, erinnere ich mich, daß ich aufstand, zur Anrichte ging, wo wir die Getränke aufbewahren, und ihn fragte, ob ich ihm eine kleine Erfrischung anbieten dürfte.

»Halte ich Sie auch bestimmt nicht auf, Mrs. Lavery?«

»Nein, nein, machen Sie sich keine Sorgen.«

»Ja, dann – einen trockenen Sherry vielleicht?« Sprach's und erhob sich, auf seinen Stock gestützt, und kam zur Anrichte herüber. Er betrachtete den Sherry, den ich gerade einschenkte. »Hm«, sagte er. »Wisdom and Warter. Sherryweine und Spirituosen. Sehr gut, sehr gut.« Und ich mußte lachen und sagte: »Sie wissen aber auch wirklich alles, Mr. Peters«, denn von Wisdom & Warer zu wissen – na ja, immerhin. Und er lachte auch. »Nein, nein, das würde ich nicht sagen, Mrs. Lavery. Und Sherry-Lehmann, ja, das ist eine gute Weinhandlung.«

Und da hatte ich einen Augenblick lang das Gefühl, daß ich ihn kenne. Ich erinnere mich, als ich ihm das Sherryglas reichen wollte, hielt ich plötzlich inne, als sollte ich fotografiert werden, denn das war der Augenblick, als ich ihn erkannte und gleich wieder nicht mehr wußte, wer er war, und nur noch wütend auf mich selbst sein konnte, weil ich in diesem flüchtigen Ringen mit meinem Gedächtnis unterlegen war. Ich reichte ihm den Sherry und starrte ihn an, als er einen kleinen Schluck davon trank, ein alter Mann in der eisernen Maske der Anonymität. Und dann dachte ich, hör mal, wenn er mein Mieter werden soll, habe ich das Recht zu wissen, wer er ist, und so fragte ich ihn, ob er New Yorker sei, und er sagte, nein, er wohne in Montauk Point draußen auf Long Island und er habe gehört, daß er in der Feriensaison seine Wohnung für sehr viel Geld vermieten könne, und so sei er auf den Gedanken gekommen, durch Vermieten diesen Sommer etwas Geld zu verdienen und so lange in die Stadt zu ziehen.

Ich kenne Montauk. Im Jahr meiner »Theaterkarriere« habe ich im Sommer im Repertoireensemble des John Drew Theatre in East Hampton mitgespielt. Es ist durchaus möglich, dachte ich, daß so ein alter Mann fast ein Jahr davon leben kann, wenn er dort ein hübsches Haus hat und es für die Dauer der Saison vermietet. Nur daß er sich in unserer Wohnung einmieten wollte, paßte nicht ins Bild. Dazu war sie viel zu teuer.

Und mit diesem Gedanken kehrte meine Unruhe zurück. »Aber wird es nicht zu groß sein – ich meine, dieses Apartment hier?«

Er lächelte, wie Schwerhörige lächeln, und drehte den Stiel seines Sherryglases.

»Dann wollen Sie – ich meine, dann haben Sie also wirklich die Absicht, unsere Wohnung zu nehmen?«

»Hm.« Er stellte das Glas sehr behutsam auf den Couchtisch. »Ja, um ehrlich zu sein – ich habe noch ein anderes Apartment auf meiner Liste, das ich mir gern ansehen möchte, ehe ich mich entscheide. Hm. Ist Ihnen das recht?«

»Natürlich.«

»Gut. Ja, dann – ich sehe mir diese andere Wohnung jetzt gleich an. Wenn Sie, sagen wir, in zwei Stunden nichts von mir hören, heißt das, daß ich mich, hm, für die andere Wohnung entschieden habe. Sind Sie einverstanden?«

»Ja«, sagte ich. »Vielleicht bin ich dann gerade zum Essen gegangen. Aber Sie können eine Nachricht bei meiner Putzfrau hinterlassen.«

»Putzfrau.« Er nickte, faßte an sein Bärtchen und erhob

sich dann, mit der Hand nach dem Stock greifend. »Sehr gut, Mrs. Lavery. Dann ist ja alles klar. Gut.«

Er schritt in Richtung Diele, ein wenig auf den Stock gestützt, und blieb kurz bei der Anrichte stehen, um eine alte Glaskaraffe zu bewundern. »Schön«, meinte er.

Ich sagte ihm, daß es sich um altes Waterford-Glas handle. Die alte Waterford-Glasfabrik sei siebzig Jahre lang geschlossen gewesen, sagte ich, und habe erst in den vierziger Jahren die Produktion wiederaufgenommen. Diese Karaffe hier stamme noch aus der alten Zeit – und während ich ihm das erklärte, war ich mir unablässig bewußt, wie angeberisch das klingen mußte. Ich wußte ja nur deshalb etwas von Waterford, weil die Mutter von Terence aus der dortigen Gegend stammte. Der alte Mr. Peters hörte aufmerksam zu, und seine Finger spielten dabei mit der blau-silbernen Quaste, die alle Wisdom & Warter-Sherryflaschen um den Hals hängen haben, und lächelte mich dabei an, als erwarte er, ich würde etwas bei ihm bestellen, einen Sherry vielleicht oder eine Bloody Mary, und in diesem Augenblick gab mein störrisches Gedächtnis das Geheimnis preis, indem es die in Tom Brooks schmetternder Stimme vorgebrachte Bemerkung beisteuerte: »Ach, da ist das alte Huhn, von dem ich euch erzählt habe. Nancys Entdeckung. Da drüben an der Bar.«

So unwirklich wie in einem frühen Film von Buñuel sah ich uns drei, Tom Brooks, Hat und mich, im hellen Morgensonnenschein über eine grasbewachsene Düne auf den Ozean zuschreiten, während uns, Tabletts mit Rührei, Toast, Brötchen und Kaffee auf den Armen, vier Kellner entgegenkamen, die mit ihren dunklen Smokings und weißen Baumwollhandschuhen in dieser Strandlandschaft völlig deplaciert wirkten. Und hinter ihnen, eifrig in unsere Richtung knipsend, waren die Fotografen von Modezeitschriften in Stellung gegangen, denn das Ganze war ein Sonntagslunch bei Nancy, ein Pseudoereignis, angeblich zu irgendeinem wohltätigen Zweck veranstaltet, aber in Wirklichkeit eine List zur Förderung unserer Theateraufführungen während der Sommersaison oder vielleicht auch, wenn man's genau bedachte, zur Förderung von Nancy selbst. Jedenfalls glich es den meisten gesellschaftlichen Ereignissen, von denen man heutzutage liest. Keiner kann genau sagen, was eigentlich vorgeht. Waren die Fotografen wegen unseres kunstvoll arrangierten Strandfrühstücks anwesend, oder waren wir wegen der Fotografen da? Hat, der den Fotografen aus dem Weg ging und die Kellner mit ihren Tabletts zu ignorieren versuchte, hielt verzweifelt nach einem Cocktail Ausschau, und deshalb drehte er sich sofort um und fragte: »Wo?«, als Tom Brooks etwas von »Bar« sagte. Und da erblickten wir, Tom Brooks deutendem Finger folgend, diesen komischen bärtigen alten Kellner, der ein wenig seitlich hinter einem Brettertisch stand, auf dem Flaschen und Gläser aufgebaut waren: Mr. Karl Dieter Peters.

Und da ich mich schon erinnerte, erinnerte ich mich gründlich. Ich entsann mich sogar der Parties, auf denen ich ihn im weiteren Verlauf dieses Sommers gesehen hatte. Es war in diesem Sommer »chic« gewesen, Mr. Peters als Kellner zu engagieren, geradeso wie im Jahr davor ein gewisser New Yorker Homo Mode gewesen war, der chinesische Frühstücksspezialitäten zubereitete. Mir fiel sogar wieder ein, daß Nancy mir gesagt hatte, Mr. Peters wohne am Strand von Montauk in der Hütte eines Muschelsammlers und sei ein ehemaliger englischer Butler, der seine Dienerlaufbahn vor vierzig Jahren als Lakai eines

Herzogs begonnen habe. Und daß Nancy gesagt hatte, er sei für einen tüchtigen Barkellner eigentlich schon zu alt. »Zumindest auf meinen Parties, bei den Mengen, die einige meiner Gäste trinken.« Worauf ich verstummte und mich fragte, ob sie damit auch Hat gemeint haben könnte. Und als mir dies alles wieder gegenwärtig war, erinnerte ich mich auch noch, daß wir ihn nicht Peters nannten, sondern Dieter –

»Aber Sie sind ja Dieter«, sagte ich, und sowie ich das gesagt hatte, erstarrte sein Gesicht, als ob ich ihm einen Schlag versetzt hätte. Er zog die Hand vom quastenverzierten Hals der Sherryflasche zurück. »Hm?« Es klang wie das ängstliche Blöken einer Ziege.

»Ich habe Sie doch schon einmal in East Hampton gesehen, nicht wahr?« Ich hörte meine Stimme verklingen, als ginge mir bei einer mündlichen Prüfung der Atem aus.

»Hm?«

Ich konnte seinen Gesichtsausdruck nicht ertragen. Ich sagte rasch, nein, vielleicht hätte ich mich getäuscht, er erinnere mich an jemand anders, ja, ein Irrtum, aber dabei vermied ich es, ihn anzusehen, und doch mußte ich ihn zum Schluß ansehen, es ging nicht anders, und da fing ich, als wäre es ein Ball, den er mir zuwarf, sein angstvolles kleines Lächeln auf, fing es auf und gab es zurück, und einen Augenblick lang waren ich und dieser alte Mann in einer schrecklichen Vertrautheit gefangen, der eine wußte, daß der andere wußte, daß alles weitere Vorspiegeln keinen Sinn hatte, daß das Ergebnis feststand, Dieter ist Dieter, und ausgediente Butler, die Sommerjobs als Barkellner annehmen und in Muschelsammlerhütten am Strand von Montauk wohnen, können keine 300 Dollar im Monat für Apartments an der East Side ausgeben – oder?

Und wieder drohte mir ein Anfall der Depression. Denn dieser alte Mann, dieser alte Dieter, was konnte er anderes sein als ein Helfershelfer, ein Späher, der fremde Wohnungen auskundschaftet unter dem Vorwand, sie mieten zu wollen, ein Ex-Butler mit einem Auge für Antikes, der weiß, was sich mitzunehmen lohnt. Und in ein paar Monaten, wenn Terence und ich in Europa Ferien machen, kommen die Kerle an, brechen die Schlösser auf und räumen aus.

Von meinem Lächeln gefangen, vor Angst erstarrt, wartete der alte Spion auf meinen nächsten Schritt. Sollte ich ans Telefon gehen?

»Ach, übrigens«, sagte ich, »kennen Sie Mrs. Almond? Mrs. Nancy Almond?«

»Wen?« Er faßte sich mit der zittrigen alten Hand an den Bart, wie um sich zu vergewissern, daß wenigstens dieser Teil seiner Verkleidung noch fest angeklebt war. »Mrs. ...?«

»Almond. Waren Sie nicht – ich meine, haben Sie nicht bei ihren Parties Drinks serviert, so vor vier Jahren etwa?«

»Hm«, rief er triumphierend. »Almond, Egypt Lane. Mrs. John Bidwell Almond. Ja, das war ich.«

Und wie ging es jetzt weiter? Er schien mich übertrumpft zu haben.

Er wußte, wie es für *ihn* weitergehen sollte. Er wollte sich verziehen. »Mein Mantel?« sagte er und bewegte sich auf die Diele zu, nahm den Mantel und mühte sich steifknochig mit den Ärmeln ab, so daß ich ihm, ohne es zu wollen, half, entkommen half, ihm, diesem Kundschafter einer Diebesbande, diesem alten Spion, der bei Morgengrauen aus seiner Muschelsammlerhütte kroch, mit der Long Island Railroad von Montauk nach Manhattan fuhr, in einen Bus umstieg, im besseren Wohnviertel einem Portier höflich Namen und Begehr nannte, den Aufzug betrat und von mir eingelassen, durch die Wohnung geführt und sogar mit Sherry bewirtet wurde. Und jetzt würde er gehen, wahrscheinlich mit dem Bus zum Central Park fahren und sich in der Nähe des Metropolitan Museum auf einer Bank niederlassen, um dort eine Inventarliste aufzustellen – mein Pelzmantel, der Schrank, der Orientteppich, die Stereo-Anlage, die Miniaturensammlung, die antiken Kupfertöpfe, die Kameras und Tonbandgeräte von Terence, der Fernsehapparat – eine Liste, die er im Laufe des Nachmittags, ehe er mit dem Zug um 4 Uhr 50 nach Montauk zurückfuhr, in irgendeiner düsteren Cosa-Nostra-Bar den Auftraggebern aushändigen würde, die dann, elegant gekleidet (ich habe in zwei Artikeln im *New Yorker* alles über sie gelesen), anrückten, die Schlösser aufbrachen, ein dünnes BITTE NICHT STÖREN-Schild aus Plastik an die Tür hängten, um mit schneller Gründlichkeit die Wohnung auszurauben und nachher beim Verlassen des Hauses dem Portier freundlich zuzulächeln.

»Also dann«, sagte der alte Spion. »Ich, hm, werde Sie in spätestens einer Stunde anrufen.«

»Anrufen?« sagte ich verwirrt, noch immer in meinen Mafia-Träumen gefangen.

»Ja, anrufen – falls ich die Wohnung nehme. In Ordnung?«

Ich war schon immer ein Narr, der mit peinlichen Wahrheiten herausplatzen muß, der auf Parties zuviel redet und sich am nächsten Morgen schuldbewußt vornimmt, daß er nie wieder, ganz gleich, worum es sich handelt, und so weiter, und der dann doch bei der nächsten Begegnung mit jemandem, dessen Ansichten ihn ungerecht dünken, nicht an sich halten kann und alle geschworenen Eide bricht. Und jetzt, empört über die offensichtliche Lüge des alten Spions von wegen Anrufen, platzte ich wieder einmal heraus und fragte: »Aber Sie wollen doch nicht anrufen, nicht wahr?«

»Hm?«

Es war zu spät für einen Rückzieher. »Wissen Sie, ich kenne zufällig Mrs. Almond, und sie sagte mir, daß Sie dort draußen am Strand in einer Muschelsammlerhütte wohnen.«

»Am Strand? Ja, früher einmal. Aber jetzt nicht mehr, jetzt wohne ich hier, in New York.«

Aha, das war sie, die Perry-Mason-Chance, und mir war plötzlich zumute wie dem triumphierenden Staatsanwalt, der sich an die Geschworenen wendet und dabei auf den wahren Schuldigen zeigt. »So.« (Mir versagte fast die Stimme.) »So, da wohnen Sie in New York. Warum wollen Sie dann dieses Apartment haben, wenn Sie schon in New York wohnen? Sie wohnen nicht draußen auf der Insel, Sie haben mich also angelogen.«

Seine Finger, die auf der Kapitänstruhe wieder Klavier spielten, fanden endlich, was sie suchten. Seinen Hut. Er zog ihn an sich und bewegte sich rückwärts auf die Wohnungstür zu. »Ja«, sagte er. »Ja, hm, ich gebe Ihnen Bescheid, Mrs. Lavery.«

»Nein, bitte hören Sie mir zu«, begann ich. »Ich will keinen Ärger haben, keinen Ärger, und das lassen Sie sich gesagt sein, wenn innerhalb der nächsten Monate etwas aus dieser Wohnung gestohlen wird, erkundigt sich die Polizei bei *Ihnen* danach. *Sie* kann man nämlich ausfindig machen.«

Noch während ich das sagte, wurde mir klar, wie verrückt es sich anhörte, aber so geht das eben, die prämenstruelle Verkrampfung ruft diese Zweispaltung hervor, denn während dem einen Teil von mir verrückt zumute ist, steht der andere dabei und registriert entgeistert, was sein prämenstruelles Pendant anstellt und redet. Oder schreit – in diesem Fall allerdings sprach ich mit so lauter, irrer Stimme, daß er natürlich erschrocken war und, wie um mich zu beruhigen, so verdammt theatralisch meinen Arm tätschelte, daß ich seine Hand wegstieß, und dann begann er etwas zu sagen, irgendeine Entschuldigung vorzubringen, aber ausgerechnet in diesem Augenblick schaltete Ella Mae in Terence' Arbeitszimmer den Staubsauger ein und machte jede Verständigung unmöglich, so daß ich dem Alten durch einen Wink bedeutete, zu warten, und ins Arbeitszimmer stürzte. Ella Mae stellte die Maschine ab. »Ja, Mrs. Lavery?«

»Lassen Sie das Ding einen Augenblick, machen Sie inzwischen etwas anderes, bitte.«

Dann rannte ich in die Diele zurück, aber natürlich war er fort. Und mein eines Ich, das normale, gewöhnliche, beschämte, sagte, laß ihn laufen, du hast ihn gewarnt, das reicht, das genügt. Aber das normale, beschämte Ich kann so viel reden, wie es will – in der prämenstruellen Stimmung ist sein verrückter Zwilling nicht ansprechbar; das verrückte Ich war es, das zur Wohnungstür rannte, hinausstürzte, den alten Mr. Peters einholte, als er gerade auf den Fahrstuhl zuhumpelte, und rief: »Einen Augenblick, einen Augenblick mal bitte, ja?«

Er blieb stehen. Er sah mich an. Er nahm den Hut ab und stand dann da wie ein Bettler. »Bitte, Mrs. Lavery, machen Sie sich keine Sorgen.«

»Ich *mache* mir aber Sorgen«, rief das verrückte Ich,

und plötzlich, o Gott, plötzlich zitterte ich wieder. Er würde mir entkommen und die Diebesbande warnen, ich war eine Frau, wie konnte ich ihn daran hindern? »O bitte«, sagte ich, »die Sachen in dieser Wohnung, es geht mir nicht nur um den Geldwert, ich hänge an ihnen, verstehen Sie, ich weiß nicht, was ich tue, wenn mit ihnen etwas passiert.«

»Aber ich will sie ja gar nicht stehlen«, erwiderte er. »Was für eine törichte Idee, ich stehle doch nicht, nein, nein, nein, nein.«

»Dann sind Sie wirklich an der Wohnung interessiert? Aber warum haben Sie dann gelogen, entschuldigen Sie, vielleicht habe ich Sie falsch verstanden, ich dachte, Sie hätten gesagt, Sie – na ja – egal.« (Verrückter Zwilling plappert drauflos und kann nicht mehr aufhören.)

»Ich sehe mir gern die Wohnungen anderer Leute an. Hm. Das ist alles. Ich lerne gern Leute kennen. Das verstehen Sie sicher nicht.«

»Nein, aber ich versuche es. Warum haben Sie sich gerade *diese* Wohnung angesehen?«

Seine Hand strich über das weiße Bärtchen. »Weil ich – sehen Sie, ich habe nicht viel zu tun. Ich besorge mir die *Times* und lese die Spalte ›Möblierte Wohnungen‹. Manchmal, wenn ich gerade Lust habe, gehe ich hin und sehe mir ein paar an.«

»Aber warum, wozu?«

»Weil – nun, weil ich mir gern Wohnungen ansehe. Und wegen der anderen Menschen – man kommt mit anderen Menschen zusammen.« Während er dies sagte, schwang in seiner Stimme eine Andeutung des Zorns und der Demütigung mit, die er verspürte, weil man ihn zu dieser Erklärung zwang; und in ihr schwang auch mit, was er nicht sagen konnte, nämlich daß er ein einsamer Mensch war. Er wohnte wahrscheinlich in einem elenden kleinen Zimmer und wußte nicht, wie er sich die Zeit vertreiben sollte. Was er auf dem Leibe trug, waren wahrscheinlich die abgelegten Kleider seiner früheren Herrschaften. Und jetzt stand, während er redete, der verrückte Zwilling beschämt da und wußte, daß man sich vor Mr. Peters nicht zu fürchten brauchte, im Gegenteil, und auf einmal (so geht das immer in meinem schwankenden Zustand) hätte ich am liebsten geweint und ihn in die Arme genommen und zu einem weiteren Sherry eingeladen. Er indessen blickte weg, und bestrebt, schnell fortzukommen, wiederholte er zum Abschluß seines traurigen kleinen Geständnisses, er habe nicht die Absicht, irgend etwas zu stehlen, nein, nein, nein, nein, und ich möchte bitte entschuldigen, daß er mich aufgehalten habe.

Ich sagte, nein, es sei an mir, mich zu entschuldigen, es tue mir sehr leid, aber ich sei heute etwas durcheinander und fühlte mich nicht wohl, worauf er, als befürchte er, ich könnte wieder wild werden, hastig und zittrig seinen einen Handschuh noch einmal auszog und mir die Hand schüttelte und sagte: »Nun, dann leben Sie wohl. Gott befohlen. Ja, Gott befohlen.« Er wandte sich um, den Rohrstock umklammernd, dessen stählerne Spitze laut über den Terrazzoboden klopfte, humpelte gedemütigt auf den Fahrstuhl zu, der mit offenen Türen auf ihn wartete, stieg ein; die Türen schlossen sich, und er fuhr hinunter, ein alter Mann, den ich nie mehr wiedersehen werde, ein alter Mann, der schon zur Anekdote geworden ist, zu einer Geschichte, die ich später einmal erzählen werde. Vor Jahren hätte die Mary Dunne meiner Schulzeit sie als Kurzgeschichte niedergeschrieben und mit Rückporto versehen an eine der Zeitschriften geschickt, die sie bewunderte. »Der Wohnungsjäger.« Das wäre ein guter Titel dafür gewesen, ja, aber wo ist dieses Ich, das einmal Geschichten schrieb? Diese Mary Dunne ist tot.

Damals wollte ich Schriftstellerin werden. Dazu muß man schreiben wollen. Ich wollte die Umstände, die Voraussetzung, nicht das Ergebnis. Und gilt das nicht in gewisser Hinsicht für alle meine Karrieren, waren sie nicht lediglich Rollen, die ich nur gespielt habe? Sogar das Theaterspielen selbst? Wer erinnert sich an Mary Dunne, die Schauspielerin? Sogar die Kollegen dürften mich alle vergessen haben. Das muß vor drei Jahren gewesen sein, als ich bei der Agentur Ashley Famous vorsprach, und sie warten jetzt noch auf die neuen Fotos und die Zeitungsnotiz, die ich ihnen versprochen habe. Oder warten sie nicht mehr? Natürlich haben sie es aufgegeben, sie haben mich längst abgeschrieben und vergessen. Mary Dunne, die Schauspielerin?

Hamlins dickes, schwitzendes Gesicht mir gegenüber im Barbetta's. »Aber das ist eine Charakterrolle. Du bist doch der Typ der Naiven.« Das war mein schauspielerisches Epitaph, obwohl ich das damals nicht wußte. Und im wirklichen Leben ist es nicht anders; ich spiele die Rolle der Naiven, mit Nuancierungen je nach Partner. Für Jimmy mußte ich eine Wildkatze sein, für Hat wie ein Mannequin aussehen: Er liebte Eleganz. Terence will mich als Irin sehen: launisch, lachend, ausgelassen. Und wie sehe ich mich selbst, wer ist das Ich, das ich in Spiegeln darstelle, das Frisiertisch-Ich, das ich im Golden-Door-Frisiersalon nicht mit Namen nennen kann?

Wenn ich daran denke, möchte ich keine Frau mehr sein – ich hasse dieses ekelhafte weibliche Rollenspielen, diese dumme Entwürdigung des Verführerin-und-Hure-Spielens bei der Darbietung meines Gesichts und meines Körpers in der Welt der Männer. Mir bricht vor Scham der Schweiß aus, wenn ich an die zahllosen Stunden des Herumsuchens in Kleidergeschäften denke, an die Narzißstunden vor Spiegeln, an die geistlosen Stunden unter Trockenhauben – und wozu? Damit Männer auf der Straße sagen können: »Ich möchte dich vögeln, Baby«, damit Männer mich heiraten und mich *behalten* wollen, aber lassen wir das lieber, sonst kommt mich das große Kotzen an.

Ich hatte als Schauspielerin keinen Erfolg, aber nicht, weil ich als Naive abgestempelt war, sondern weil mir der Drang, die sture Eigenliebe fehlte, die dazugehört. Theaterspielen ist etwas, was ich einmal, wie ich glaube, ganz gut konnte, aber wiederum war es eine »Rolle«. Und als der Erfolg kam, der begrenzte Erfolg jener Saison in East Hampton, da kam er zu spät. Da hatte ich inzwischen Hat kennengelernt. Seine Karriere ging vor.

Die Party bei Molly Lupowitz war letzten Monat, am Vierzehnten, und der Reporter von *Life* (komisch, an sein Gesicht kann ich mich nicht erinnern) war da, und was wäre geschehen, wenn ich ihn nicht gefragt hätte, ob er Hat Bell kennt? Aber ich habe ihn gefragt. »Hat? Natürlich«, sagte er. »Was für ein Mensch.« Und ich sehe mich dastehen, mit einem leisen Schuldgefühl, weil Terence ganz in der Nähe stand, aber ich wußte, daß der Mann jetzt eine Hat-Anekdote erzählen würde, und irgendwie hatte ich noch immer das Bedürfnis, mit jemandem über Hat zu sprechen. »Armer Kerl«, meinte der Mann von *Life*, und ich weiß noch, daß ich empört sagte, wie meinen Sie das, armer Kerl, wer sind Sie denn, ob betrunken oder nüchtern, ich wette, Sie steckt er als Reporter noch zehnmal in die Tasche, und da warf mir der Mann einen merkwürdigen Blick zu und sagte: »Oh, ich hatte keine Ahnung, daß Sie es nicht wußten – Hat ist tot.«

»Nein«, sagte ich. »Nein, er ist nicht tot –.« Ich sagte es so laut, daß sich die Leute umdrehten und mich ansahen und Terence sofort zu mir kam. »Wie ist das passiert?« fragte ich. Und der Mann sagte, es sei ganz plötzlich gekommen, er sei eines Nachts im Schlaf gestorben, und ich konnte es noch immer nicht glauben, aber dann sagte der Mann: »Ja, es war vor einem halben Jahr, oben in Montreal.« Als ich »Montreal« hörte, wußte ich, daß es stimmte. Er war seit einem halben Jahr tot, und ich hatte es nicht gewußt. Als ich weinte – jedesmal, wenn ich seither weinte –, war dieser Gedanke das Schlimmste: daß er seit sechs Monaten tot war und ich nichts davon gewußt hatte.

Hatfield Kent Bell. Er pflegte sich als den typischen Anglo-Kanadier zu bezeichnen: als Sohn schottisch-englischer Eltern in Kingston, Ontario, geboren, im Pfarrhaus aufgewachsen. Aber wie so vieles, was er von sich sagte, war dies nur ein Teil der Wahrheit. Sein Vater war zwar tatsächlich anglikanischer Pfarrer, aber seine Mutter war eine Hatfield, von den Fleischkonserven-Hatfields. Wie viele kanadische Pfarrerssöhne besuchen schon exklusive Privatschulen und mieten sich zur Feier ihres einundzwanzigsten Geburtstags ein ganzes Stockwerk im Royal York Hotel von Toronto?

Hat Bell. Er saß im Bibliothekssaal von *Canada's Own Magazine* vor einem Mikrofilmbetrachter, und ich brachte ihm die Filmrollen, einen Teil des Materials, das

Mackie und ich für ihn herausgesucht hatten. Ich hatte ihn für älter gehalten. Ich hatte gelesen, daß er als Kriegsberichterstatter bei der Ersten Kanadischen Division in Italien gewesen war. Ich war fünf, als der Krieg ausbrach. Es war der Krieg meines Vaters. Außerdem sah Hat auf dem Kopfporträt über seiner Zeitungsspalte HATFIELD BELL IN OTTAWA wie ein englischer Anwalt aus, angegraut, eine eminente Erscheinung. Er war nicht grauhaarig, war keine eminente Erscheinung, sondern einer jener langbeinigen, unordentlichen Männer, die ihr ganzes Leben große Jungen bleiben. Ja, er *sah* auf eine nachlässige Weise distinguiert aus, und er hatte tatsächlich an der Universität Toronto ein paar Semester Jura studiert, ehe er als Kanadas jüngster Kriegsberichterstatter nach Europa ging. Und auch wenn er betrunken oder abgebrannt war, immer merkte man ihm eines an: Er stammte aus reicher Familie.

Als ich die zweite Mikrofilmrolle in den Apparat getan hatte, blieb ich hinter ihm stehen, um ihm die Stelle zu zeigen, auf die es ankam. Da sagte er mit kalter Stimme: »Beugen Sie sich nicht über mich.« Ich hätte ihn umbringen können, für wen hielt er sich denn, dieser Grobian, dieser großspurige Schriftsteller, daß er glaubte, eine kleine Bibliothekssklavin schikanieren zu können? Aber dann stieß er sein irres Lachen aus und sagte: »Sie sind zu aufregend.« Hat er mich an diesem Abend zum Essen ausgeführt oder erst am nächsten? Ich weiß es nicht mehr. Das, woran ich mich erinnere, geschah etwa ein Vierteljahr später. Ich kam aus dem Badezimmer einer Suite im La Salle Hotel in Montreal, Gesicht geschminkt, das Haar lose bis zu den Hüften herunterhängend, nackt – ich hatte mich im letzten Augenblick entschlossen, ohne Schlüpfer einzutreten. Ich fühlte mich angeheitert von den Cocktails und dem Wein beim Lunch und war schrecklich aufgeregt, verspürte aber auch ein Schuldgefühl Jimmy gegenüber, dem ich das nun antat. Ich weiß noch, als ich das Schlafzimmer betrat, hegte ich einen Augenblick lang die törichte Hoffnung, daß ein Wunder geschähe und Hat und ich nur auf dem Bett nebeneinander liegen und uns küssen und liebkosen würden und daß dies vielleicht nicht als Ehebruch zählte. Und gleichzeitig fragte ein kleiner Teil von mir, ob es nicht vielleicht besser gewesen wäre, wenn ich den Lippenstift abgewischt hätte – konnte es nicht Flecken auf dem Kissen geben? Dann mußte ich an meinen BH und den Strumpfhalter denken, die ich im Badezimmer am Hakenbrett unter einem Badetuch versteckt hatte – was, wenn er nun nachher als erster hineinging und das Tuch herunternahm und dann der BH und der Strumpfhalter zu Boden fielen? Der Strumpfhalter sah billig und alt aus.

Mit solchen Gefühlen und Gedanken begab ich mich also nackt in den Ehebruch, und als ich das Zimmer betrat, stand Hat schon wartend da und blickte mich an. Er war auch nackt, und ich mußte unwillkürlich zu seinem Unterleib hinsehen. Er war nicht erregt, was mich beunruhigte. Ich dachte, er bewundert mich, wenn ich angekleidet bin, er sagt immer, ich sehe aus wie ein Mannequin, vielleicht ist er von meinem Körper enttäuscht?

Aber in diesem beklemmenden ersten Augenblick tat er genau das Richtige, er kam auf mich zu, küßte mich, führte mich zum Bett und legte sich neben mich. Sofort spürte ich, wie sein Glied an meinem Schenkel steif wurde und pulste, und dann folgte ein langes Küssen und Liebkosen und Befühlen, und schließlich vereinigten wir uns, aber ich erreichte nicht den Höhepunkt, und er auch nicht, wenn ich das damals auch nicht merkte, da ich ihn noch nicht kannte. Danach umfing uns eine große Zärtlichkeit, es ging immer wieder ich liebe dich und liebst du mich auch und natürlich liebe ich dich, die ersten Gebete für unser irdisches Reich, die erste jener Litaneien, die sich mir später als Gebete des Scheiterns darstellen sollten, und dann versteckte ich mich im Badezimmer, während der Zimmerkellner das Eis brachte, und es wurde dunkel, und ich erinnere mich, daß wir, die Arme einander um die Hüften geschlungen, auf einem kleinen Sofa saßen, Gläser mit Whisky griffbereit in der Nähe, und den Schneeflokken zusahen, die langsam auf den Hinterhof des La Salle Hotel fielen. Wir hatten das Gefühl, von zu Hause weggelaufen zu sein, und alles war lustig, ein schuldbewußter Spaß, eine auf die Seite gekippte Welt. Und später, sehr spät an diesem Abend, lag ich im Dunkeln wach neben Hat, und ich hatte das leise Gefühl, daß es nicht ganz so gewesen war, wie es hätte sein können, ein Gefühl, so verschwommen, so unwillkommen in dieser Stimmung, daß ich es beiseite tat. Ich hätte es nicht beiseite tun sollen. Nie und nimmer. Denn unser Zusammensein war nicht besser als mit Jimmy. Ich war noch immer so unerfüllt, wie ich jenes erste Mal in dem Motelzimmer in Calais, Maine, gewesen war. Die Zärtlichkeit, das »ich liebe dich« und »liebst du mich«: das war Furcht. Die Späße und das Gekicher waren gedämpfte Hysterie. Ich wußte es und wollte es doch nicht wahrhaben, und das war meine Schuld, meine Schuld, meine schlimmste Schuld.

Wußte Hat es auch? Was dachte Hat wirklich, welche Gedanken gingen ihm insgeheim durch den Kopf, wenn er das Vorspiegeln aufgab und er selbst wurde? Ich galt ja als Schauspielerin, doch für mich war das Theaterspielen eine

Art Leidenschaft, etwas, was ich tat, aber nie mit dem verwechselte, was es nicht ist. Aber Hat spielte sein ganzes Leben Theater, Tag für Tag, Stunde für Stunde, und erfand alle möglichen Beschäftigungen, Charaktereigenschaften und Bewegungen für die Rolle, die er als Hatfield Bell darstellte. Der totale Schauspieler, der Hat-Typ, braucht nicht auf einer Bühne zu stehen, er hat keine Zeit, den Text eines anderen zu lernen, das Stück eines anderen zu spielen. Ein Schauspieler wie Hat ist sein eigenes Stück. Aber begreift er das? Wer verbarg sich wirklich unter all den Hats? Würde der richtige Hat bitte einmal hervorkommen? Aber, o Hat, alter Hat, du kannst nicht mehr hervorkommen, du liegst sechs Fuß unter der Erde. Die Vorstellung ist zu Ende.

Hat in Kingston unter einem Grabstein. Das Grab meines Vaters im Schnee des Militärfriedhofs von Halifax, das kleine Steinkreuz so von nassem Schnee verhüllt, daß es kein Kreuz mehr war, sondern ein Phallus. Der alte Dan Dunne. »Wir sterben alle früh genug, es hat keinen Sinn, sich darüber den Kopf zu zerbrechen«, pflegte meine Tante Maggie zu sagen. Sie war die Schwester meines Vaters, und wie der alte Dan Dunne ist auch sie schon tot. Ich erinnere mich, daß sie einen Schnurrbart hatte. Sie war sehr groß, fast so groß wie die alte Mrs. Dowson, die Mutter von Janice. Komisch, ich habe nicht mehr an Janice gedacht, seit wir uns heute verabschiedeten. Sie rief heute morgen an, während ich gerade dem armen alten Mr. Peters ins Treppenhaus nachstürzte. Als ich in die Wohnung zurückkam, lag der Telefonhörer auf meinem Bett. »Eine Mrs. Sloane«, verkündete Ella Mae. Ich griff nach dem Hörer. Janice ist am Telefon immer wieder ein einmaliges Erlebnis. Sie redet, als ginge sie gerade mit der

Titanic unter oder als verließe sie im nächsten Augenblick Saigon mit dem letzten Flugzeug.

»Mary, ich habe mich doch nicht verspätet?«

»Nein, nein. Wo bist du denn jetzt?«

»Ich sagte, ich würde um eins anrufen. Es ist doch noch nicht nach eins?«

»Nein, nein, es ist noch nicht eins.«

»Gott sei Dank. Ich war auf dem Gotham-Buchmarkt, und ich wollte erst anrufen, wenn ich wieder in der Nähe bin. Ich habe einen Tisch reservieren lassen in dem Restaurant, von dem du erzählt hast, Le Plat du Jour. Das ist doch nicht weit von euch, oder?«

»In welchem Restaurant?«

»Le Plat du Jour. Von dem du mir in Montreal erzählt hast.«

Ich hatte nie von Le Plat du Jour gehört, aber da ich Janice kannte, äußerte ich mich nicht dazu. »Sehr schön«, sagte ich.

»Ja, also ich bin jetzt – Augenblick – ja, ich bin jetzt Ecke Seventy-second und Third. Ich nehme mir ein Taxi und hole dich in, sagen wir, zehn Minuten ab, einverstanden?«

»Ja, sehr gut.«

Ich legte auf, betrachtete abermals mein Gesicht, zog mir die Lippen nach, ging in die Diele und legte 15 Dollar in die mexikanische Schale für Ella Mae. Wir genieren uns beide, wenn es um Geld geht. Ich sagte ihr nicht, wann ich wieder zurück sein würde. Wenn ich ihr sage, ich komme spät zurück, geht sie schon sehr früh.

Acht Minuten nach Janice' Anruf verließ ich die Wohnung, ohne mich zu verabschieden. Wenn Janice zehn Minuten sagt, dann meint sie auch zehn Minuten, und kaum war ich zur Haustür hinausgetreten, da hielt auf der anderen Straßenseite ein Taxi, und durch das Rückfenster winkte Janice mir zu wie eine Frau, die gerade ertrinkt.

Wenn ich an Janice Sloane denke, sehe ich ihre Augen vor mir, diese großen hellblauen Augen, die für sie so typisch sind wie für de Gaulle die Körpergröße und für Churchill die Zigarre. Doch gleich nach den Augen denke ich: Janice und Charles, denn das haben die Sloanes so an sich, sie sind ein Paar, unzertrennlich, untrennbar, und so fiel mir, als ich Janice dort im Taxi winken sah, ein, daß sie gesagt hatte, sie sei allein hier, und während ich die Straße überquerte, fragte ich mich, warum Charles nicht bei ihr war.

Sie klinkte mir die Tür auf. »Mary, Liebling. Gott, du siehst wunderbar aus. Ach, ich komme mir so schäbig vor. Ich hätte mein Dior-Kleid anziehen sollen. Ich meine diese verkorkste Dior-Kopie, o Gott, dieses Restaurant ist doch nicht schrecklich vornehm – oder?«

»Keine Ahnung. Ich glaube, ich kenne dieses Restaurant gar nicht. Ich kann mich nicht erinnern –«

»Doch, du hast mir davon erzählt, letztes Jahr, als du in Montreal warst. Ich hatte es mir aufgeschrieben, aber ist ja auch egal, Gott, ich sehe aus wie Methusalem, mit oder ohne Dior-Kopie, also reden wir nicht mehr davon, wie geht es dir denn, bist du glücklich, du siehst jedenfalls so aus, du siehst sehr gut aus.«

»Wohin soll's denn nun gehen?« fragte der Fahrer, einer jener verdrießlichen Zeitgenossen, deren unhöfliche Art manche Leute witzig finden.

»Oh, entschuldigen Sie.« Janice riß ihre Handtasche auf, holte ein kleines, ledergebundenes Notizbuch heraus und blätterte darin. »Le Plat du Jour, 110 East Sixty-fifth Street.«

»Soll das ein Restaurant sein?«

»Fahren Sie schon«, fuhr ich ihn an. »Die Adresse haben Sie ja.« (Warum müssen Leute wie dieser Mensch Leute wie Janice immer schikanieren?) Ich wandte mich ihr zu, entschlossen, den Fahrer nicht weiter zu beachten. »Dann bleibst du also bis Montag hier?«

»Ja, bis Montag.« Impulsiv beugte sie sich zu mir herüber und küßte mich auf die Wange. »Mary – es ist so schön, dich wieder einmal zu sehen.«

Und ich – ich bin sentimental oder leidenschaftlich veranlagt oder was auch immer, ich hätte am liebsten geweint und umarmte sie und gab ihr einen Kuß auf die Wange und dachte, sie hat mir wirklich gefehlt, Menschen von zu Hause aus Kanada, das ist doch etwas anderes – wir haben uns einmal alle so nahegestanden, vielleicht liegt es daran. Oh, dieses Gefühl der Zuneigung ist unecht, ich weiß, aber mir war so zumute, und, wie gesagt, ich hätte weinen mögen. Bei einem Wiedersehen sind die ersten Augenblicke die schönsten. Denn da haben wir noch nicht gemerkt, daß es außer ihnen nichts mehr gibt.

»O Mary«, sagte Janice, »es tut mir so gut, daß ich in New York bin. Nicht daß ich mir nichts aus Montreal mache, oh, das weißt du ja, dort ist auch viel los, und es wird immer interessanter, und unser Haus ist viel schöner geworden, seit du das letzte Mal da warst, aber es hat so etwas Befreiendes, hier in New York zu sein – einfach hier im Taxi zu sitzen und die Park Avenue hinunterzufahren und mit dir zusammen essen zu gehen – oh, weißt du was, wir bestellen uns Bloody Marys, ja?«

Ich sagte, ja, natürlich, sagte es, wie es ein Erwachsener gesagt hätte, um ein Kind zu beruhigen, lächelnd, aber gleichzeitig beschlich mich ein kalter kleiner Gedanke:

»Das könntest jetzt beinahe du sein«, denn wenn ich bei Hat geblieben wäre, wäre ich in Kanada, würde mir einzureden versuchen, daß Montreal etwas ist, was es nicht ist, würde noch immer wie Janice nach New York reisen wie ein junges Mädchen zu einer aufregenden Party. Nur daß ich wußte, daß es für mich schlimmer sein würde: Wenn ich bei Hat geblieben wäre, wäre New York eine Erinnerung an Terence gewesen, eine Erinnerung an etwas, was hätte sein können.

»Herrlich«, sagte Janice und bezog die ganze Park Avenue in ihre Handbewegung ein. »Wie ich dich um das alles beneide. Doch, wirklich. Aber nicht so, wie du denkst. Ich beneide dich darum, weil du hier leben kannst, ohne Kanada zu vermissen. Du vermißt Kanada doch nicht, oder?«

»Nein«, sagte ich. »Ich vermisse nur manchmal Leute von zu Hause. Meine Mutter, zum Beispiel.« Aber wenn ich gedacht hatte, ein paar Worte über meine Mutter sagen zu können, hatte ich mich getäuscht. »Da hast du's«, sagte Janice. »Wir sind da eben verschieden. Ich würde Montreal vermissen. Du bist ja nicht in Montreal geboren, da empfindest du das nicht so, nur Leute, die dort geboren sind, tun das, nehme ich an. Aber weißt du, wenn ich an all die Jahre denke, in denen ich immer geträumt habe, einmal in Paris oder New York zu leben, so weiß ich jetzt, daß das einfach Tagträume waren – ich würde Montreal vermissen, wo ich auch wäre. Ich habe mich immer geschämt, das sogar mir selber einzugestehen, aber Dr. Raditsky sagt, das gehört mit zu dem, was ich herausfinden muß, wenn ich erfahren möchte, was ich in Wirklichkeit will und was ich nur zu wollen glaube. Und was meinst du? Ich glaube, mir geht es um schöne Hartholzfußböden. Ist das nicht gräßlich? Aber was mir jetzt tatsächlich wohltut, wenn ich einmal niedergedrückt bin, das ist mein neuer Hartholzfußboden – ich gehe dann ins Wohnzimmer und sehe ihn mir an. Den *Fußboden*, stell dir vor! Aber er ist so schön. Ist das nicht dumm?«

Sie lachte, und ich lachte mit ihr, denn es war tatsächlich dumm, aber ich dachte, ja, sie hat recht, vielleicht ist Dr. Raditsky doch gut für sie. Das ist wahrscheinlich die Wahrheit, und nun kann sie es sich eingestehen.

»Hartholzfußböden!« Sie mußte noch einmal lachen. »Ach, übrigens – hast du den *Marat-Sade* gesehen?«

Ich sagte, nein, ich sei in dieser Saison kaum im Theater gewesen. »Weißt du, wenn man in New York wohnt, wird man träge, und außerdem geht Terence lieber ins Kino.«

»Ach, wirklich?« Ihre wundervollen Augen wurden ausdruckslos und taten Terence beiseite auf eine Art, die mich sofort erzürnte. »Alle sagen aber, es sei erstaunliches Theater. Ich meine den *Marat-Sade*. Aber ein schlechtes Stück.«

Wer ist »alle«? fragte ich mich. Welche Zeitschrift? Und wie konnte ein schlechtes Stück erstaunliches Theater sein? Wahrscheinlich ärgerte ich mich über ihren kalten Blick, als ich Terence erwähnte, und deshalb wollte ich es ihr gleich heimzahlen. »Wie ich höre, ist das Erstaunlichste daran, daß einer der Schauspieler dem Publikum den bloßen Hintern zeigt«, erwiderte ich.

Sie lachte. »Natürlich«, sagte sie, »es ist ein Homostück, das sind sie ja alle, heutzutage. Übrigens läßt dich Davy Powell grüßen.«

Ich dachte an Davy, sah sein graues Haar, seinen grauen Anzug, sein »aufrichtiges« Gebaren. Er ist Apotheker, ein langweiliger Mensch, der ein wenig eklig werden kann, wenn er getrunken hat, und dann mit schleppender

Stimme komische Dinge sagt. Der Junge, der bei ihm wohnte, hat sich von der Jacques Cartier Bridge hinuntergestürzt. Janice und Charles klären ihre Gäste im Flüsterton darüber auf, gewöhnlich während Davy in ihrem Wohnzimmer große Reden schwingt. O Gott, o Montreal, wo es noch als »chic« gilt, einen Homosexuellen zu kennen. Wie herrlich, das alles hinter sich gelassen zu haben, Davy Powell, Blair und Peggy O'Connell, den Leducs und all den anderen Lebewohl gesagt zu haben, dieser ganzen kleinbürgerlich-geschwätzigen Atmosphäre.

»Und Blair läßt dich auch grüßen«, fuhr Janice fort, als hätte ich laut gedacht. »Er ist natürlich noch immer dein Sklave. Und, ach ja, das wollte ich dir auch noch erzählen, dieser andere Verehrer von dir, Ernie Truelove, der hat mit diesem Mädchen, Sally Soundso, Schluß gemacht. Aber was erzähle ich da vom lieben alten Montreal, wo ich hier in New York bin. Ach, ist das das Pan Am Building?«

»Ja, ganz recht.«

»Und landen da wirklich Hubschrauber drauf?«

»Ja, ich glaube schon.«

»Jetzt nicht mehr«, sagte der Taxifahrer. (Er mußte sich wieder einmischen.) »Hat sich nicht bezahlt gemacht. Ist zu teuer. Außerdem haben sich die Leute über den Lärm beschwert.«

»Wie interessant«, sagte Janice, und da legte er natürlich erst richtig los, bla-bla-bla, den ganzen Weg bis hin zu einem Restaurant, das ich Janice ganz bestimmt nicht empfohlen hatte, das aber nicht übel aussah – so die Art Restaurant, die in Prospekten als »mittlere bis teure Kategorie« bezeichnet wird. Ich bezahlte für das Taxi, obwohl Janice mir zuvorkommen wollte. Ich weiß noch, daß ich mir sagte, keine Bloody Mary, sondern einen Martini.

Denn ich fühlte mich auf einmal zittrig und verkrampft. Ich wußte, daß sie das Gespräch auf Hat bringen würde.

Wir gingen hinein, schritten zwei Stufen hinunter in ein kleines Foyer mit Garderobe zur Linken und einem Schalter für Vorbestellungen zur Rechten, einer Art Podest mit einer elektrischen Leuchte darüber, wie man sie sonst benutzt, um teure Ölgemälde anzustrahlen. Und dieses Podest hielt ein dicker, buttergesichtiger Franzose in schwarzem Anzug besetzt. Besitzer? Oberkellner? Wer weiß?

»Madame Sloane«, verkündete Janice. *»J'ai réservé pour deux.«*

Der Besitzer-Oberkellner starrte Janice dabei an, als hätte er einen erstaunlichen sprechenden Vogel vor sich. Er stieß einen leisen Seufzer aus, nahm dann, ohne in seinen Reservierungsplan geblickt zu haben, zwei Speisekarten von einem Stoß herunter, winkte uns damit vor dem Gesicht herum, um uns zu bedeuten, daß wir ihm folgen sollten, und so folgten wir ihm, zwei Frauen, durch die Blicke der an der kleinen Bar sitzenden Martini-Männer hindurch in das lange, schmale Lokal hinein bis ganz nach hinten zu einem Tisch gleich neben der Tür zur Küche, den der Besitzer-Oberkellner ein Stück nach vorn rückte. Dann deutete er auf zwei Plätze einer kleinen Wandbank. Ich sitze lieber dem andern gegenüber, nicht neben ihm, aber wenn ich das hier getan hätte, wäre ich den Kellnern im Weg gewesen, die mit ihren Tabletts aus der Küche kamen. Also fügte ich mich und nahm neben Janice Platz, und der Besitzer-Oberkellner sperrte uns ein, indem er den Tisch wieder zurückschob. *»Je vous remercie bien«*, verkündete Janice mit lauter Stimme, obwohl mir nicht einleuchtete, weshalb sie sich für den schlechtesten

Platz im ganzen Lokal noch bedankte. Der Besitzer-Oberkellner legte die Speisekarten vor uns hin. *»Bon appétit«*, sagte er, schnipste mit den Fingern einen Kellner herbei, wandte sich um und ging. Der Kellner kam, ein untersetzter, kahlköpfiger Mann Ende Vierzig, in kurzer roter Jacke und schwarzer Hose. Ich glaube nicht, daß Janice ihn ansah; sie war viel zu sehr damit beschäftigt, herauszufinden, ob jemand gehört hatte, daß sie französisch sprach. »Möchten Sie einen Cocktail, Madame?« fragte der Kellner, und da drehte sich Janice zu ihm um und sagte laut: *»Oui. Deux Bloody Mary, s'il vous plaît«*, und sie schickte den Kellner mit einer nickenden Kopfbewegung fort, so daß er sich sofort umdrehte und ging. Aus war mein Traum von einem Martini. Dann wandte sie sich an mich. Sie machte ein besorgtes Gesicht. »Im Ernst, Mary – ich sehe gräßlich aus, nicht wahr?«

»Unsinn – du siehst sehr gut aus.«

Sie seufzte. »Wie wäre das möglich!«

»Wie meinst du das? Was ist denn geschehen?«

Ich wartete, bekam aber keine Antwort. Statt dessen hob sie den Kopf wie eine Heldin im Film angesichts des Hinrichtungskommandos, griff nach der Speisekarte und fragte: »Hast du die Turner-Ausstellung im Museum of Modern Art gesehen?«

Ich sagte, nein, noch nicht, ich hätte gehört, es sei immer sehr voll, und sie sagte, sie müsse unbedingt hingehen, die Ausstellung gehöre zu den Dingen, die sie in New York nicht versäumen wolle, und da brachte uns der Kellner die Cocktails.

»Oh, das hatte ich aber auch nötig«, sagte sie und trank einen kräftigen Schluck.

»Was ist, Janice? Kann ich dir helfen?«

»Oh, nichts weiter«, sagte sie. »Was hörst du so aus Montreal? Stehst du noch mit den O'Connells in Verbindung?«

Ich sagte, nein, eigentlich nicht, ein Gruß an Weihnachten, aber sonst nichts, ich bin eine schlechte Briefschreiberin. Ich sagte, sie, Janice, sei wohl zur Zeit mein engster Kontakt mit der alten Heimat.

»Was – du schreibst keinem mehr, keinem von der alten Clique?«

Ich sagte nein. Ich sagte, regelmäßig schriebe ich nur meiner Mutter, und ich wollte von dem Brief erzählen, den ich gerade bekommen hatte, von dem Polypen und von den Sorgen, die ich mir machte, und von meinem Anruf und daß ich mit Dick gesprochen hatte. Aber ehe ich dazu kam, fragte sie mich, wie spät es sei. Ich sah auf meine Uhr und sagte, Viertel nach eins, und da trank sie ihr Glas leer und hob es in die Höhe. »Sag mal – sollen wir uns noch einen bestellen? Wäre das schlimm?«

Ich erinnere mich, daß ich von meinem Cocktail erst ganz wenig getrunken hatte und mich weniger zittrig fühlte und weniger Angst davor hatte, daß sie von Hat anfing, und so sagte ich, ich hätte noch recht viel in meinem Glas, aber sie solle sich doch nicht nach mir richten. Schließlich sei sie ja diejenige, die auf Ferien nach New York gekommen war.

»Eh bien.« Sie hob die Stimme, damit die anderen Gäste sie hörten. *»Garçon? Garçon?«* Der Kellner, der mit drei Tellern mit Roastbeef auf dem rechten Arm und einer Flasche Rotwein und zwei Gläsern in der linken Hand den mittleren Gang entlangeilte, nickte gequält, wie um ihr zu versichern, daß er gleich kommen werde, und Janice hielt die linke Hand erhoben und blickte sich nach den anderen

Gästen um und rief dann laut zu dem Kellner hinüber, sobald er seine Teller und den Wein abgestellt hatte: *»Quand vous avez un moment, un autre Bloody Mary, s'il vous plaît.«* Der Kellner, der auf dem Rückweg an uns vorbeikam, fragte: »Nur einen?«, und Janice nickte, und da erst sprach der Kellner seine ersten französischen Worte: *»Bien, Madame.«* Und Janice rief zurück: *»Merci«*, als deklamiere sie auf einer Bühne, und begann dann ganz unverhohlen einen Herrn anzustarren, der zusammen mit zwei anderen Männern auf der Wandbank jenseits des Mittelgangs beim Essen saß. Der Mann blickte auf, sah sie an. Es war ein ganz gewöhnlicher Mann, in den Dreißigern, mit einem sommersprossigen Gesicht, aus seinem Hemdkragen lugte eine Schleife hervor; ich zuckte vor Verlegenheit zusammen, weil Janice genau auf die Stelle deutete, wo er saß.

Was würde sie gleich sagen? Ich starrte sie an. Auch der Mann starrte sie an, die Gabel auf halbem Wege zum Mund anhaltend.

»Ist das die Sainte-Chapelle?«

Über der Sitzbank, über dem Kopf des Ärmsten dort drüben, hing ein französisches Plakat mit dem Bild der Sainte-Chapelle, und so sagte ich, ja, das sei sie. Der Mann, der wenig elegant kaute, drehte sich um und betrachtete das Plakat hinter sich an der Wand, während ich mit erhitztem Gesicht dasaß und Janice am liebsten gekniffen hätte. Mein Gott, dachte ich, wir Kanadier mokieren uns immer über die Amerikaner, die so wenig Manieren haben, aber was ist das jetzt? Ich schämte mich wegen meiner Freundin, und um mich von ihr zu distanzieren, tat ich so, als studierte ich eingehend die Speisekarte.

»Ach«, sagte sie, »jetzt will ich dir auch beweisen, daß

du es warst, die mir von diesem Restaurant hier erzählt hat.«

Sie öffnete ihre Handtasche, holte ihr kleines Notizbuch hervor und blätterte darin. »Da«, sagte sie und zeigte mir eine bekritzelte Seite, auf der mein Name stand, MARY, und dahinter: *Le Plat du Jour: Spezialität: Endives flamandes.* Ich las die Notiz, und da fiel mir wieder ein, was ich ihr damals gesagt hatte: Ich hatte ihr empfohlen, die *endives flamandes* zu probieren, die eines der *plats du jour* im Chez Napoleon Ecke Fiftieth und Ninth waren. Sie hatte das durcheinandergebracht, hatte sich Le Plat du Jour als Namen des Restaurants gemerkt, und der Zufall wollte es, daß es ein solches Restaurant tatsächlich gab. Hätte es sich nicht gerade um Janice gehandelt, hätte ich gelacht und sie über ihr Mißverständnis aufgeklärt, aber so nahm ich die Speisekarte in der Hoffnung, es könnten infolge eines weiteren verrückten Zufalls *endives flamandes* darauf zu finden sein. Denn ich erinnerte mich an Janice' Stimmungen, wußte, daß ganz dicht unter der Oberfläche ihres anscheinend so starken Selbstbewußtseins eine andere, verängstigte Janice lauert, eine Janice, die über diesen belanglosen Irrtum in Tränen ausbrechen konnte, eine Janice, die imstande war, ein kleines Mißverständnis in stundenlange Gegenbeschuldigungen umzukehren in dem Bestreben, dem anderen zu beweisen, daß sie sich irgendwie doch nicht geirrt hatte, sich einfach nie und nimmer irren konnte.

»Ach, wie dumm«, sagte ich in heuchlerisch bedauerndem Ton, »heute scheinen sie keine *endives* zu haben.«

»Nein? Schade. Aber macht nichts, vielleicht gibt es etwas anderes, was du empfehlen kannst.«

»Rognons«, sagte ich. »Magst du Nieren?«

»Sind sie gut hier?«

»Ja.« Und dann spann ich meine Lüge weiter aus: »Zumindest waren sie es, als ich das letzte Mal hier war.«

Gut, sagte sie, dann sollten es also *rognons* sein, und sie bestellte zunächst einmal *moules ravigotes,* eine kleine Karaffe Weißwein und eine halbe Flasche Brouilly, alles sehr laut auf französisch im Ton einer *commande*, und der Kellner nickte und sagte: *»Très bien«*, und Janice blickte sich um, lächelnd wie vor einem Publikum, und – wovon haben wir gesprochen, ehe wir auf Hat kamen? Ich weiß es nicht mehr. Wie kamen wir plötzlich auf Hat? Ach ja, jetzt fällt's mir wieder ein. Janice sagte: »Ich bin neulich auf einer Party auch MacKinnon begegnet. Erinnerst du dich noch an ihn? Er erinnert sich noch gut an dich.«

Ich erinnerte mich an ihn. Ich sah ihn vor mir, wie er eines Winternachmittags aus seinem Büro im Gebäude von *Canada's Own Magazine* kam. »Warme Braune Kacke« – diesen Namen hatte Hat ihm gegeben, und das war genau der richtige Ausdruck, er sah geradezu aus wie Kot in seiner ewigen Kombination von braunem Hemd, brauner Krawatte, braunem Anzug, glänzenden braunen Schuhen. Diese schreckliche Zeit, als ich immer wieder versuchte, Hat zu veranlassen, daß er sich unauffällig davonmachte, wenn alles kurz vor Redaktionsschluß fieberhaft arbeitete und er noch sehr spät und offensichtlich betrunken hereinkam und sich hinsetzte, um seine Spalte zu schreiben. Und MacKinnons Stimme: »Ziehen Sie Ihren Mantel an, Bell, hören Sie, Bell, oder sind Sie total besoffen? Machen Sie, daß Sie rauskommen.« Und Hat war so betrunken, daß er wahrscheinlich MacKinnon tatsächlich nicht gehört hatte. Dann sah MacKinnon mich an und fragte: »Wer hat ihn denn in diese Verfassung geraten lassen? Waren Sie mit ihm zusammen?« Und ich, ich verleugnete den betrunkenen Hat wie Simon Petrus seinen Herrn.

»Natürlich erinnere ich mich an MacKinnon«, sagte ich zu Janice. »Er hat mich doch eingestellt, damals, bei *Canada's Own.*«

»Richtig, ja, wie dumm von mir«, erwiderte sie. »Ich denke immer an deine Schauspielerei und vergesse, daß du auch bei der Presse gewesen bist. Na ja, er hat nach dir gefragt. Er wußte, daß du von Hat geschieden wurdest, aber er wußte nicht, daß du jetzt in New York lebst. Er sagte mir, ein Verlag will eine Anthologie von Hats Kriegsartikeln herausgeben, McClelland and Stewart, glaube ich. Und da hat man ihn gebeten, ein Vorwort zu schreiben.«

»Warum ausgerechnet MacKinnon? Diese Kacke. Hat nannte ihn immer ›Warme Braune Kacke‹. Er wäre wütend, jeder andere wäre dafür eher geeignet als dieser Kerl, was hat er denn anderes mit Hat zu tun gehabt, dieses Häufchen Dreck, als daß er ihn ständig rauswerfen wollte.«

Ha, da rege ich mich über Janice auf und sage, sie gerate leicht in Panik, und was mache ich? Ich rede auf einmal selber ganz laut, gebrauche schmutzige Ausdrücke, Kacke und Dreck, und zittere und bebe wie eine Irre angesichts der Ungerechtigkeit, daß MacKinnon ein Vorwort zu Hats einzigem Buch schreiben soll – der arme Hat, sein Leben lang hatte er ein Buch schreiben wollen, zuerst einen Roman, dann eine Biographie von Louis Riel und dann etwas anderes, ich weiß nicht mehr was, es wurde nichts draus. Und jetzt will endlich jemand diese Artikel aus seiner Kriegsberichterzeit in Buchform herausgeben, und da bittet man ausgerechnet R. M. MacKinnon, die Warme Braune Kacke, das Vorwort zu den Schriften Hatfield Kent Bells zu schreiben. Du heiliges altes Kanada, wer hätte das gedacht, die Leute, die Hat schlechtgemacht haben, als er noch am Leben war, werden jetzt die ersten sein, die sich hinstellen und behaupten, sie hätten ihn damals gekannt. Und was kann er dazu sagen? Er kann sich nicht wehren, er ist tot.

Und mit welchem Recht spiele ich selbst mich jetzt so auf? Ich habe ihn verlassen. Die Leute sagen, das sei sein Tod gewesen.

Aber dort im Restaurant zog ich über MacKinnon her. Ich erinnere mich, daß ich ganz laut sagte: »Das ist einfach nicht gerecht.« Dann versuchte ich einen Schluck von meinem Cocktail zu trinken und verschüttete ihn, und Janice gab mir ein Papiertaschentuch aus ihrer Handtasche und sagte, sie kenne Jack McClelland, den Verleger, er sei ein sehr netter Mann, und wenn ich wolle, würde sie ihm schreiben und einen anderen für das Vorwort vorschlagen, jemanden, mit dem Hat einverstanden gewesen wäre. Und wer kam denn da in Frage, wüßte ich einen?

Das war das Beste, was sie überhaupt sagen konnte, denn ich hörte auf zu zittern, weil ich mir überlegen mußte, wer denn nun wirklich der geeignete Mann für das Vorwort war, wen Hat sich dafür ausgesucht hätte. Inzwischen hatte Janice dem Kellner ein Zeichen gegeben, und ich hatte eine zweite Bloody Mary vor mir stehen, ich weiß noch, daß ich dachte, sie erledigt das so schnell und reibungslos wie früher Hat. Wer könnte das Vorwort schreiben? Namen: A. J. Liebling, Scotty Reston, Edmund Wilson – unmöglich, ganz klar, keiner von ihnen hatte jemals von Hat etwas gewußt. Aber mit ihnen wäre er einverstanden gewesen. Besonders mit Liebling. Dann fiel mir ein, daß Liebling tot war. Und Hat ist auch tot. Es gibt einfach niemanden in Kanada.

»Was ist mit Reid Stanfield?«

»O Gott, dieser Esel«, sagte ich. »Warum ist denn überhaupt ein Vorwort nötig?«

»Wahrscheinlich, damit man weiß, wer Hat war«, meinte Janice.

Als sie das sagte, traten mir Tränen in die Augen. O Hat, wer warst du wirklich? Gab es einen, der das wußte – wußtest du es selbst? Wird dich diese kleine Sammlung von Artikeln wieder zum Leben erwecken, wird sie beweisen, daß du dachtest, also warst? Ich bezweifelte es, und das Traurige dieses Gedankens wollte mich nicht mehr verlassen, und so hielt ich mir ein Taschentuch vor Mund und Nase, schützte einen Niesanfall vor, stand auf und ging zwischen den dicht besetzten Tischen hindurch zum Waschraum, wo ich (allein, Gott sei Dank) eine Minute lang stumm vor dem Becken stand und um Hat weinte. Immer wieder hörte ich dieses traurige Epitaph:

»Warum ist denn ein Vorwort nötig?«

»Wahrscheinlich, damit man weiß, wer Hat war.«

Ich frage mich: Warum, warum nur habe ich immer noch das Gefühl, daß das menschliche Leben einen Zweck hat? Ich weiß es nicht. Aber dort im Waschraum, über das Traurige dieses bedeutungslosen postumen Buches nachdenkend, eines Buches, über das sich Hat so sehr gefreut hätte, wenn er noch am Leben gewesen wäre, weinte ich. Im Spiegel über dem Waschbecken sah ich die schwarzen Flecken der Wimperntusche um die Augen herum, der Lippenstift war ganz verwischt, und da fiel mir inmitten der Tränen der Mann an der Verkehrsampel wieder ein, und ich lachte, denn ich sagte mir, wenn er jetzt hier hereinkäme und mein verschmiertes Gesicht sähe, würde er nicht mehr sagen: »Ich möchte dich vögeln, Baby.« Nein, das würde er bestimmt nicht. Doch das Lachen, das mich von dem bedrückenden Gefühl zu befreien begann, wollte mich nicht mehr verlassen und wurde hysterisch. Das erschreckte mich, so daß ich, noch immer lachend, ein Papiertaschentuch anfeuchtete und mir über die Stirn fuhr und dann das ganze Gesicht mit kaltem Wasser wusch, wobei ein anderes Ich den Befehl übernahm, das vernünftige Ich, das seinem verrückten Zwillings-Ich etwas erwachsen-herablassend zuredet und sagt, nun komm, Kind, nimm dich zusammen, laß diesen Unsinn. Eine abscheuliche Person, diese Pfadfinderführerin – wahrscheinlich ein Amalgam aller Erwachsenen, die mir als Kind irgendeine Lektion erteilten. Jedenfalls, diese vernünftige Person redete der anderen Person, vor der ich mich fürchte, das hysterische Lachen aus; das vernünftige Ich war es, das den einen Arm ganz weit ausstreckte, prüfte, ob die Fingerspitzen noch zitterten, und zu dem Schluß kam, daß ein neues Make-up jetzt aufgetragen werden konnte.

Als ich mir dann die Augenbrauen nachzuziehen begann, übernahm ein drittes Ich das Kommando, ein nachsichtiger Guter-Kumpel-Typ, und meinte, ich solle ruhig wieder zu unserem Tisch gehen und den zweiten Cocktail trinken, den Janice bestellt hatte. Genieße dein Mittagessen, riet mir mein Kumpel-Ich. Ein bißchen Alkohol kann nichts schaden. Sieh nur zu, daß Janice nicht wieder von Hat und der alten Zeit anfängt. Sie hat ja gesagt, sie wolle nicht von Montreal sprechen. Erinnere sie daran. Versuch es auf die spaßige Tour.

Das vernünftige Ich und das Kumpel-Ich hatten ihre

Pflicht getan, das Make-up war befriedigend, wenn auch nicht gerade fabelhaft, und so ging ich ins Restaurant zurück, das mir jetzt fast überfüllt vorkam, überall Kellner, kein einziger freier Tisch oder Stuhl, und dieser Lärm, Lärm, ohne den einer New Yorker Lunchstunde etwas fehlt. Ich erinnere mich, daß ich auf meine Uhr sah, während ich zu unserem Tisch zurückging, und es war Viertel vor zwei. Ich erinnere mich, daß Janice aufblickte, besorgt, dann lächelnd, beruhigt über mein Aussehen. Inzwischen war der Tisch ziemlich vollgestellt – da waren die Überreste meines ersten Drinks, der neue Cocktail, den Janice hatte kommen lassen, ihr Glas, dann eine Karaffe Weißwein mit zwei Gläsern, zwei Portionen *moules ravigotes,* ein blauer Gitanes-Aschenbecher, Janice' Tasche und ihre Handschuhe. Als ich mich setzte, sagte sie: »Ach, du siehst blendend aus, manchmal bin ich direkt neidisch, dieses herrliche Haar, ich glaube, du brauchst es gar nicht besonders zu pflegen. Mein verflixtes Haar ist so entsetzlich fein, jeder Friseur schlägt verzweifelt die Hände überm Kopf zusammen.«

Ich sagte: »Ich war gerade vorhin eine ganze Stunde beim Friseur.«

»Wirklich? Na ja, es hat sich jedenfalls gelohnt, das kann man wohl sagen.« Sie schob den neuen Bloody-Mary-Cocktail vor mich hin. »Komm, du bist im Rückstand. O Mary, wie *schön* ist es, dich wiederzusehen.«

Aber diesmal klang es anders als im Taxi. Jetzt war es eine Erinnerung an Tage, an die ich mich nicht erinnern will, und da ich das Essen schnell hinter mich bekommen und bald wieder allein sein wollte, nahm ich meinen Cocktail und goß die Hälfte davon in ihr Glas. »Hilf mir bitte, ja? Ich schaffe das nicht allein.«

Sie lächelte und nickte. Sie stieß mit mir an. Wir tranken und stellten dann die Gläser ab und sahen uns an, sie mit aufrichtiger Zuneigung, ich mit geheuchelter Freundlichkeit.

»Habe ich dir schon von Woody und Kate erzählt?«

»Nein«, sagte ich.

»Sie haben sich getrennt.«

Ich nickte, und das hätte ich nicht tun sollen, denn sofort fragte sie: »Überrascht dich das nicht?«

»Ach, das ist es nicht«, sagte ich. »Es ist –« Aber ich konnte nicht sagen, es ist wegen Hat, Woody kannte Hat, das alles erinnert mich an Hat, und so sagte ich stattdessen: »Es ist – es ist für mich einfach die Vergangenheit. Ich erinnere mich einfach nicht gern an diese Zeit.«

Ich sah ihr an, wie sie diese Antwort um und um drehte, ehe sie sie akzeptierte. »Nun ja, du bist nicht richtig aus Montreal, du hast dort nur ein paar Jahre gelebt, es war in deinem Leben nur eine Episode. Bei mir ist das anders.« Sie starrte auf ihren Cocktail und schwenkte behutsam das Glas. Die grüne Zitronenscheibe drehte sich langsam im Tomatenrot ihrer Bloody Mary. »Für mich ist es das ganze Leben«, sagte sie. »Das ist das Traurige daran.«

»Wieso das Traurige?« fragte ich, aber sie sah mich nicht an, sie sah wieder über den Gang hinweg, ich folgte ihrem Blick, und da saß drüben unter dem Plakat mit dem Bild der Sainte-Chapelle der sommersprossige Herr und lächelte ihr zu. Die anderen Männer an dem Tisch sahen ebenfalls zu uns her, und einer von ihnen, der meinen Blick auffing, zwinkerte mir zu. In diesem flirtenden Blickaustausch eingefangen, wandte ich mich aufgebracht Janice zu. Das konnte nicht sein, das konnte einfach nicht sein – es war doch nicht möglich, daß sie diese Männer aufzugabeln versuchte, oder?

»Meine Mutter ist krank«, sagte ich. Ich weiß nicht, wieso das auf einmal herauskam. Doch, ich weiß es. Ich sagte es, weil es im Augenblick die einzige Bemerkung war, mit der ich ihre Aufmerksamkeit fesseln zu können glaubte. Sie wandte sich mir zu, mit ernstem Gesicht, und fragte: »Krank?« Ich erzählte ihr von Mutters Brief und meinem Telefongespräch mit Dick. Doch dabei beobachtete ich sie so, wie ich einen Dieb beobachten würde. Und tatsächlich, als ich bei Dick und dem Polypen angelangt war, begann ihr Blick an mir vorbei zu den Männern hinüberzugleiten, und da schämte ich mich, daß ich über etwas so Wichtiges wie die Krankheit meiner Mutter mit ihr sprach, während sie diese Männer anstarrte wie ein Teenager, der in einer Eisdiele mit Jungens anbändeln möchte. So brach ich meine Geschichte ab und sagte: »Da fällt mir ein – wie geht es *deiner* Mutter?«

»Meiner Mutter? Na ja, es macht ihr jetzt mehr Mühe, mich zu überfallen.«

»Sie wohnt aber doch noch in Montreal, nicht?«

»Ja, ja«, sagte Janice. »Aber jetzt im Haus Briarwood. Habe ich dir das nicht geschrieben? Wir haben sie hineinbekommen, nachdem wir alle Hebel in Bewegung gesetzt hatten. Charles und ich.«

»Briarwood?«

»Ja, das Genesungsheim für alte Leute. Sie ist dort sehr gut aufgehoben. Du weißt doch, sie ist letzten Winter gestürzt und konnte sich in ihrer Wohnung einfach nicht mehr allein versorgen. Wir hatten Glück, es gibt da eine lange Anwärterliste.«

»Und – ist sie gern dort?«

»Natürlich nicht – das kannst du dir doch denken. Es ist draußen in Senneville, über eine Stunde mit dem Bus, und da kann sie uns nicht mehr alle Augenblicke heimsuchen.«

Sie schüttelte den Kopf, und ich sah, wie ihre Augen den Mann an dem Tisch jenseits des Gangs suchten. »Dankbarkeit ist etwas, was Mutter einfach nicht kennt. Du müßtest sie mal hören, man könnte meinen, Charles und ich wären ihre schlimmsten Feinde. Sie ist so selbstsüchtig, es will ihr nicht in den Kopf, daß ich mein eigenes Leben habe und daß sie da einfach nicht hineinpaßt.«

»Wie alt ist sie eigentlich?«

»Oh – so Anfang Siebzig. Sie war nicht mehr ganz jung, als ich geboren wurde. Diese *moules* sind köstlich, findest du nicht auch?«

Ich war anderer Ansicht, pflichtete ihr aber bei. Nach zweieinhalb Bloody-Mary-Cocktails schmeckte ihr wahrscheinlich alles.

»Das Telefon ist noch immer der große Ärger«, fuhr Janice fort. »Sie ruft mich noch immer jeden Morgen an. Das ist ihre Nabelschnur.«

Sie sah wieder zu den Männern hinüber. Die alte Mrs. Dowson, Janice' Mutter, ist eine recht gut aussehende gebrechliche alte Dame, die mich an die verstorbene Queen Mary, Princess of Teck, erinnert. Ich weiß noch, wie ich Janice einmal besuchen wollte und sie nicht antraf; ihre Mutter empfing mich, die ebenfalls zu Janice gekommen war – sie saß in dem Gärtchen hinter dem Haus in Montreal West und wartete. Es war ein heißer Sommertag, und Mrs. Dowson, die sehr groß ist, saß zusammengekrümmt in einem Gartensessel und blätterte in einer französischen Zeitschrift. Ich war ihr schon ein-, zweimal begegnet, hatte aber nie richtig mit ihr gesprochen. Wir wechselten einige belanglose Bemerkungen über das Wetter und wo Janice wohl hingegangen sein mochte, und als uns der Gesprächsstoff ausging, saßen wir stumm da. Ihr Blick richtete sich wieder auf die Zeitschrift, und so griff ich nach dem *New Yorker*.

Wir lasen, bis sie auf einmal sagte: »Unsinn, er hat nicht gerochen.«

Ich blickte sie an. Sie schüttelte, über die Zeitschrift gebeugt, den Kopf. »Wer?« fragte ich.

»Rasputin. Hier steht, er habe schlecht gerochen. Das hat er nicht. Jedenfalls nicht, als ich ihm begegnet bin.«

Ich weiß noch, daß ich mich fragte, ob sie langsam senil wurde, aber dem war nicht so, denn als ich sie fragte, wo sie Rasputin begegnet sei, sagte sie, vor ihrer Hochzeit sei sie Gouvernante gewesen, fünf Jahre lang, in der Familie des Duc de Mirepont. Im Jahr 1913, so erfuhr ich weiter, hatten die Mireponts eine Weltreise gemacht und ihre *miss anglaise* mitgenommen, und in Moskau, bei einem Tee, den die Zarin zu Ehren der Herzogin gegeben hatte, war Rasputin plötzlich hereingekommen, hatte sich zu ihnen gesetzt, gierig drei Stück Kuchen gegessen, eine Tasse Tee getrunken und den Kindern einen Taschenspielertrick mit einer Münze gezeigt, wobei er sich die ganze Zeit benahm, als gehörten die Privatgemächer der Zarin ihm. »Ich sprach natürlich kein Russisch«, schloß Mrs. Dowson, »deshalb kann ich über ihn kein Urteil abgeben. Aber er machte einen sehr netten Eindruck, und Kinder hatte er sehr gern, das merkte man. Ich saß neben ihm – gerochen hat er *nicht*.«

Unelegant gekleidet, alt, unbequem zusammengekauert im Gartensessel – ich erinnere mich, daß ich sie anstarrte, diese Frau, die das kaiserliche Rußland bereist, die mit

Rasputin und der Zarin den Tee genommen hatte. Gibt es in Janice' Leben, in meinem Leben eine derart bemerkenswerte Episode? Ich weiß noch, als Janice nach Hause kam, sagte ich zu ihr, ein wie erstaunliches Leben ihre Mutter doch gehabt habe. Janice sagte: »Oh, sie hat auch Proust kennengelernt, nicht wahr, Mutter?« Und das Dumme war natürlich, daß ihre Mutter nicht wußte, wer das war, sie hielt ihn für jemanden, der mit der Dreyfus-Affäre etwas zu tun hatte. Ich sah abermals ihre Mutter an, über deren Gesicht ein scheues Lächeln huschte. »Proust?« sagte ich. »Was machte er denn für einen Eindruck?« Aber Janice warf mir einen warnenden Blick zu und rief mich sogleich unter einem Vorwand in die Küche. »Das hört sich jetzt vielleicht gemein an«, sagte sie, »aber Mutter wird den ganzen Nachmittag hier bleiben, wenn du so auf sie eingehst.« Und damit war die Sache erledigt. Ich habe die Geschichte mit Proust nie richtig zu hören bekommen, und als ich in Gegenwart anderer Leute ein-, zweimal das Gespräch auf Mrs. Dowson und Rasputin brachte, sagte Janice abwinkend: »Ach so, ja«, als ob das viel weniger interessant wäre als das Geschlechtsleben von Davy Powell oder was Dr. Raditsky von Graham Greenes neuem Roman oder von Farbe und Musterung des nordafrikanischen Teppichs hielt, den sich Janice und Charles passend zu dem neuen Hartholzfußboden in ihrem Wohnzimmer hatten anfertigen lassen.

Und so dachte ich heute, als ich sie darüber klagen hörte, daß ihre Mutter eigensüchtig sei und zu oft anrufe, an das *memento ergo sum.* Erinnert sich diese unerwünschte alte Witwe, die im Aufenthaltsraum von Haus Briarwood auf die traurig flimmernde Mattscheibe eines Fernsehgeräts starrt, wirklich an die junge Gouvernante, die einmal vor langer, langer Zeit in den Gemächern der Zarin mit Rasputin den Tee nahm? Vielleicht roch Rasputin doch, und die alte Frau erinnert sich nur nicht mehr daran? Vielleicht entsinnt sie sich dieses Nachmittags nur so, wie ich mich an das Begräbnis meines Vaters erinnere – als einer Geschichte, deren Einzelheiten sie sich durch ständiges Wiederholen eingeprägt hat, einer Geschichte, die sie Fremden erzählt in der Hoffnung, ihre Aufmerksamkeit fesseln zu können? Und als ich das dachte, erschrak ich, nicht nur Mrs. Dowsons wegen, sondern auch meinetwegen, jenes Ichs wegen, das sich nicht mehr an die junge Mary Dunne erinnern kann, die ich einmal war. Und so platzte ich in meiner Verstörtheit töricht heraus: »Aber Janice, mir tut deine Mutter leid. Ich würde auch anrufen, wenn ich ganz allein wäre. Du nicht?«

Janice. Ihre Augen wandten sich mir zu, Augen so kalt wie die Augen eines Tigers, wenn er einen Zoobesucher beobachtet; wenn er einen beobachtet, während er im Käfig seine abgemessenen Schritte tut in Erwartung des Wärters und der täglichen Fleischration. Diese Augen, die mich sahen und doch nicht sahen, die mich musterten, wie der Tiger den Kreis der Besuchergesichter mustert, Gesichter, die für ihn völlig uninteressant sind, der nur darauf wartet, daß der blutige Batzen Pferdefleisch in die Betonrinne unter den Eisenstäben klatscht, und für den meine Unterbrechung eben nur eine Unterbrechung war, die er jetzt mit einem zornigen Schlag des kräftigen Schweifs fortwischen muß, die kalten blauen Augen in entrückte, träumerische Fernen gerichtet. »Aber sie ist seit Jahren allein«, sagte der Tiger. »Du verstehst das nicht. Sie ist *gern* allein. Was glaubst du, warum sie sich von meinem Vater scheiden ließ, was glaubst du, warum sie mich auf eine Internatsschule schickte, als ich zwölf war? Sie ist schon immer gern allein gewesen. Wenn sie Gesellschaft haben will, dann nur für ein paar Stunden und zu *ihren* Bedingungen. Oh, du kennst sie nicht.«

Nachdem der Tiger die lästige Fliege meines Einwands verscheucht hatte, sah er wieder zu den Männern am anderen Tisch hin und ignorierte zunächst den Kellner, der unsere *rognons* brachte, sie hastig hinstellte und die halbe Flasche Brouilly mit seinem Taschenkorkenzieher zu öffnen begann, wobei er mit dem Korken Mühe hatte und einen leisen Fluch ausstieß, als der Korken zerbröckelt herauskam und er die Stückchen mit dem Zipfel seiner Serviette herausangelte, indes er Janice zuhörte, die ihn plötzlich zur Kenntnis genommen hatte und sehr laut, damit ihrem Publikum jenseits des Gangs kein Wort entging, bemerkte: *»Dommage, dommage, ces tire-bouchons, je me demande comme vous pouvez vous débrouiller avec ce machin-là.«* Der Kellner nickte und sagte völlig zusammenhanglos: *»Oui, madame. Ça chauffe, vous savez«*, während ich mich krampfhaft fragte, was macht denn warm, was meint er damit, macht der Korkenzieher die Flasche warm, oder wie ist das zu verstehen? Warum sagen Kellner und Arbeiter diese sinnlosen, bedrohlichen Dinge über ihr Arbeitsgerät, wenn es sie im Stich läßt? Doch ich dachte das in einer Art mechanischer Trance, so wie man Multiplikationsreihen aufsagt, um sich von etwas anderem abzulenken. Das andere war in meinem Falle Janice, die den Männern drüben zulächelte, wobei ihr Lächeln zu einer Karikatur wurde, und ich erinnere mich, daß ich dachte, wenn Frauen sich wegen ihres Alters oder ihres Sex-Appeals Sorgen zu machen beginnen, dann verfallen sie in die Selbstparodie, denn jetzt ist das kokette Lächeln und

Winken endlich ehrlich gemeint; der Mann schlechthin, jeder Mann, wird begehrt. Aber noch während mir dieser Gedanke durch den Kopf ging, sagte ich mir, in Janice' Fall ist es nicht das Alter, sie ist erst dreiunddreißig, sie ist eine gutaussehende Frau, es muß etwas anderes sein. (Ist sie sexuell ausgehungert?) Oh, iß schon deine *rognons*, sagte ich mir. Trink deinen Brouilly. Ich trank ihn, und er war sauer. Ich fragte Janice nach Blair und Peg O'Connell (ganz gleich, was, damit sie nur nicht mit diesen Männern weitermachte), und es schien mir zu gelingen, denn sie erzählte sofort eine, wie sie glaubte, sehr lustige Geschichte von Blair und einem seiner Patienten, einem Verrückten, der sich in Peg verknallt hatte. (Ich glaube wenigstens, daß es darum ging.) Früher, als ich noch in Montreal lebte, hätte mich das vielleicht interessiert. Jetzt langweilte es mich. Blair und Peg gehören nicht mehr zu meinem Leben; sie sind Vergangenheit, so wie Montreal Vergangenheit ist. Wenn man einer Stadt entsagt, scheint man damit auch den Freunden zu entsagen, die in ihr zurückgeblieben sind, und da ich fürchtete, Janice könnte meine Unaufmerksamkeit bemerken, zeigte ich übertriebenes Interesse, bis ich, jäh aus aller Heuchelei herausgerissen, sah, daß sie den Männern dort drüben unverhohlen zuzwinkerte, während sie mit mir sprach. Hat keinen Zweck mehr, sich etwas vorzumachen, schrie das verrückte Ich in mir, es *ist* so, es *ist passiert,* und bang!, sowie meine Hand auf die Tischplatte klatschte, hörte ich meine Stimme: »Hast du etwa vor –« (So begann ich, aber wenn meine Tage kurz bevorstehen, wechseln meine Zornesausbrüche mit der ebenso widersinnigen Angst ab, man könnte mir physisch weh tun, und so hielt ich Janice' kalten Tigeraugen gegenüber mitten im Satz inne und spürte, wie sich auf meinem Gesicht ein verzerrtes Grinsen der Furcht ausbreitete, während ich verzweifelt versuchte, meine Anklage im Ton eines Witzes vorzutragen.) »– diese – ehem – dir diese Männer dort anzulachen?«

Ihre Tigeraugen musterten mein verzerrtes Lächeln. Ahnte sie den Zorn des verrückten Zwillings-Ichs unter der Oberfläche? Dann lachte sie, ein lautes, sprudelndes Lachen, das allein durch seine Spontaneität dem verrückten Zwilling allen Wind aus den Segeln nahm, so daß ich mich fragte, ob ich mir das Ganze nicht lediglich eingebildet hatte, denn schließlich sieht Janice gut aus, und natürlich wird sie von Männern angestarrt, und daß sie ihre Blicke umherwandern läßt – Gott, sie ist doch auf Besuch in New York, das ist eben aufregend für sie; wenn ich aus Montreal hierherkam, früher, da habe ich auch jedesmal versucht, die fiebrige Erregung jeder Minute meines Besuchs auszukosten.

»Ich rede Unsinn«, sagte ich, und sie lachte noch lauter, und ich setzte hinzu: »Du darfst mich nicht ernst nehmen. Was Männer betrifft, bin ich seit heute morgen nicht ganz zurechnungsfähig.«

Plötzlich hörte sie auf zu lachen. »Wie meinst du das?« fragte sie mit sichtlicher Verwirrung. Ich wußte nicht, warum sie verwirrt war, und sagte schnell, ich hätte nach dem Friseur ein unangenehmes Erlebnis gehabt; ich erzählte ihr davon, und sogleich war sie ganz Mitgefühl und berichtete mir von einer ähnlichen Sache, die ihr passiert war, und auf einmal hatten wir unsere *rognons* verspeist und den Wein getrunken, und es war Zeit zum Nachtisch; ich wußte nicht mehr, weshalb ich das Mittagessen mit Janice zuerst so schnell hatte hinter mich bringen wollen, denn wenn es auch nicht mehr wie früher war, so verfügten wir doch über ein Repertoire von gemeinsamen Erinnerungen, das uns über ein paar Gesprächsstunden hinweghelfen konnte. Wir entschieden uns für Schokoladencreme und bestellten *café filtre*. Dann entstand eine Pause. Sie blickte mich vielsagend an.

»Also wenn du es weißt, dann hast du es dir nicht anmerken lassen.«

»Wenn ich was weiß?«

»Wegen Charles. Hat dir keiner unserer lieben Freunde in Montreal etwas erzählt?«

»Nein, was denn?« fragte ich (in meiner labilen Stimmung kann ich Leute, die geheimnistuerisch um etwas herumreden, nicht ausstehen). »Was denn? Bitte, erzähl.«

»Charles hat ein Verhältnis. Es ist wahrscheinlich egozentrisch von mir, aber ich dachte, wo er so oft nach New York fährt, hättest du etwas davon gehört.«

»Ich sehe ihn ja nie«, sagte ich. »Wir nehmen immer an, er hat viel zu tun, wenn er hier ist. Bei den Shows geht es doch heutzutage immer ziemlich hektisch zu, denke ich mir.«

»Nicht hektisch genug«, sagte Janice. »Er bringt sich seine Kleine mit. Hat man mir wenigstens erzählt.«

Ich sah sie an.

(Ich erinnere mich, daß ich krampfhaft nach einer Erwiderung suchte.)

»Aber mach dir keine Sorgen«, fuhr sie fort. »So leicht mache ich es ihm nicht. Ich nehme jetzt meine Rache.«

»Rache?«

»Perry ist hier, weißt du? Was Charles kann, kann ich auch.«

Perry Grandmaison ist bei den Vereinten Nationen. Er gehört zur kanadischen Delegation. Er war die erste Liebe von Janice; sie haben eine Zeitlang zusammen gewohnt. Perrys Frau wollte nicht in die Scheidung einwilligen, und so haben sie sich an Janice' fünfundzwanzigstem Geburtstag getrennt. Er hatte mir vor langer Zeit davon erzählt, und ich wollte einfach nichts mehr von so etwas hören – Rache, wer ist schon gerächt durch Rache dieser Art, was meinte sie damit überhaupt: Rache?

»Nun«, sagte sie, »bist du überrascht?«

»Wegen dir und Perry?«

»Nein, wegen Charles. Ausgerechnet er. Er ist, als hätte er den Verstand verloren. Er sieht doch nie eine andere Frau an, hat nie eine andere Frau angesehen.«

Charles. Wenn es ihr auf die Überraschung angekommen war, so hatte sie ihr Ziel erreicht, aber erst jetzt. War das möglich? Sollte sie all die Jahre blind gewesen sein? Sollte sie nicht die Hundeblicke törichter Begierde bemerkt haben, die Charles jeder Frau in seinem Umkreis zuwarf? Ich erinnere mich der vielsagend lächelnden Mienen, die mich begrüßten, als ich meine erste Show bei der CBC machte und sagte, Charles Sloane habe mich engagiert. Casanova nannten sie ihn damals. Janice mußte doch im Laufe der Jahre wenigstens gerüchtweise von diesen Dingen gehört haben. Sie konnte doch nicht so naiv und blind sein – oder?

Doch als ich in ihre Tigeraugen blickte, diese Augen, die ständig auf eine Welt gerichtet sind, die sich für Janice endlos um die Achse ihres eigenen Ichs dreht, dachte ich, doch, sie könnte es fertiggebracht haben, die Wahrheit zu ignorieren, wenn diese Wahrheit mit ihrer Vorstellung nicht übereinstimmte. Es gibt eine Verrücktheit, einen Wahn, eine Autopsychose, eine Verwirrung, in der alle Gedanken um das eigene Ich zentriert sind, und das drängte sich mir (ich weiß nicht, warum) plötzlich in einer ironischen Schlagzeile auf: WOLLÜSTLING GERETTET DURCH AUTOPSYCHOSE DER GATTIN, und schon begann ich zu lächeln, und das Lächeln wurde zu einem Kichern, während Janice schockiert neben mir saß und ihr Mund ein empörtes O formte.

»Worüber lachst du?«

»Über nichts, entschuldige.«

»Du findest es wohl lustig, daß mein Mann mich verlassen will?«

»O Janice, bist du sicher? Ich kann es nicht glauben.«

»Es ist aber so, er hat es vor. Er kommt nicht mehr nach Hause. Das findest du wohl auch lustig.«

»Janice, es tut mir so leid. Wirklich.«

»Es sieht nicht so aus. Aus irgendeinem Grund freut es dich, aus irgendeinem Grund reizt dich mein Unglück zum Lachen. Ich nehme an, du haßt mich. Ja, das wird es wohl sein.«

»Unsinn.«

»Warum lachst du dann? Ich wüßte wirklich nicht, was es da zu lachen gibt.«

Ich saß da und wußte nicht, was ich sagen sollte, Autopsychose war natürlich kein bißchen lustig, wie konnte ich das alles erklären? Und weil ich es nicht konnte, sagte ich schließlich idiotischerweise etwas noch Schlimmeres.

Ich beugte mich zu ihr hinüber, legte ihr die Hand auf den Unterarm und versuchte sie zu beruhigen. »Janice, Liebes – Charles hatte schon immer ein Auge für hübsche Mädchen. Das ist nicht neu. Das ist bekannt.«

»Bekannt? Und wem? Dir etwa? War etwas zwischen dir und Charles?«

»Das war jetzt eine dumme Bemerkung, Janice.«

»Meinst du? Ich weiß, daß er immer sagt, wie hübsch du bist. Hat er dir nicht übrigens auch zu deiner Karriere als Schauspielerin verholfen?«

Ich spürte, wie das verrückte Ich in meiner Haut empört aufsprang, verspürte neue Stöße, Adrenalinstöße, Zornesstöße. »Laß mich aus dem Spiel«, sagte ich.

»Warum sollte ich? Du hast doch davon angefangen.«

»Na schön«, sagte das verrückte Ich, »wenn du mir nicht glauben willst, dann laß es eben sein. Dein Mann ist ein Lüstling, und alle wissen es. Alle außer dir.«

»Ein Lüstling?« sagte sie. »Heißt das, daß er mit anderen Frauen schläft?«

»Janice – ich *weiß* es nicht. Können wir das Thema nicht fallenlassen?«

»Schön. Sehr schön. Erst sagst du so etwas über meinen Mann, und dann sollen wir das Thema fallenlassen. Gut. Du – du kennst keine einzige Frau, mit der er geschlafen hat. Trotzdem nennst du ihn einen Lüstling, das ist übrigens ein hübsches Wort, wie fändest du es, wenn ich sagte, dein Freund Terence ist ein Lüstling? Was er übrigens ist. Natürlich bin ich nicht so erfahren wie du, ich kann nicht so gut beurteilen, ob Männer Lüstlinge sind oder nicht. Ich bin noch nicht mit dem dritten verheiratet.«

»Eben«, sagte ich. (Nach dieser Bemerkung konnte sie zum Teufel gehen.) »Wechseln wir jetzt das Thema?«

»Nein, das tun wir nicht.« Nein, natürlich nicht, sie wollte darüber sprechen, es war ihr großes Drama, sie war hier in New York, um mit einem Mann zu schlafen, weil sie sich rächen wollte. Ihr Mann hatte etwas mit einer anderen Frau angefangen. Das besaß dramatische Spannung. Ihr Leben war im Augenblick überhaupt nicht langweilig. Ja, in all seiner schrecklichen Faszination war das

Betrogenwordensein das größte Ereignis, das ihr je widerfahren war, und ich hatte ihr dummerweise eine neue Rolle übertragen, und die würde sie nun bis ins letzte erforschen und ausfüllen und in Grund und Boden analysieren. »Na schön«, sagte sie. »Du kannst mir ruhig erzählen, was du weißt, ich glaube, du bist es mir sogar schuldig. Ich hatte keine Ahnung, daß Charles so ist, wie du sagst, aber wahrscheinlich ist keiner so blind wie der, der nicht sehen will. War etwas zwischen dir und Charles? Ich bin dir nicht böse. Aber erzähl es mir.«

»Es gibt nichts zu erzählen«, sagte ich. »Ehrenwort.«

»Mary, ich glaube, du traust dich nur nicht, es mir zu sagen. Wann war es? Als du mit ihm zusammengearbeitet hast bei der CBC?«

»Du denkst, daß ich wegen meiner Karriere mit ihm ins Bett gegangen bin? Glaubst du das?«

Sie blickte vor sich auf ihren Teller. »Ganz egal, was auch immer«, sagte sie starrköpfig.

»Willst du wirklich die Wahrheit wissen?«

»Ja.«

»Ich hätte es nicht ertragen, wenn er mich angefaßt hätte.«

Sie schaute mich durchdringend an. »Warum machst du ihn dann schlecht? Wenn er sich nicht an dich herangemacht hat, wie willst du dann das alles wissen?«

»Janice – als ich bei der CBC arbeitete, wurde Charles' Büro die ›Tätschelbude‹ genannt.«

»Charles' Büro?«

»Ja.«

»Warum hat sich dann keines von den Mädchen beschwert? Brewster oder Conrad hätten ihn bestimmt vor die Tür gesetzt.«

»O Janice, sei doch kein Kind. Es hat ihn niemand ernst genommen. Außerdem – wenn Männer vor die Tür gesetzt würden, weil sie sich an Mädchen heranmachen, wären die meisten Männer, die wir kennen, stellungslos.«

»Davon verstehst du wohl mehr als ich«, sagte sie. »Ich hatte immer den Eindruck, daß ein Mann sich meistens nur dann einem Mädchen nähert, wenn er Aussicht auf Erfolg hat.«

»Vielen Dank.«

Und danach saßen wir da und starrten uns stumm an. Ihr Gesicht wirkte wie mit Rouge geschminkt, denn ihr Zorn zeigte sich in kleinen roten Flecken zwischen Wangenknochen und Ohren. Schweigen ist in solchen Augenblicken gefährlicher als eine laut ausgesprochene Beleidigung: Es erzeugt mehr Haß als ein Wutausbruch. Alle Geräusche – die Stimmen im Restaurant, das Klirren des Geschirrs in der Küche, das Brummen eines Autobusses, der draußen vorbeifuhr – klangen lauter als sonst, als wollten sie unser Schweigen noch vertiefen. Etwa eine halbe Minute saßen wir so.

Dann öffnete Janice ihre Handtasche, nahm ihre Geldbörse heraus und legte einen Zehn-Dollar-Schein neben ihren Teller. »Ich habe eine Verabredung«, sagte sie. »Würdest du für mich bezahlen? Das dürfte genügen für das, was ich gehabt habe.«

Ich nickte. Sie zog ihre weißen Handschuhe an, stand auf und schob unbeholfen mit dem Schenkel den Tisch zurück; man hörte dabei ein rauhes, scharrendes Geräusch. Sie zwängte sich an mir vorbei auf den Gang hinaus und blickte dann wie in einer nachträglichen Überlegung zu mir herunter. »Weißt du, was die Leute über *dich* sagen?« fragte sie.

Ich gab keine Antwort. Ich sah sie nicht an. »Weißt du, wie dich jemand genannt hat?« bohrte sie weiter. »Die Un-Jungfrau-Mary. Du mußt Sex im Gehirn haben. Deshalb hast du Hat verlassen. Armer Hat. Andere Leute Lüstling nennen – ausgerechnet du! Denk nur daran, was du ihm angetan hast, als es ihm so miserabel ging.«

So stand sie vor mir, der große Hut verdeckte die eine Seite des Gesichts, das eine Tigerauge funkelte zu mir herunter.

»Du hast lange damit gewartet«, sagte ich.

»Ja.«

Sie ging hinaus. Ich sah die drei Geschäftsleute ihr nachblicken, wie sie auf die Tür zuschritt, sah sie auf ihr Gesäß, ihre Beine starren. Einer drehte sich zu seinem Nebenmann um und lächelte. Das Lächeln konnte alles bedeuten: Bewunderung, Ablehnung. Janice sah es nicht.

Denk nur daran, was du ihm angetan hast. Das hatte sie gesagt. War sie gegangen? Ich blickte den Gang entlang zum Foyer, wo der Besitzer-Oberkellner an seinem kleinen Podest stand. Ja, sie war gegangen, und jetzt, vier Jahre später, wußte ich endlich, wer es Hat erzählt hatte.

Ranald MacMurtry drehte sich auf dem Bürostuhl hinter seinem Schreibtisch am Redpath Crescent in Montreal herum, während ich ihm im Sessel gegenübersaß und hinüber auf die Couch mit dem frischen Papierüberzug auf dem Kopfkissen für den nächsten Patienten blickte, die Couch, auf der Hat so viele Stunden verbrachte, und nun drehte sich mein Freund Ranald hin und her, und seine großen Hände mißhandelten Büroklammern – nahmen sie aus einer Pappschachtel, knickten sie auf und legten sie auf die Tischplatte; dann blickte er mich fast verstohlen über die Brille hinweg an und bog noch eine Klammer auseinander. Die langsame Stimme, mit der er sprach, vermittelte die Andeutung eines schottischen Akzents, obwohl Ranald aus New Brunswick kam und nie in Schottland gewesen war. Und dann verkündete seine langsame Stimme die schlechte Nachricht: »Tja, Hat hat das Gefühl, daß ein Mann im Spiel ist. Weißt du, Mary, die Menschen sind schreckliche Klatschweiber.«

Rascher Blick über die Brille hinweg, Pause, dann Griff nach einer neuen Büroklammer. Ich schwieg.

»Jedenfalls«, fuhr er fort, »die Person, die es ihm erzählt hat, tut ihm keinen Gefallen. So einer hat keine Ahnung, wie sehr ihm das schaden kann. Hat ist meiner Ansicht nach zur Zeit am Rande des Zusammenbruchs.«

Als Ranald dies sagte, waren Hat und ich gerade seit zwei Monaten wieder in Montreal. Niemand in Montreal (oder anderswo) wußte von Terence und mir. Der einzige Mensch, der Terence und mich zusammen gesehen hatte, war Janice Sloane, und es war reiner Zufall gewesen, daß sie uns im Central Park getroffen hatte an dem Tag, als ich mit einer frühen Maschine nach New York geflogen und am Nachmittag wieder zurückgekehrt war, so daß Hat von meiner Reise überhaupt nichts erfuhr. Janice, die sich zufällig in New York aufhielt, begegnete Terence und mir, als wir gerade bei dem Eingang an der 72nd Street aus dem Park kamen. Janice konnte nichts wissen. Für sie war Terence einfach jemand, mit dem ich sie kurz bekannt machte. Es bestand für sie kein Grund, aus der Begegnung irgendwelche Schlüsse zu ziehen.

Und deshalb sagte ich Ranald an jenem Tag, daß Hat wahrscheinlich nur seine Ängste dramatisiere – wir wüßten ja beide, was für ein Selbstdramatisierer er sei. Ranald nickte, zerbrach eine Büroklammer und blickte mich dann zum erstenmal seit dem Beginn unseres Gesprächs fest an. »Ja, ja – aber *ist* da nun noch ein Mann im Spiel, Mary?«

Ich sagte: »Ja.«

»In diesem Fall«, erwiderte Ranald, »mußt du mir einfach glauben, daß jemand ihm tatsächlich etwas erzählt hat.«

»Aber das ist unmöglich«, sagte ich. »Niemand weiß etwas davon. Du bist der erste, dem ich es sage.«

Ranald schüttelte den Kopf. »Nein. Du mußt noch jemand anderem davon erzählt haben. Weißt du, so etwas ist sehr schwer geheimzuhalten. Also wenn ich dir einen Rat geben darf – versuche Hat wenigstens ein, zwei Monate lang nicht damit aufzuregen. Er steht, wie gesagt, am Rande des Zusammenbruchs.«

Terence, den ich gleich danach in New York anrief, meinte, Hat habe mich vielleicht durch einen Privatdetektiv überwachen lassen. Nie hätten wir an Janice Sloane gedacht, aber sie *war* es, das steht jetzt fest, auch wenn ich es nicht beweisen kann. Ich weiß es, weil ich es in ihren Augen las in jenem Augenblick im Restaurant, als sie sagte: »Armer Hat. Andere Leute Lüstling nennen – ausgerechnet du! Denk nur daran, was du ihm angetan hast, als es ihm so miserabel ging.«

Ja, Janice ist es gewesen. Aber, wie gesagt – obwohl Ranald mich darauf hinwies, daß jemand Hat etwas erzählt haben mußte, wollte ich es nicht glauben. Und deshalb hielt ich es eine Woche später für ungefährlich, Hat zu sagen, daß ich für ein paar Tage nach New York fahren wollte. Was dann das Ende bedeutete.

Im Restaurant verspürte ich weder Zorn noch Rachegelüste. Was ich empfand, war eine Art Schwere, ein Gefühl ähnlich dem, das mich befällt, wenn ich mich von jemandem am Flughafen verabschiedet habe und in die Stadt zurückfahre. Es ist eine Depression, das Wissen, daß jemand eine Reise angetreten hat und ich selbst zurückgeblieben bin. Der andere ist fort, und man selbst ist zurückgeblieben. Es ist schwer zu beschreiben. Ich bin zweiunddreißig; ich bin mit dem Verzeihen nicht schnell bei der Hand. Ich schließe mich nicht mehr so schnell an wie früher. Ich saß da, und in der leisen Benommenheit von den Cocktails und dem Wein war mein Denken ein wenig gelähmt, und ich kam zu einem falschen Schluß. Ich dachte, wenn mich jemand Un-Jungfrau-Mary nennt, dann ist es nicht von Bedeutung, ob ich wahllos mit Männern ins Bett gehe oder nicht. Die Leute sagen es, also bin ich es. Es war wie in der Schule. Wenn ich mich weigerte, mit Jungen zu schmusen, rächten sie sich manchmal, indem sie anderen erzählten, ich hätte »alles« mit mir machen lassen. So wie sich wahrscheinlich später Männer, die mich niemals auch nur berührt haben, anderen Männern gegenüber rühmten, sie hätten mit mir geschlafen. So wie die drei Männer an dem Tisch jenseits des Gangs wahrscheinlich unanständige Bemerkungen über mich machten. Janice hatte mit ihnen geflirtet, aber sie war gegangen, und ich war diejenige, über die sie nun redeten, und als einer von ihnen zu mir herübersah und meinem Blick begegnete, da wußte ich, was er dachte, er dachte, ich möchte dich vögeln, Baby, ja, das dachte er. Oh, ich war traurig, ich saß in meiner Traurigkeit wie in einem alten, dumpfen Arbeitszimmer, fast bewußtlos, und sank in stumpfe Düsternis hinab, die Depression heißt. Depression ist, wenn nicht die Welt, sondern man selbst an der Lage schuld ist.

Vielleicht bin ich keine Vielmännerschläferin, aber ich bin zum drittenmal verheiratet, und ich bin erst zweiunddreißig. Vielleicht bin ich, ohne mein Zutun, schließlich doch die Tochter des alten Dan Dunne.

Mein Vater, der Lüstling. Mein Vater, der du bist in der Hölle. In meinen Träumen von Männern sind die Männer verschieden, sie sind namenlose Unbekannte, groß, klein, blond, dunkel. Aber ich bin immer die gleiche. Ich komme aus dem Badezimmer einer Hotelsuite und gehe nackt in das Schlafzimmer, in dem der Mann wartet. Mein Haar ist aufgelöst (es reicht mir bis zu den Hüften), und ich habe Make-up aufgelegt, aber ich bin nervös. Der Mann ist manchmal nackt, manchmal hat er ein Hemd an, aber immer ist er ohne Hose, und sein Glied ist aufgerichtet. Nackt heißt beieinander liegen, heißt einander betasten, heißt, daß ich sein Glied in mir pulsen spüre, indes mein Gedächtnis auf wunderbare Weise alle anderen Male, die ich den Liebesakt vollzogen habe, auslöscht, ihn neu werden läßt, so wie es auch mit der Kunst beschaffen sein soll, ihn so macht, wie er mit Terence ist, jedes Mal ein neues Mal. Und so liege ich bei dem namenlosen Mann, aber er ist dann auf einmal nicht mehr namenlos, noch ist er Terence. Er ist Hat. Und jetzt ist der Traum Wahrheit, ich erlebe von neuem den Abend, an dem Hat und ich im La Salle Hotel in Montreal miteinander ins Bett gingen. Ich kam aus dem Badezimmer, geschminkt, das Haar aufgelöst, und ich war nervös, ich war zum erstenmal nackt mit Hat zusammen, und Hat war auch nackt, aber sein Glied war nicht steif, und die Panik setzte ein, die Panik, die ich mir ausredete – ein Selbstbetrug, für den ich immer und immer wieder büßen mußte, denn in den Jahren, die darauf folgten, ganz gleich, in welcher Stadt, zu welcher Jahreszeit, vor welchem besonderen Hintergrund der Geschlechtsakt stattfand, jedesmal war Nacktheit zwischen Hat und mir die Vorstufe zur Panik, eine Panik nicht mehr der Ungewißheit, sondern der Gewißheit, einer Gewißheit, ganz gleich, was wir taten, ganz gleich, wie geschickt und liebevoll wir uns belogen und einander fragten, war es gut so, o ja, für mich ganz bestimmt, für dich auch, ja, bei mir war es schön, wirklich sehr schön, bei dir auch, ja, wirklich, ganz bestimmt? Ja, ja, Ehrenwort. Lügen, Lügen, damit der Partner in Frieden schlafen konnte in dieser Nacht, Lügen, um die Fiktion aufrechtzuerhalten, daß Hat und ich Liebesleute waren. Fünf Jahre dauerte diese Komödie. Es erscheint heute unglaublich, aber fünf volle Jahre quälten wir uns, die fünf Jahre, die auf den Winternachmittag im La Salle Hotel folgten, und ihre Stationen waren meine Scheidung von Jimmy, Hats Europareise, Hats Scheidung, unsere Heirat, der große Job bei *Life,* der uns nach New York brachte, und dann, nachdem *Life* ihn entlassen hatte, sein Jahr als freier Schriftsteller. Die fünf Jahre bis zu dem Sommer, in dem ich Terence begegnete. Und dann kam Hat von Washington zurück.

Ich scheine dazu verurteilt, diese wenigen Tage in Gedanken immer wieder zu erleben, so daß die Ereignisse, unzählige Male in Gedanken wiederholt, zu einem Schauspiel werden, das ich vom ersten bis zum letzten Auftritt kenne. Der erste Akt spielte im Algonquin am 3. August 1962. Ich erinnere mich sogar daran, daß das Thermometer 32 Grad anzeigte, als ich an diesem Abend mit dem Zug aus Hartsdale eintraf und durch die Haupthalle der Grand Central Station schritt. Es war genau 6 Uhr 21, und ich trug ein grün und lila Schweizer Seidenkleid, ein teures Kleid, aber ich mochte es nicht. Wir wohnten draußen in Dobbs Ferry, Hat und ich, und Hat hielt sich seit drei Wochen in Washington auf, wo er für *Canada's Own* an einem Artikel über ehemalige Harvard-Professoren in der Regierung arbeitete. Drei Wochen waren zum Materialsammeln bei einem solchen Artikel für eine Zeitschrift wie *Canada's Own* zu lang, also mußte er irgendwo noch eine Sauftour oder so etwas eingelegt haben. Aber ich war diesmal nicht ärgerlich oder besorgt gewesen. Ein paar Tage nach Hats Abreise nach Washington fuhr ich mit Pete, Hats Jungen, nach New York, um ihn zur Maschine nach Toronto zu bringen. Pete war sechs Wochen bei uns zu Besuch gewesen, und nachdem ich ihn zum Flugplatz gebracht hatte, ging ich zu Jody Terrels auf einen Drink, und dort lernte ich Terence kennen. Wie es kam, weiß ich nicht, aber wir trafen uns am nächsten Tag wieder, und dann fuhr ich jeden Tag mit dem Zug in die Stadt, um bei ihm zu sein, und manchmal blieb ich sogar in seiner Wohnung an der Lower East Side über Nacht. Was natürlich leichtsinnig und gefährlich war, aber wie soll ich es erklären, ich lebte in einer Hochstimmung, wachte jeden Morgen voll freudiger Erregung auf, ertappte mich dabei, daß ich auf der Straße lächelte, wenn ich an Terence und unser Zusammensein dachte, ging nur ungern schlafen, hatte das Gefühl, daß es nie mehr so schön werden würde, hielt New York für eine ganz herrliche Stadt und hatte alle nervöse Spannung abgeschüttelt. Zum erstenmal in meinem Leben war ich glücklich.

Es war an diesem Tag sogar schon das dritte Mal, daß ich durch die Halle der Grand Central Station schritt. Ich war am Morgen hereingekommen, um mit Terence zu Mittag zu essen. Dann war ich am Nachmittag nach Dobbs Ferry zurückgefahren, und kaum hatte ich das Haus betreten (es war fünf vor fünf, als ich zurückkam), rief Hat um fünf vom Flughafen La Guardia an. Er sei gerade mit der Pendelmaschine aus Washington zusammen mit McGeorge Bundy gelandet (der in dem Artikel über Professoren in der Regierung eine führende Rolle spielen sollte) und ob ich nicht Lust hätte, mich in Schale zu werfen und mit ihm auf Spesenrechnung zu Abend zu essen. »Mit wem? McGeorge Bundy?« fragte ich. Und Hat lachte und sagte: »Nein – McHat Bell.« Und es hörte sich fröhlich und gar nicht niedergedrückt an, und er sagte, er habe mir etwas Wichtiges mitzuteilen, aber das habe Zeit bis nachher, und ich sollte doch sehen, daß ich den Zug um 5 Uhr 40 erwischte, dann sei ich um 6 Uhr 20 in der Grand Central Station, und wir könnten uns halb sieben im Algonquin treffen. Aber das beste Kleid anziehen, ja? Nicht vergessen.

Ich erinnere mich, daß mich nur ein Gedanke erfüllte, als ich den Hörer auflegte: Gott sei Dank, daß ich gerade noch rechtzeitig gekommen war, um seinen Anruf entgegenzunehmen. Ich öffnete meinen Wandschrank und inspizierte meine Kleider, und es gab keinen Zweifel, welches das hübscheste für eine Abendeinladung war, aber dann dachte ich, was tun, wenn sich eine Möglichkeit ergibt, daß ich, sagen wir morgen abend, mit Terence ausgehe? So nahm ich nicht mein bestes und auch nicht mein zweitbestes Kleid aus dem Schrank, sondern entschied mich für das grün und lila Seidenkleid, das teuer gewesen und für einen Besuch im Restaurant durchaus geeignet war, mir aber noch nie gefallen hatte. Schließlich ging ich nur mit Hat aus. Ich liebte Hat nicht, ich liebte Terence. Ich hatte noch nie so geliebt wie jetzt und würde auch nie mehr einen Menschen so lieben wie Terence. Doch wenn ich daran denke, wie ich das grün und lila Kleid herausnahm, das ich nicht leiden konnte, möchte ich heute noch am liebsten weinen.

Aber als ich an diesem Abend im Taxi zum Algonquin fuhr, bereitete es mir keinen Kummer, was ich Hat angetan hatte. Ich weiß, es war selbstsüchtig von mir, aber ich war so glücklich, daß ich dem Zusammentreffen mit ihm ohne die geringste Nervosität entgegensah. Ich weiß noch, als wir vor dem Algonquin vorfuhren (wie eigenartig, daß ich mich daran so genau erinnere), blickte ich zu der Sonnenblende über dem Kopf des Fahrers hinauf. Er hatte sie halb heruntergezogen, und daran hingen Merkzettel, Visitenkarten und eine Uhr an einem billigen Stahlarmband. Ich sehe die Uhr noch jetzt vor mir: Es war früh, es war erst 6 Uhr 25, und ich erinnere mich, daß ich mich flüchtig fragte, was ist, wenn Hat merkt, wie sehr ich mich verändert habe? Wird er merken, daß ich ganz anders bin als früher, wird er spüren, daß ich liebe?

Ich bezweifelte es. Hats Antennen waren auf schlechte Nachrichten, auf verborgenen Ärger, auf Spannungen unter der Oberfläche eingestellt. Das war sein Element, seine emotionale Sprache. Glück (abgesehen von dem unechten, kurzlebigen Glück einer alkoholischen Euphorie) war etwas, was er nicht kannte, nie kennengelernt hatte. Ich hatte kein Schuldgefühl, das er hätte wittern können. Ich war frei von Nervosität. Ich war ganz ruhig, als ich das Foyer des Algonquin betrat und Hat dort zusammen mit einem anderen Mann sitzen sah. Terence und ich, wir hatten das alles nicht bewußt herbeigeführt, aber es war nun geschehen, und mein einziger Gedanke, als ich auf Hat zuging, war der: Mein Gott, wenn ich Terence nicht getroffen hätte, dann wäre dieser Mensch hier, Hat Bell, der arme, verdammte, arrogante Hat – mein Leben.

Der andere Mann wurde mir als Jack Freed vorgestellt. Er war auch in Washington gewesen und schrieb an einem Artikel für *Harper's* – oder war es *The Nation*? Ich weiß es nicht mehr. Jedenfalls fragte ich mich, ob er zusammen mit uns essen würde. Hat ließ in jenen Tagen nur ungern jemanden gehen, und ich auch. Wir brauchten andere Menschen, wir waren nett zu ihnen und versuchten sie zu unterhalten. Sie waren gewissermaßen ein Puffer, sie sollten verhindern, daß wir uns gegenseitig auf die Nerven gingen. Und die Leute mochten uns, wir galten als gute Gesellschafter in einer Weise, in der Terence und ich dies gar nicht sind. Deshalb erwartete ich, daß Hat versuchen würde, den Mann, Jack Freed, zurückzuhalten, als dieser, nachdem er seinen Martini ausgetrunken hatte, aufstand und sagte, sein Zug gehe in fünfzehn Minuten und er wolle sehen, daß er ihn noch erwische.

»Ja, wir wissen, wie das ist«, sagte Hat, erhob sich und reichte ihm die Hand. »Wir sind auch Pendler. Oder waren es zumindest.«

Als der Mann gegangen war und Hat sich lächelnd und mit sehr zufriedener Miene wieder hinsetzte, fragte ich ihn: »Wie hast du das gemeint – ›oder waren es zumindest‹?«

»Ach, jetzt habe ich es verpatzt«, erwiderte er. »Ich wollte dich damit erst überraschen, wenn du anständig gegessen und getrunken hast. Aber wahrscheinlich hätte ich es doch nicht so lange für mich behalten können. Kellner?« Er läutete mit der kleinen Messingglocke, wie man sie dort auf den Tischen stehen hat, und rückte seinen Sessel näher an den meinen heran, und sein langes, jungenhaftes Bein wippte, während er zu erzählen anfing. Das war ein nervöser Tick. Ja, also er war ohne mein Wissen von Washington nach Montreal geflogen und hatte dort mit De Belleville gesprochen, dem Verleger der Zeitschrift. Parsons, der Leitartikler von *Canada's Own*, hatte einen Herzanfall erlitten, und man trug sich mit dem Gedanken, Hat zu seinem Nachfolger zu machen. Hat unterhielt sich lange mit De Belleville, aber die Sache wurde nicht unmittelbar behandelt. De Belleville hatte einfach mit ihm gesprochen und ihn dann wieder nach Washington geschickt, wo er seinen Artikel beenden sollte. Er hatte mich nicht angerufen, ich nehme an, weil er abergläubisch war. Er ertrug die Spannung drüben in Washington allein, und zwei Tage später meldete sich De Belleville aus Montreal und bot ihm Parsons Posten an. Wenn er zusagte, würden wir innerhalb eines Monats nach Montreal ziehen.

»Es könnte für immer sein«, meinte Hat. »Wir könnten uns ein Haus kaufen. Draußen in Westmount vielleicht, Madame? Oder ziehen Sie Outremont vor? Und wie wär's mit einem Kuß?«

Ich küßte ihn auf die Wange, und die Frau am Nebentisch lächelte uns zu. Hat nahm meine Hand und hielt sie zwischen seinen Händen fest. Ich bemerkte, daß er noch nicht von seinem Glas getrunken hatte. »Nun hör mal gut zu, Mary«, sagte er. »Ich weiß, du liebst diese Stadt hier, und ich weiß, daß du froh warst, als wir Montreal verließen. Also überleg es dir. Es geht schließlich auch um dich. Ich werde mich nicht über deine Wünsche hinwegsetzen. Wenn du nicht willst, sage ich ab.«

»Was ist denn deine Ansicht?«

»Ja – ich habe letzte Woche in Washington ziemlich viel

darüber nachgedacht. Ich wollte mir alles genau überlegen, ehe ich dir etwas davon sage.«

»Und?«

»Und ich glaube, es ist meine Chance.« Er hob sein Glas in die Höhe und betrachtete es. »Das ist mein erster Drink, seit ich zu dem Gespräch mit De Belleville nach Montreal flog. Ich weiß, daß sie sich deshalb Sorgen machten. Ich habe De Belleville belogen. Ich sagte ihm, ich würde das Trinken aufgeben. Als ich dann wieder in Washington war, nahm ich mir vor, tatsächlich damit aufzuhören, wenn ich den Posten bekäme. Und was meinst du – seit ich weiß, daß mir die Stelle sicher ist, habe ich kein Bedürfnis mehr zu trinken.«

Er stellte das Glas hin, Scotch und Wasser, noch immer unberührt. Seine rechte Hand, die Finger von Nikotin gebräunt, fuhr durch das mit grauen Strähnen durchsetzte Haar. »Wir wollen uns nichts vormachen, Mary«, sagte er. »Ich weiß jetzt, daß ich die Welt nicht aus den Angeln heben werde. Seit mich *Life* vor die Tür gesetzt hat, ist es mit mir abwärts gegangen. Ich bin dreiundvierzig. Herrgott, ich bin zu alt. Ich hasse die freie Schriftstellerei. Ich hasse es, drittrangige Aufträge übernehmen zu müssen, nur um die Miete bezahlen zu können. Ich brauche diesen Job. Ein solches Angebot bekomme ich wahrscheinlich nicht wieder.«

Sein Glas war noch immer unberührt, das Eis schmolz, sein schönes Gesicht blickte jetzt bekümmert, die Haut war ein wenig gedunsen, die Finger fuhren durch das grau werdende Haar – ja, er wurde alt. Er hatte es selbst gesagt. Er brauchte diesen Job, er brauchte mein Ja zu diesem wahrscheinlich letzten guten Angebot. Und ich (wie kann ich beschreiben, was ich dachte, wo ich es selbst noch nicht richtig begreife) – ich erinnere mich, daß ich mit gekünstelter Ruhe zu mir sagte, nun, Hat macht mir endlich nichts mehr vor, er hat recht, das Angebot *ist* seine Chance. Wenn ich ja sage, heißt das, daß ich Terence nicht mehr wiedersehe, nie mehr, und am besten bringe ich es gleich hinter mich und sage ja und fahre nach Montreal und hoffe, hoffe, daß aus dieser letzten Chance etwas wird.

Hat saß da und wartete auf meine Antwort. Seine wilden schwarzen Augen, die mich immer erschreckten, waren zu Hundeaugen geworden, dunkelbraun, meiner gar nicht mehr sicher. Und dann bemerkte ich, daß die linke Hand, die Hand, die nervös durch das angegraute Haar fuhr, nach dem Glas Scotch griff und es festhielt wie eine Pistole, eine Pistole, mit der er, wenn ich nein sagte, abermals sein Leben zerstören würde. Ich ahnte, daß ein Nein von mir ein Ja zum Alkohol bedeuten würde, aber es war nicht diese Drohung, die mein Handeln bestimmte. Mir schien einfach, als bliebe mir gar keine Wahl.

»Hat«, sagte ich, »das ist wirklich eine gute Nachricht. Wann könnten wir fahren?«

»Sowie du fertig bist. Was glaubst du, wie lange dauert es, bis wir alles gepackt haben?«

»Eine Woche«, sagte ich. Vielleicht war diese Frist zu kurz, aber das war mir gleich. Ich hätte einen Tag gesagt, wenn das möglich gewesen wäre, denn wenn ich Terence nicht mehr wiedersehen konnte, wollte ich weit fort sein, weit fort von der Versuchung, an seiner Tür zu klingeln. Oh, ich hatte es noch nicht erfaßt, ich hatte es noch gar nicht richtig erfaßt; ich erinnere mich, daß ich zwei Martinis trank, während Hat brav seinen einen Scotch in die Länge zog, und natürlich war er voller Pläne, er wollte mit mir ins Café Nicholson gehen, aber die Vorstellung eines großen Dinners mit allem Drum und Dran widerstrebte mir, und schließlich aßen wir, da es Hat nicht eigentlich auf das Essen ankam, einen Teller Chowder in der Grand Central Station und fuhren mit dem Zug um 9 Uhr 30 nach Dobbs Ferry zurück. Und dort, als wir am Bahnhof in unseren Wagen gestiegen waren, als ich neben Hat saß und eine dunkle Landstraße unter uns von den Rädern aufgefressen wurde, dort dachte ich dann: Ich bin allein mit ihm. Ich werde den Rest meines Lebens mit ihm zusammen eingesperrt verbringen. Ich wandte den Kopf und sah sein Gesicht im Profil, während er den Wagen steuerte, und ich dachte an jene Gruselfilme, in denen gewöhnliche Menschen zu Vampiren werden, und ich hätte schreien mögen, als könnte ein Schrei mich befreien, der Panik ein Ende machen, alles Angestaute herauslassen.

Aber ich schrie nicht. Und als ich den Schlüssel in der Haustür umdrehte, begann im Wohnzimmer das Telefon zu läuten. Ich ging schnell hinein, aber Hat kam durch die Garage und war vor mir am Apparat. Es war Viertel vor elf. Ich wußte, daß es Terence war, der mir gute Nacht sagen wollte. Hat hob den Hörer ab. »Hallo? Hallo?« Er lauschte und legte dann den Hörer wieder auf die Gabel. »Wieder ein großes Schweigen«, sagte er und ging ins Badezimmer, wobei er seine Krawatte aufknotete und etwas vom Skifahren in den Laurentians sagte, das wir wiederaufnehmen wollten, wenn wir zurück sein würden.

Ich erinnere mich, daß er noch weiter vom Skifahren erzählte, während ich neben dem Telefon stand und dachte, da bist du, Terence, ich brauche nur den Hörer abzunehmen und zu wählen, Terence, ich bin hier, und ich kann nicht ohne dich sein, ich kann nicht.

Ich dachte, Hat werde aufbleiben und sich die halbe Nacht mit Erzählen um die Ohren schlagen wollen, aber er rief auf einmal vom Badezimmer aus: »Wie wär's, wenn wir gleich zu Bett gingen?«, und ich sagte: »Ja, gut«, und setzte mich an meinen Frisiertisch in einer Nische zwischen Badezimmer und Schlafzimmer. Ich begann mich abzuschminken. Er wußte, daß ich dabei gern allein war. Ich hörte, wie er sich die Zähne putzte, und als ich mir gerade vor dem Spiegel den Lidschatten abwischte, sah ich, wie die Badezimmertür aufging und er nackt herauskam. Sein Glied war aufgerichtet. Er kam auf mich zu, beugte sich über mich und zog mir am Rücken den Reißverschluß auf. Er begann meinen Büstenhalter zu lösen, und dabei bebten ihm die Hände. (Er war drei Wochen fort gewesen, er war erregt, es kam nicht vom Alkohol.) Er zog den Büstenhalter herunter und umschloß meine Brüste mit seinen Händen. Im Spiegel sah ich sein Gesicht, die leicht gerötete Haut, die am Hals ins Weiße überging, die wilden Augen, jetzt braun und bittend, die haarlose Brust, die leicht abfallenden Schultern. Eine Schwäche überkam mich. Ich beugte mich vor, schloß die Augen und senkte den Kopf. Meine Stirn war feucht, und während ich mich vorneigte, spürte ich, wie mir etwas im Kreuz ganz leise über die Haut fuhr. Es war die Spitze seines aufgerichteten Gliedes. Ich stand auf, mir wurde übel. Ich stürzte ins Badezimmer, erreichte gerade noch rechtzeitig das Becken und übergab mich.

Er war natürlich bestürzt. Ich log und sagte, ich hätte Ärger mit meiner Periode. Aber da war nun sein Gespür für schlechte Nachrichten erwacht. Er lag schlaflos neben mir und sagte nichts. Ich frage mich, ob einer von uns mehr als zwei Stunden schlief, bis wir am nächsten Morgen aufstanden. Jedenfalls – nachdem ich mich erhoben hatte, trank ich Kaffee und begann zu packen. Ich packte den ganzen Tag, und wenn das Telefon läutete, ließ ich Hat an den Apparat gehen, und als er am Nachmittag eine kurze Zeit außer Haus war, läutete es zweimal. Ich ließ es läuten.

Am nächsten Tag packte ich weiter und warf überflüssige Sachen weg, und um acht Uhr abends war ich fertig. Wir fuhren nach Hartsdale und aßen Pizza, kehrten dann zurück und gingen gleich zu Bett. Er küßte mich nur auf die Wange, und als ich mich zum Schlafen umdrehte, sagte ich, ich wolle, wenn möglich, schon am nächsten Tag fahren.

»Warum?«

»Ach – wenn wir fortgehen, wäre es mir lieber, wir gingen bald.«

»Du gehst nicht gern, nicht wahr?«

»Doch.«

»Na schön«, sagte er. »Wenn ich Glück habe, schaffen wir es vielleicht übermorgen. Ich muß gleich morgen früh nach New York. Ich habe noch etwas auf der Bank und wegen des Wagens zu erledigen und will sehen, wie wir das Haus hier weitervermieten und – na ja, es wird jedenfalls den ganzen Tag dauern. Willst du mitkommen?«

»Nein, ich habe hier noch einiges zu tun.«

Um acht Uhr war er auf und um halb neun schon fort. Um zehn wurde ich dem Versprechen untreu, das ich mir selbst gegeben hatte. Ich rief Terence an, sagte ihm, daß Hat zurück war, und fragte, ob ich ihn zum Mittagessen treffen könne.

»Natürlich«, sagte er. »Ich habe mir Sorgen gemacht um dich. Im Chez Napoleon um eins – paßt dir das?«

Einige Zeit davor hatte Hat unter Krämpfen im Rücken gelitten, und der Arzt verschrieb ihm besonders starke Reserpintabletten. Sie hatten, wie Hat sagte, die Spannungen gelindert. Diese Tabletten fielen mir nun wieder ein, und ich suchte im Apothekerschränkchen nach der Flasche. Es waren noch zwei Tabletten darin, und ich nahm eine davon, bevor ich das Taxi bestellte, das mich zum Bahnhof von Dobbs Ferry bringen sollte. Ich erwischte noch den Zug 11 Uhr 10 nach New York, und während der Fahrt zur Grand Central Station begann die Tablette zu wirken. Sie war stärker, als ich geglaubt hatte. Ich erinnere mich, daß ich die Grand Central Station verließ und zu Fuß die Richtung zum Restaurant einschlug, und dann stand ich auf einmal, als wäre ich plötzlich aus dem Schlaf aufgewacht, auf den Stufen der Public Library Ecke Fifth Avenue und Forty-Second Street, mit Tränen in den Augen, und starrte in das Maul eines steinernen Löwen. In diesem Augenblick trauriger Klarheit wußte ich, wie falsch es gewesen war, die Tablette einzunehmen. Es gibt Schmerzen, mit denen man ohne Tabletten fertig werden muß: Es gibt Situationen, da der Versuch, den Folgen eines Übels auszuweichen, schlimmer ist als das Übel selbst. Dies war eine solche Situation. Ich fühlte mich benommen; ich konnte nicht mehr erfassen, was vor sich ging, und es war mir auch gleichgültig. Sogar meine Tränen waren unwirklich: Es waren therapeutische Tränen, keine Tränen des Kummers.

Aber damit war auch der Augenblick der Klarheit zu Ende (unechte Frau und unechter Löwe starren sich gleichermaßen steinern-stupide an), denn die folgenden Ereignisse habe ich zum größten Teil nur sehr verschwommen in Erinnerung. Das Essen und was dabei gesprochen wurde – alles ist mir so unklar wie jene längst vergangenen Einzelheiten der Beerdigung meines Vaters. Und zwar unklar auf dieselbe Weise: Ich bin mir nicht sicher, woran ich mich richtig erinnere und woran ich mich nur deshalb erinnere, weil Terence mir davon erzählt hat. Aber ein paar Dinge stellen sich ein; sie schwimmen für sich allein auf einer Art Erinnerungswelle und werden immer wieder angespült. Ich hebe sie auf, mustere sie, aber es sind nur Geröllstücke, ich kann sie nicht zu einem Bild jener Ereignisse zusammensetzen. Das erste dieser Stücke ist der Augenblick vor dem Lunch. Ich war sehr früh bei dem Restaurant eingetroffen, und da ich nicht allein an der Bar warten wollte, wartete ich draußen und stellte mich in den Eingang eines kleinen Zeitungs- und Kolonialwarenladens Ecke Fiftieth und Ninth, zwei Häuser vom Chez Napoleon entfernt. Ich erinnere mich, daß ich völlig gedankenlos die Sexschlagzeilen des *New York Examiner* und des *Midnight* anstarrte, die draußen vor dem Laden neben der *Daily News* aufgestapelt lagen, als jemand »Mary?« rief und ich mich umdrehte und Terence erblickte, der mir von der anderen Straßenseite aus zuwinkte; verrückter Terence mit seinem langen britischen Haar und seiner bunten Kleidung, so deutlich aus seiner Umgebung herausgehoben wie auf einem Color-Schnappschuß. Ich weiß sogar noch, was er trug, nämlich seine schwarz-weiße Jacke mit Fischgrätenmuster, eine hellbraune Kordhose, blaues Arbeitshemd, rotes Halstuch, Wildlederstiefel. Ich erinnere mich daran, weil bei seinem Anblick mein Herz zum erstenmal nicht seinen üblichen Pawlowschen Satz machte – ich sah wie betäubt zu ihm hinüber, sah, wie er den Taxifahrer bezahlte, und ich weiß noch, daß ich dachte, er ist zu jung für mich, er sieht wie ein Schuljunge aus (was Unsinn ist, er ist nur ein Jahr jünger als ich, und schon damals hatte er viel mehr geleistet als ich, er hatte drei Kinderbücher geschrieben und illustriert, hatte in einem Drei-Meter-Dingi den Atlantik überquert, war in Greenwich Village singender Kellner gewesen und schrieb im Augenblick die Liedtexte für eine Off Broadway Show). Doch wenn ich mich hier veranlaßt fühle, alles aufzuzählen, was er bis dahin schon geleistet hatte, so wahrscheinlich deshalb, weil er tatsächlich jung aussieht. Und damals sah er wirklich wie ein Schuljunge aus.

Und dann der Lunch. Ich erschauere heute noch bei dem Gedanken, daß ich in meinem benommenen Zustand um ein Haar alles verpatzt hätte. Selbst heute habe ich nur einzelne Bruchstücke dieses gräßlichen Nachmittags im Gedächtnis. Da ist vor allem ein Augenblick: Terence sitzt mir gegenüber, ein großer, anglo-irisch wirkender Fremder, der kunstvolle Phantasievögel auf das Tischtuch kritzelt. Die Vogelköpfe bilden einen Kreis um den Dubonnet-Cocktail, der noch unberührt vor ihm steht. Und während er diese Vögel mit sorgfältigen Strichen zeichnet, hört er sich mein Reserpingeplapper an – daß Hat mich so sehr braucht, daß es Hats letzte Chance ist, einen anständigen Job zu bekommen, daß ich Hat jetzt nicht verlassen kann, ganz gleich, ob ich will oder nicht, und so weiter und so weiter, und an das alles erinnere ich mich nicht mehr, ich erinnere mich nur noch an einen ganz bestimmten Augenblick: Ich beobachte Terence, wie er mir zuhört und dabei seine Vögel kritzelt, und ich höre seine Stimme sagen: »Ganz recht . . . ja, ganz recht«, ohne zu wissen, was ich heute weiß – daß »ganz recht« bei Terence soviel heißt wie »Sei doch endlich still, warum habe ich mich nur auf diese Sache eingelassen?«

Doch selbst wenn ich gewußt hätte, was er dachte – an diesem Tag hätte ich mein Benehmen nicht ändern können. Ich redete weiter, benommen wie im Schlaf, während die Lunchstunde vorbeiging, und erwähnte törichterweise mit keinem Wort, daß ich eine Tablette genommen hatte.

Aber ich eile den Dingen voraus. Das meiste sagte ich, *bevor* wir aßen. Dann trat nach Terence' Darstellung ein Schweigen ein, bis der Kellner das Essen brachte, ein Schweigen, das Terence plötzlich nicht mehr aushielt, so daß er sich hungrig stellte, ein paar Bissen aß, aber dann dem Kellner »Zahlen« zurief und sagte, er habe leider eine Verabredung und hoffe, ich hätte nichts dagegen, meinen Kaffee allein zu trinken, er müsse jetzt gehen. Und dann legte er, ohne eine Antwort abzuwarten, Geld auf den Tisch, stand auf und sagte: »Viel Glück, Mary. Es wird schon alles gut werden.« Und ehe ich in meinem Betäubungszustand noch an eine Reaktion zu denken vermochte, war er schon gegangen. Doch da hatte ich Gott sei Dank meinen dritten klaren Augenblick an diesem Nachmittag, denn mir ging plötzlich auf, daß ich Terence nie mehr wiedersehen würde, wenn ich nicht sofort etwas unternahm.

Ich stand auf und stürzte wie berauscht auf die Straße hinaus, und Terence stand an der Ecke Ninth Avenue und hatte gerade einem Taxi gewinkt. »Terence! Terence!« rief ich so laut, daß sich die Leute umdrehten und der Taxifahrer, der bei Terence hielt, sich aus dem Fenster beugte und Terence durch Deuten auf mich aufmerksam machte, und ich erinnere mich, daß Terence sich umdrehte und auf mich zuging, mit bestürzter Miene, als fürchte er, ich könnte eine Szene machen.

Wie ein Betrunkener streckte ich die Arme aus, und als

er mich erreicht hatte und mich nicht umarmte, griff ich nach seinem Handgelenk. »Hat ist nächsten Monat in Ottawa«, sagte ich mit holpriger Stimme, »vom Fünfundzwanzigsten bis zum Achtundzwanzigsten. Ich könnte dann nach New York kommen, und wir könnten uns treffen.«

Die Art, wie ich das sagte, machte Terence stutzig. Er hielt mich mit beiden Armen von sich und musterte mich verwirrt. »Ist etwas mit dir? Du bist so komisch.« Und ich sagte stammelnd: »Es tut mir leid. Ich hätte es nicht tun sollen, aber ich habe eine Tablette genommen, ich kann gar nicht normal denken.«

»Was für eine Tablette?«

»Reserpin, der Arzt hatte sie einmal meinem Mann verschrieben. Bitte, ich werde am fünfundzwanzigsten September nach New York kommen. Können wir uns dann treffen, wenn ich dich anrufe?«

»Reserpin«, sagte er, »mein Gott.«

Das Taxi hatte inzwischen gewendet und hielt neben uns am Bordstein an. »Na, was ist, wollen Sie nun ein Taxi oder nicht?« rief der Fahrer, und Terence wandte sich um, nickte und sah dann wieder mich an.

»Bitte«, sagte ich.

Er beugte sich zu mir herunter und küßte mich behutsam auf die Stirn, als hätte er ein kleines Kind vor sich. »Am Fünfundzwanzigsten«, sagte er. »Gut. Wenn du noch immer willst, werde ich da sein.«

Er ließ mich los, stieg in das Taxi und zog die Tür zu. Das Taxi fuhr an, und ich konnte ihn durch das Fenster nicht mehr sehen, weil die Sonnenstrahlen gerade in einem blendenden Winkel auf die Scheibe fielen. Und dann fuhr das Taxi die Straße hinunter. Er war fort, ich konnte ihn nicht mehr sehen, aber in diesem Augenblick traf ich meine Entscheidung. Ich würde mit Hat nach Montreal gehen, aber nur für so lange, bis er sich in seinen neuen Job eingearbeitet hatte. Ich würde nicht bei ihm bleiben. Ich verließ Hat in diesem Augenblick, obwohl ich das, um ehrlich zu sein, damals noch nicht wußte. Ich ging die 50th Street in Richtung Times Square hinunter, und ich wußte nur, daß ich in etwa sechs Wochen, wenn Hat in Ottawa war, die kleine Chance eines kurzen Wiedersehens mit Terence hatte. Ich war noch immer benommen von der Tablette, und ich weiß nicht mehr, was ich während der nächsten Stunde tat. Ich erinnere mich nur, daß ich plötzlich im Zug auf der Rückfahrt nach Dobbs Ferry zu mir kam – ich wußte, daß die Wirkung der Tablette nachgelassen hatte, draußen flog die Vorstadtlandschaft wie ein verschwommener Filmstreifen am Fenster vorbei, und ich starrte hinaus und begann still zu weinen, das Weinen meines Lebens, Tränen, die in den nächsten Wochen immer wieder kamen, oft sogar in Gegenwart anderer Leute. Tränen, die sich einstellten, wenn ich Musik hörte (denn bei Musik mußte ich an Terence denken), Tränen, die sich mit einer Traurigkeit verbanden in jenen sechs Wochen des Wartens, mit einer traurigen, törichten Gewißheit, daß Terence damals nur deshalb eingewilligt hatte, mich wiederzusehen, weil er eine Szene vermeiden wollte, der arme Terence, der auf der Straße von einer Frau überfallen wurde, die in ihrem Betäubungszustand nicht wußte, was sie sagte, als sie ihren dummen Vorschlag machte.

»Noch etwas Kaffee, Madame?«

Ich tauchte aus meiner düsteren Geistesabwesenheit empor wie aus tiefem Wasser und wußte wieder, wo ich war, als ich an der Wand gegenüber das Plakat mit der Sainte-Chapelle erblickte. Rechts von mir stand der Kellner, ein Mann mittleren Alters, in seiner kurzen roten Jacke, eine Kaffeekanne aus Messing in der Hand, und sein Gesicht blickte mich fragend an.

»Ja, danke sehr.«

Er beugte sich vor, nahm meine Tasse und wandte sich vom Tisch ab, während er den Kaffee eingoß. Die rote Jacke rutschte in die Höhe, so daß die Hosenträger hervorsahen, deren Lederlaschen ein V bildeten über der Fülle seines allmählich dicker werdenden, in die Jahre kommenden Rückens.

Vor Jahren hatten Hat und ich, als wir an einem Sonntagmorgen in Montreal an der Metcalfe Street um die Ecke bogen, im bleichen Wintersonnenlicht einen Festzug beobachtet. Als er näher kam, begann die Kapelle zu spielen: Es waren Shriner, alte und ältere Männer aus Städten des amerikanischen Ostens und aus Kanada, und mit einem roten Fes auf dem Kopf, der zu den alternden Protestantengesichtern gar nicht passen wollte, denen man noch den Rummel vom Vorabend ansah; in Sechserreihen marschierten sie hinter den bunten Uniformen und dem forschen Schritt einer High School Band her. Enttäuschte Männer – Shriner haben immer so etwas von im Leben zu kurz Gekommenen an sich –, Apotheker, Handelsvertreter, Schuhverkäufer marschierten im kalten Wintersonnenlicht dahin, alle zusammen jetzt, eins-zwei-drei-vier, Fahrdienstleiter, Textilkaufleute, Lieferanten, Dentisten, als Brüder vereint im *Ancient Arabic Order of Nobles of the Mystic Shrine*, und als ich so an der Ecke Metcalfe Street stand und sie vorüberziehen sah mit ihrem roten Fes und in billigen Anzügen und beobachtete, wie ein paar von ihnen zaghaft lächelten und winkten, eine gleichsam sportsmännische Geste an die Adresse der ebenso sportsmännisch Gesinnten unter den Zuschauern dieses kanadischen Karnevals, zu dem sie gekommen waren, um sich zu amüsieren und Kameradschaft zu pflegen und verkrüppelten kleinen Kindern zu helfen – als ich dies sah, da mußte ich weinen, und ich konnte Hat nicht erklären, warum, konnte nicht erklären, weshalb diese Versager mit ihren närrischen Hüten, diese alten Vereinsmeier, die so schrecklich töricht aussahen, wie sie da hinter den blau-roten Husarentschakos der Jungens von der Rosewood Central High School her marschierten, mich zu Tränen rührten.

Ich weiß es nicht. Aber mir fielen die Shriner wieder ein, als ich die vom zunehmenden Körperumfang straff gespannten Hosenträger des Kellners unter der Jacke hervorschauen sah, und ich blickte in eine andere Richtung, weil ich fürchtete, es könnten mir abermals unerklärliche Tränen kommen.

»Und die andere Dame – wünscht sie auch Kaffee?«

Er konnte noch nicht wissen, daß Janice gegangen war. Ich hob den Kopf und wollte es ihm sagen, aber da drehte er sich um und blickte, die Kanne in der Hand, mit einem fragenden Lächeln den Gang hinunter – Janice kam zu unserem Tisch zurück. (Mein Gott, warum nur?) Sie nickte, ja, sie wolle Kaffee haben. Er goß ihn ein und ging in dem Augenblick, als sie unseren Tisch erreichte.

»Darf ich mich setzen?«

Sie vermied es, mich anzusehen, indem sie an die Wand über mir starrte.

»Natürlich.« Ich mußte ungeschickt aufstehen, den Tisch von der Sitzbank zurückschieben, während sie ebenso unbeholfen warten und sich dann an mir vorbeizwängen mußte, so daß die Tassen und Gläser in Gefahr gerieten. Ich zog den Tisch, der uns einschloß, wieder heran.

Ist sie verrückt? fragte ich mich. Ich habe das doch alles wirklich gehört, was sie vorhin gesagt hat, ich habe das doch nicht geträumt, oder?

Ich warf ihr von der Seite einen Blick zu, sah, wie sie den Henkel der Kaffeetasse mit der Spitze von Daumen und Zeigefinger anfaßte, die Tasse hochhob, sich dann anders besann und sie wieder auf die Untertasse stellte. Würde sie über das alles hinweggehen, was sie gesagt hatte? Das war doch wohl nicht möglich.

Ihre Hand, die den Kaffee zurückgestellt hatte, fuhr den Tisch entlang. Ihre Finger umklammerten mein Handgelenk. »Bitte, entschuldige, Mary. Es tut mir furchtbar leid. Willst du mir verzeihen?«

»Ja, natürlich.«

Aber ich sagte das nur so. Ich verzieh ihr nicht.

»Danke.« Sie zögerte. Dann fuhr sie fort: »Mary, können wir vielleicht anderswo hingehen? Ich kann nicht richtig mit dir sprechen bei diesen Männern da drüben. Du hattest übrigens recht – ich *habe* mit ihnen geflirtet. Hast du schon bezahlt?«

»Nein, aber gleich.« Ich gab dem Kellner ein Zeichen, und er nickte, bediente aber im Augenblick gerade einen ganz alten Mann und ein Mädchen, das seine Enkelin sein mochte. Der alte Mann hatte Mühe mit dem Lesen der Speisekarte. Der Kellner beugte sich hilfsbereit vor und deutete auf die Karte, während ich ihn telepathisch zu beschwören versuchte, er möchte sich beeilen, damit wir hier herauskamen. Wobei ich Janice nicht anblickte und sie doch anblickte und sah – obwohl ich so tat, als sähe ich es nicht –, wie Scham ihr die Wangen rötete, während sie demütig dasaß und vor sich aufs Tischtuch starrte.

Der Kellner kam, aber ach, er blätterte so langsam die Rechnungen auf seinem Block durch, bis er die richtige gefunden hatte, fragte mich wegen der Flasche Brouilly – »War es eine kleine Flasche, Madame?« –, addierte die Zahlen so langsam, so daß ich ihm endlich ein viel zu großes Trinkgeld gab, weil ich einfach nicht mehr warten konnte, bis er herausgegeben hatte. Janice nahm demütig, ohne ein Wort, den Zehn-Dollar-Schein, den sie hatte liegenlassen, und steckte ihn in meine offene Handtasche.

Dann stolperten wir, unserer Umgebung gegenüber bewußt blind und taub, als gälte es, schmähende Rufe der anderen Gäste abzuwehren, den Gang entlang und stürzten fluchtartig an dem Besitzer-Oberkellner in dem kleinen Foyer vorbei auf die Straße hinaus, wo Janice mich am Arm festhielt und mir zum erstenmal seit ihrer Rückkehr ins Gesicht sah. Dann gingen wir zur Lexington Avenue hinunter, und sie begann mit monotoner Stimme, so wie man eine auswendig gelernte Rede vorträgt, eine Entschuldigungslitanei für ihr Verhalten – sie habe es mir heimzahlen wollen, weil sie das, was ich von Charles erzählt hatte, so sehr verletzt habe, obwohl sie natürlich ganz genau wisse, daß ich das alles ohne jede Bosheit und nur zu ihrem Besten gesagt hätte.

Und dann hörte sie auf und rechnete damit, daß ich etwas erwiderte, aber was konnte ich sagen? Was ich auch sagte, nahm sie vielleicht wieder krumm, und so schloß ich einen Kompromiß, indem ich nickte und meinte: »Ja, ja, ich verstehe«, und inzwischen waren wir an der Lexington angelangt, und sie hatte sich entschlossen, etwas anderes zu sagen, etwas für sie offenbar sehr Wichtiges, denn sie blieb stehen und sah mich einen etwas peinlichen stummen Moment lang an, die Augen fast hysterisch weit aufgerissen, bis sie es herausbrachte. »Ja«, sagte sie, »es ist wahr, dieses Sprichwort. Daß niemand so blind ist wie der, der nicht sehen will. O Mary, ich weiß, ich verleugne die Wahrheit, ich habe das schon immer getan, und ich weiß auch, warum. Ich tue es, weil ich Angst habe und selbstsüchtig bin und – oh, *sieh nur!*«

Und ich starrte sie an und empfand grenzenloses Mitgefühl, während sie dieses Eingeständnis von sich gab, und fuhr zusammen, als sie plötzlich »oh, *sieh nur!*« sagte, denn ihre Stimme fiel dabei in den Flüsterton, und sie griff so theatralisch nach meinem Arm, daß ich überzeugt war, unmittelbar hinter mir sei gerade etwas Schreckliches geschehen, ein Ereignis, das sie gesehen hatte und ich nicht, und so drehte ich mich, auf das Schlimmste gefaßt, um und sah – gar nichts Ungewöhnliches, nur eine junge Frau, die aus einer chemischen Reinigung kam, ein Kleid an einem Bügel tragend, eine junge Frau, deren Frisur und Kleidung vielleicht andernorts erstaunte Blicke auslösen mochten, aber nicht hier, jedenfalls konnte sie kein Grund sein für Janice' krampfartiges Zusammenzucken, bis ich noch einmal hinsah und die Frau erkannte, es war Julie Harris, die Schauspielerin, sehr schlank und kindlich wirkend in einem kurzen gelben Wollkleid, langen weißen Jacquardstrümpfen und weißen Courrèges-Stiefeln, das lange rote Haar aufgelöst den Rücken hinunterwallend. Die Augen züchtig auf den Bürgersteig geheftet, schritt sie an uns vorbei, und sehr gekonnt tat sie so, als bemerke sie Janice' ungeniertes Nicken und Deuten und geziertes Lächeln überhaupt nicht, während Janice mir plötzlich ungeheuer verabscheuenswert und provinziell vorkam, als sie abermals nach meinem Arm griff und flüsterte: »Das ist doch Julie Harris, nicht wahr?«

Ich nickte und runzelte die Stirn, damit sie schwieg, aber, o Gott, sie ließ meinen Arm sofort los und rannte Julie Harris nach, die an der Kreuzung stehenblieb, weil gerade Rot war, und dann hörte ich ein »Entschuldigen Sie, ich weiß, das gehört sich eigentlich nicht, aber Sie *sind* doch Julie Harris, nicht?«

Und Julie Harris lächelte und murmelte etwas, ich nehme an des Inhalts, daß sie tatsächlich Julie Harris sei.

»Aber ich mußte Sie einfach ansprechen, ich möchte Ihnen nur sagen, wie sehr ich Sie bewundere. Ich habe Sie in *The Lark* gesehen, und in Montreal habe ich Sie in *Member of the Wedding* gesehen. Jedenfalls sind Sie für mich eine der besten Schauspielerinnen, die wir haben.«

Julie Harris scharrte mit ihrem Courrèges-Stiefel, blickte zu ihm hinunter und sagte lächelnd etwas, das ich wiederum nicht verstand. Und trat dann vom Bürgersteig hinunter (die Ampel war Gott sei Dank grün geworden), enteilte auf die andere Straßenseite und ließ Janice in einem Orgasmus der Heldenverehrung zurück, und mir, der Zeugin dieser Szene, verzerrte sich das Gesicht vor Verachtung.

Janice kam lächelnd zurück: »War das nicht interessant?«

»O Janice, um Gottes willen!«

»Wie meinst du das?« (Und ich glaube, sie wußte tatsächlich nicht, wie ich das meinte.)

»Wie soll ich das schon meinen. Daß du dieser Frau

nachrennst. ›Oh, Sie sind für mich eine der besten Schauspielerinnen, die wir haben.‹ Wie konntest du so etwas tun?«

»Ich weiß«, sagte Janice. Sie lachte und hielt sich dann, Verlegenheit heuchelnd, die Hand vor den Mund. »Schrecklich von mir, nicht? Ich weiß, sie ist keine Größe. Aber sie ist doch ganz gut, finde ich. Hast du sie in *Member of the Wedding* gesehen?«

»O Gott, Janice, davon spreche ich doch gar nicht.«

Aber Janice ignorierte meine Bemerkung. Sie zog mich, als wären wir in diesem Punkt einer Meinung, an sich und lächelte. »Oh, komm jetzt. Berühmte Leute lassen sich gern ihr Loblied singen. Das weißt du doch.«

»Nein, das weiß ich nicht«, erwiderte ich und fragte mich dabei, wie wir so weit vom Thema abkommen konnten.

»Es ist aber so. Und das gilt besonders für Schauspieler. Die sind so dumm.« Sie hielt inne und fügte hinzu: »Anwesende natürlich ausgenommen. Aber du warst ja auch nicht nur Schauspielerin, du hast noch so viele andere Sachen gemacht. Verzeih.«

Und das alles lächelnd, mit der festen Zuversicht der hübschen Frau, daß man ihr verzeihen werde. Aber ich stand da und dachte, du dummes Weibsstück, wenn du von Schauspielerinnen eine so niedrige Meinung hast, warum läufst du ihnen dann auf der Straße nach? Ich verachtete sie, ich verachtete mich selbst dafür, daß ich mit einem Menschen befreundet war, der mitten in einem Gespräch einer Berühmtheit nachrannte. Wer so etwas tat, war meine Aufmerksamkeit nicht wert, sagte ich mir, und da ich sie nicht einmal mehr ansehen konnte, wandte ich mich von ihr ab und blickte in das Fenster der chemischen

Reinigung, was ein Fehler war, denn der farbige Geschäftsbote im Laden, der gerade gereinigte Kleider in Cellophanbeutel steckte, hielt in seiner Tätigkeit inne, stülpte die Lippen vor, als wollte er mich durch die Scheibe hindurch küssen, ein Bild, das mich im überreizten Zustand meiner prämenstruellen Spannung derart erschreckte, daß ich mich wieder zu Janice umwandte und gleichsam mitten in ihre nächste Frage hineinstürzte.

»Weißt du was, Mary, ich glaube, ich fange noch einmal von vorn an – bist du verabredet, oder hast du noch eine Stunde Zeit für mich?«

Ich war, noch verwirrt durch die dreiste Mimik des Negers, nicht auf diese Frage gefaßt, und so sagte ich, da mir keine Entschuldigung einfiel: »Nein, ich habe nichts vor«, und natürlich zeigte sich Janice sehr erfreut und meinte: »Wunderbar. Gehen wir irgendwohin, wo es ruhig ist.«

Meine Wohnung war ruhig, aber ich war mir inzwischen bewußt geworden, welchen Fehler ich gemacht hatte. Ein neutraler Ort war besser. »Wie wär's mit dem Central Park?« schlug ich vor. »Es ist ein schöner Tag, frische Luft kann nichts schaden.«

»Gut. Ich besorge uns ein Taxi.« Und damit trat sie vom Bürgersteig und begann zu winken. Ein freies Taxi hielt ein Stück weiter mit einem harten Ruck und kreischenden Bremsen. Als ich darauf zuschritt, warf mir der Geschäftsbote der chemischen Reinigung eine Kußhand zum Abschied zu. »Central Park, bitte«, sagte ich zu dem Fahrer. »Zum nächsten Eingang.«

»Wollen Sie den Zoo besuchen?«

»Nein, wir wollen nur zum nächsten Eingang.«

»Ja, ja, es kommt aber darauf an, was Sie vorhaben. Sie

wollen vielleicht eine Tasse Kaffee trinken oder etwas essen oder nur den Kindern beim Ballspielen zusehen. Es kommt eben immer darauf an, wissen Sie.«

»Bitte, fahren Sie uns einfach *zum nächsten Eingang.*«

»Schon gut, schon gut. Ich habe Ihnen ja nur helfen wollen.«

»Wir suchen einen Ort, wo es ruhig ist«, sagte Janice schüchtern.

»Vielen Dank, Lady.« Er wandte sich zu mir um. »Das hätten Sie mir gleich sagen sollen, ich meine, daß Sie ein ruhiges Plätzchen suchen. Ich bringe Sie zum Ramble, da sind stille Wege zum Spazierengehen, richtig ländlich, wie man sagt. Sehr nett, es wird Ihnen gefallen.«

Zwei geschwätzige Taxifahrer an einem Tag. Das kann auch nur mir passieren. Zum nächsten verdammten Eingang, du dicker dummer Kerl, rief das verrückte Ich in mir. Aber ich stopfte ihm den Mund, lehnte mich in die Polster zurück und ließ dem Fahrer die Bemerkung durchgehen.

»Zum Ramble, stell dir vor«, sagte Janice. »Das klingt so britisch – Ramble.«

»Das ist eine der gefährlichsten Gegenden im Central Park«, entgegnete ich, was wieder ein Fehler war, denn natürlich schnappte er das auf und sagte: »Ja, das stimmt, Lady, da ist vor zwei Jahren jemand ermordet worden, ein College-Professor, bis heute weiß man nicht, wer ihn umgebracht hat, man hat einen Damenschuh in der Nähe gefunden, und da dachte man zuerst, es sei eine Frau gewesen.« Und so weiter und so weiter. Er hatte offenbar die Absicht, uns bis zum Ramble zu unterhalten, der wahrscheinlich an seinem Heimweg lag. Und dann ging Janice plötzlich auf seine Reden ein, was mich wieder wild machte; wenn sie mit jemandem ausgeht, ignoriert sie ihren Begleiter vollkommen, sobald eine Kellnerin oder ein Taxifahrer etwas zu ihr sagt, sie gehört so zu dieser Sorte von Menschen. Sie empfindet ein Schuldgefühl dabei, daß sie von diesen Leuten verlangt, etwas für sie zu tun, und so heuchelt sie ein Interesse an ihrer Existenz. Jedenfalls – sie und der Fahrer unterhielten sich bis zum Ramble, der so etwas wie einen Irrgarten innerhalb des Parks darstellt, Bäume, gewundene Pfade, Holzzäune, ländliche Brücken, Wiesen, also ein ausgezeichnetes Gelände für Abartige, die sich hier herumtreiben und rekognoszieren, sozusagen. Ich habe eine Abneigung gegen diesen Teil des Parks. Als Terence und ich den Park als einen Ort entdeckten, an dem wir zusammensein konnten, inspizierten wir ihn bis in den letzten Winkel. Aber einige Bezirke suchten wir kein zweites Mal auf, und der Ramble war einer davon.

Doch Janice hat kein Gefühl für ihre Umgebung. Sobald wir aus dem Taxi gestiegen waren, nahm sie mich am Arm und zog mich zu einer Brücke hinunter. Ich erinnere mich, daß ich dachte, wenn sie jetzt durch einen U-Bahn-Tunnel ginge, würde es ihr auch nichts ausmachen. Ich sah sie an: Sie war wieder der Tiger, sie schritt im Käfig ihrer Gedanken auf und ab.

»Mary, ich brauche deinen Rat. Was soll ich tun? Soll ich Perry anrufen, oder soll ich es lieber nicht tun?«

Ein jäher Frühlingswind wehte über den Weg, blies mir das Haar ins Gesicht und drückte mir den Rock gegen die Beine. Ein schmutziges Stück Zeitungspapier heftete sich mir ans Knie. Ich las: »Vietkong im Mekong-Delta.« Ich schüttelte mein Bein, und der Papierfetzen wirbelte weiter durch die Luft. Janice wartete auf meine Antwort.

»Angenommen, du triffst dich mit Perry Grandmaison – was hätte das mit der Sache von Charles zu tun? Wenn du mit Perry schläfst, hast du noch nicht die Garantie, daß Charles sich darüber ärgert. Es könnte sogar gerade das sein, was er will.«

»Wieso?« Sie starrte mich an.

»Na ja, es könnte sein, daß er sich dir gegenüber dann weniger schuldig fühlte. Weniger schuldig wegen seines eigenen Verhaltens.«

Ich sah ihr an, daß ihr dieser Gedanke neu war. »Meinst du? Hm, ja, du weißt das natürlich besser als ich.«

»Bitte, werde nicht persönlich.«

Sie lachte über diese Bemerkung. »Ich habe Perry schon angerufen«, sagte sie. »Ich treffe mich heute mit ihm zum Abendessen.« Ihre Augen musterten mich forschend. »Nun? Soll ich?«

»Sollst du was?«

»Mit ihm zu Abend essen.«

»Janice, nun hör mal zu«, sagte ich, »das geht mich alles nichts an, aber mit Perry etwas anzufangen, nur um Charles eifersüchtig zu machen, das ist, finde ich, geschmacklos. Ich meine, dir selbst und Perry gegenüber.«

Der Tiger sah mich an, sah durch mich hindurch. »Oh«, sagte er.

Schweigen. Wir gingen weiter den Weg entlang. Ein hübsches Kindermädchen in Uniform überholte uns mit einem großen englischen Kinderwagen. Ich sah in den Kinderwagen hinein, und da war er leer – keine Decke, kein Kissen, kein Kind. Der Kinderwagen war neu, die Kleidung des Kindermädchens war neu, und nirgendwo sah man ein Kind. Ich weiß, das hört sich dumm an, aber das Kindermädchen hatte für mich auf einmal etwas Unheimliches, war Teil eines finsteren Plans. Welches gräßliche Ereignis ist geschehen oder wird gleich geschehen? fragte ich mich, während sich das Kindermädchen entfernte.

»Was gäbe es aber sonst?« fragte Janice. »Ich meine, wenn ich nichts mit Perry anfange?«

»Nun, es bliebe die Scheidung.«

»Scheidung?« Man hätte meinen können, ich hätte ihr zu einem Mord geraten. »Nein, das kommt nicht in Frage. Obwohl – das könnte ich, nicht wahr? Aber das will ich nicht, ich will mich nicht scheiden lassen.«

»Und Charles?«

»Warum sollte ihm etwas an einer Scheidung liegen? Er hat sein Vergnügen und keinerlei Verantwortung.«

»Ja, dann ignoriere doch die ganze Sache«, sagte ich.

Ein Stück vor uns war das Kindermädchen an eine Weggabelung gekommen. Sie rückte ihre Haube zurecht und schob dann den Kinderwagen den linken Weg hinunter. Ich beschloß, daß wir den linken Weg nehmen würden, wenn wir bei der Gabelung angelangt waren.

»Aber angenommen, er macht so weiter? Was soll ich dann tun?«

»O Janice«, sagte ich, »du verlangst zu viel – wer soll dir da einen Rat geben? Du wirst schon selbst eine Entscheidung treffen müssen.«

»Vielleicht, ja. Aber in einer Frage kannst du mir *doch* einen Rat geben. Du verstehst viel von Pelzen.«

Ich glaubte etwas von »Pelzen« gehört zu haben, und ich dachte, das muß mit meiner Periode zusammenhängen, mit meinem Gehör war heute etwas nicht in Ordnung.

»Weißt du«, fuhr Janice fort, »ich kann zweierlei tun, um es ihm heimzuzahlen. Ich kann eine Affäre mit Perry anfangen, aber das könnte, wie du sagtest, schiefgehen und sich gegen mich wenden, indem sich Charles dann von jeder Schuld frei fühlt. Also das kommt nicht in Frage. Ich werde Perry erst gar nicht anrufen.«

»Du hast aber doch gesagt, du hättest ihn schon angerufen?«

»Habe ich das?« Ihr Blick: die eherne Maske der Gewohnheitslügnerin. »Dann habe ich mich falsch ausgedrückt. Ich *wollte* ihn anrufen. Aber jedenfalls – das kommt nicht in Frage, da hast du völlig recht. Was ich eigentlich im Sinn hatte, als ich nach New York reiste, woran ich eigentlich dachte, als ich anrief, um mich mit dir zum Lunch zu verabreden, ist etwas ganz anderes. Etwas viel Subtileres, wie ich finde. Das wird ihn an seiner empfindlichsten Stelle treffen. Ich kaufe mir einen Pelzmantel.«

Sie sah mich an, um meine Gedanken zu erraten. »Einen Pelzmantel?« fragte ich und kam mir dabei vor wie der Einfaltspinsel in einem Vaudeville.

Sie lächelte. »Keinen gewöhnlichen. Einen Zobel. Einen für 10 000 Dollar. Einen, an dem ich wirklich Freude habe. Einen, bei dem er sich fragt – wenn ich ihn anhabe bei der Rückkehr nach Montreal, meine ich – bei dem er sich fragt, ob sein Techtelmechtel das wert ist; ich meine, 10 000 Dollar wert ist. Wenn ich daran denke, was ich mir all diese Jahre über versagt habe, wie sparsam ich mit seinem Geld umging, dann muß ich sagen, er kann sich das ruhig leisten, keine Angst, er hat sein Schäfchen ins trokkene gebracht. Jedenfalls – das ist mein Plan. Und du kennst dich mit Pelzen aus und hast einen guten Geschmack. Ich möchte ein erstklassiges Modell haben, aus einem der besten New Yorker Häuser. Für zehntausend müßte ich doch etwas Passendes bekommen können, nicht?«

Vor uns war das Kindermädchen stehengeblieben und gab jemandem, den wir von uns aus nicht sehen konnten, ein Zeichen. Einem Komplicen?

»Ich finde«, sagte Janice, »wenn ich mir überlege, daß ich diesem Mann die besten Jahre meines Lebens geschenkt habe, dann kann ich doch wenigstens etwas verlangen, meinst du nicht auch?«

(Und er – hat er dir nicht auch seine besten Jahre gegeben?) Doch das Kindermädchen hatte abermals gewinkt, und jetzt begann sie ganz langsam zu gehen, den Wagen vor sich herschiebend. (Da ahnte ich, wie es weiterging: Ein Stück weiter, auf einer kleinen Wiese, spielt bestimmt ein Kind. Das falsche Kindermädchen wird so tun, als sei das Kind ihrer Obhut anvertraut, sie nimmt es und eilt damit zu einem in der Nähe wartenden Auto. Warum nur, dachte ich, ist nie ein Polizist da, wenn man einen braucht?)

»Ich weiß, das klingt selbstsüchtig«, fuhr Janice fort, »aber warum sollte ich mich von ihm scheiden lassen? Ich meine, was sollte ich dann anfangen? Ich habe die letzten sieben Jahre meines Lebens damit verbracht, unser Haus zu verschönern, habe mich um jede Kleinigkeit gekümmert, habe Dinnerparties gegeben, um *seine* Karriere zu fördern, ohne an *meine* zu denken – aber was rede ich hier, als ob ich mich rechtfertigen müßte, er hat mich all diese Jahre hintergangen. Der Bürolüstling, o Gott. Wenn ich mir vorstelle, daß die Leute hinter meinem Rücken all diese Jahre gelacht haben, dann könnte ich kotzen.«

»Aber das hat doch gar niemand«, sagte ich, doch ich hörte nicht mehr richtig zu, denn vor uns trat ein hochgewachsener junger Gangster aus dem Gebüsch, bedeutete dem falschen Kindermädchen weiterzugehen und kam dann mit erhobener Hand auf uns zu, als wäre er ein Polizist, der den Leuten Halt gebietet. Es war ein ganz junger Bursche: schwarze Kunststoffmütze auf den fettigen blonden Locken, schwarze Lederwindjacke, schwarze Reitstiefel. Aber er jagte mir Angst ein.

»Einen Augenblick, die Damen«, sagte er – dabei grinste er mich an. Dann wandte er sich an Janice. »Wir drehen da vorn gerade eine Filmszene«, sagte der Lügner.

»Ach, wirklich?« Janice war höchst interessiert.

»Ja, für die Fernsehreklame«, setzte der Lügner hinzu, aber ich blickte an ihm vorbei und sah keine Kamera, keinen Menschen. Das verrückte Ich zitterte in mir, doch während es noch zitterte, schoben zwei Männer einen kleinen Kamerawagen hinter einem Busch hervor, und auf dem Wagen saß ein Mann, und der Mann spähte in eine Filmkamera hinein, und aus dem Buschwerk gegenüber kam ein anderer Mann in einem gelben Sweater heraus, der einen großen silbernen Scheinwerfer trug. Das Kindermädchen mit dem leeren Kinderwagen schritt auf die Kamera zu. Mir wurde auf einmal so schwach, als wäre ich gerade aus einem Alptraum aufgewacht.

»Wie lange haben Sie noch zu tun?« fragte Janice den jungen Gangster, und er sagte, etwa zehn Minuten, und meinte, wir sollten doch quer über die Wiese zu dem anderen Weg hinübergehen. »Wollen wir?« fragte mich Janice und marschierte schon los, ohne meine Antwort abzuwarten, und ich folgte ihr gehorsam und spürte, wie meine Füße in das Gras einsanken, das oben trocken, darunter aber schwammig feucht war. Die Nässe drang in meine Schuhe ein, und ich fragte mich, warum ich ihr folgte, warum ich jetzt zu Reveillon Frères oder Bergdorf's ging, um ihr zu helfen, 10 000 Dollar für einen Pelzmantel auszugeben und sich damit an ihrem Mann zu rächen. Und ich sagte mir, Janice ist nicht reich, niemand von uns ist so reich wie die Leute, die sich so etwas erlauben können. Ja, ich bin davon überzeugt, mein Vater hat nie mehr als – na, höchstens 10 000 Dollar im Jahr verdient. Vor dem Krieg? Oh, wohl eher höchstens siebentausend. Und dann dachte ich an dich, Mama, während ich Janice durchs Gras folgte, ich fragte mich, was du sagen würdest, wenn wir jetzt zu Hause in Butchersville wären und ich dir diese Geschichte erzählte und vielleicht auch Madge Gordon, die gerade vorbeigekommen war. Und du und Madge, ihr würdet nachher lächeln und sagen: »Oh, diese Mary, was sie immer für Geschichten erzählt«, aber Mama, Mama, wenn du nur wüßtest, die meisten der Geschichten, die ich dir erzählt habe, die habe ich nicht künstlich ausgeschmückt, bei denen habe ich eher noch etwas weggelassen, denn mein Leben, dieses Leben, das ich lebe, erscheint unglaublich, sogar mir selbst. Wer würde mir zum Beispiel glauben, daß heute nachmittag Janice Sloane von mir wollte, daß ich ihr dabei helfe, 10 000 Dollar für einen Pelzmantel auszugeben, weil Charles mit einer anderen Frau schläft?

Und während ich ihr durch das feuchte Gras nachtappte und an dies alles dachte, rief ich auf einmal: »Janice! Janice!«

Sie drehte sich um.

Und da war sie wieder, die Panikstimmung, ich wußte nicht, warum ich ihren Namen gerufen hatte oder was ich ihr hatte sagen wollen. Ich starrte über den Park hin zum Horizont, während Janice stehengeblieben war und mich ansah. Das blonde Haar wehte ihr über die kalt-blauen Augen.

Ich kannte ihren Namen. Sie war Janice, Janice Sloane, aber ich, wer war ich? Ich war Big Gerties Tochter, der dicken Gertie Kind, jawohl, und ich wußte nicht, warum ich ihr zugerufen hatte oder was ich ihr hatte sagen wollen.

»Was ist – fehlt dir was?« fragte sie, und ich schüttelte den Kopf und lächelte, aus Furcht, sie könnte bemerken, daß mein Ich, wie es auch immer hieß, fortgegangen war und mich fassungslos zurückgelassen hatte mit nichts anderem im Kopf als einem dummen Music-Hall-Schlager, und was noch schlimmer war, jetzt begann, wie das Krokodil in *Peter Pan,* die Uhr in mir, das Metronom, den Takt zu schlagen, tick-tack-tick-tack, zwischen den Worten-die-mir-in-den-Sinn-kamen-ich-war-im-tick-tack-tick-tack-im-tick-tack-

»Bestimmt? Du siehst ganz wacklig aus. Ist dir nicht gut?«

Ihre-Hände-faßten-nach-meinen-Händen. Und-ihr-Gesicht-kam-mir-ganz-nah-mein-Denken-ver-lang-samte-sei-nen-Gang-

»Mary?«

Ma-ry-sag-te-sie-Ma-ry-

(Da erinnerte ich mich wieder.) Mary Dunne.

»Ich möchte nach Hause«, sagte ich.

»Nach Hause? Ja, natürlich, wenn du dich nicht wohl fühlst«, sagte sie zögernd. »Was hast du denn? Ist dir schwindlig? Willst du dich einen Augenblick hinsetzen?«

Das Tick-tack war fort. Ich hieß einmal Mary Dunne, und jetzt war ich Mary Lavery. Ich war General MacArthur, der an Land ging und, zur Erinnerung zurückgekehrt, durch das seichte Wasser zum Strand hinaufstapfte.

So erleichtert war ich, daß ich laut sagte: »Hast du das auch, diese Augenblicke, wo du – wo für ein paar Sekunden alles ausfällt, du weißt nicht mehr, wer du bist, es ist wie eine Ohnmacht, nur daß nicht alles schwarz wird um dich herum?«

»Ah, so was war das? Das kenne ich, solche Augenblicke hatte ich auch mal. Eigentlich komisch, daß die Frauen heutzutage nicht mehr ohnmächtig werden, unsere Großmütter fielen am laufenden Band in Ohnmacht. Aber natürlich haben sie das nur gemacht, um sich in schwierigen Situationen elegant aus der Affäre zu ziehen.«

Ich sah sie an und dankte ihr im stillen. Ich würde ihre Großmutter sein. »Es hängt mit meiner Periode zusammen«, sagte ich. »Kurz davor nimmt es mich oft heftig mit.«

»Vielleicht können wir irgendwo eine Tasse Tee trinken – was meinst du?« Sie lächelte ein Beschwörerlächeln, aber ich sagte, nein, es wäre wohl besser, wenn ich gleich nach Hause ginge.

»Zu dumm«, sagte sie. »Ach, das tut mir aber leid. Ich hatte gehofft, den größten Teil des Tages mit dir verbringen zu können. Na ja, ich bin schließlich in New York, irgendwie werde ich die Zeit schon herumkriegen.« Sie sah hilflos aus, eine zusammengeknickte Seele, die es so gut gemeint hat, aber in dieser Hinsicht war ich bei Hat in die Schule gegangen, der es meisterhaft verstand, andere dazu zu bringen, daß sie sich selbstsüchtig vorkamen, deshalb fiel ich auf Janice' eher stümperhaftes Bemühen nicht herein. Ich versteifte mein Lächeln und sagte, ja, es sei jammerschade, aber ich fühlte mich richtig elend, und am besten nähme ich mir gleich ein Taxi und führe nach Hause.

Vor uns, über den Baumwipfeln, war das Dach des Museum of Natural History; das ganze Gebäude, so groß wie eine römische Basilika, kam in Sicht, als wir den Weg zur West Side entlangschritten. Ein gelber Strom von Taxis rollte auf der Straße am Eingang des Museums vorbei. Ich mußte an die Statue von Teddy Roosevelt vor dem Museum denken; das Museum wurde für ihn errichtet, es war so ganz nach seinem Geschmack – ausgestopfte Tiere, Pfadfinderbegeisterung, Dinosaurierknochen und maßstabgerechte Modelle. Ich hatte es gehaßt, als wir seinerzeit einige Male hingingen, Hats Sohn Pete und ich und Petes kleiner Schulfreund Skip. Am anderen Ende des Blocks war das Hayden Planetarium; wir waren auch dort öfter hingegangen, und ich erinnerte mich, daß an der Ecke eine Bushaltestelle war. Ich konnte von dort mit dem Bus quer durch die Stadt bis zur Ecke Seventy-ninth und Third fahren und in zehn Minuten zu Hause sein. Wunderbar, dachte ich, fragte dann Janice, was sie jetzt vorhabe, und fügte hinzu: »Ich könnte drüben vom Planetarium aus mit dem Bus fahren, wenn es dir recht ist« – und ich deutete zum Planetarium hinüber und versuchte die plötzlich sie umgebende Aura des Gekränktseins zu ignorieren, der Teufel sollte sie holen, ich wollte mir nicht noch einmal von ihr ein Schuldgefühl einimpfen lassen.

Dann fragte sie: »Du willst mich los sein, nicht wahr?«, und es geschah das Schlimmste. Ich blickte sie an und sah wilde, starrende Augen, die Anfänge von Tränen, ihre Selbstbeherrschung löste sich zusehends auf, und noch eine emotionale Szene mit ihr hätte ich nicht ertragen. Ich wollte einfach, daß wir uns beide gegenseitig in Ruhe ließen.

»Nein«, erwiderte ich. »Mir ist nur – ich bin sehr nervös

heute, ich kann mich auf nichts konzentrieren, und ich wäre dir keine große Hilfe.«

Spaziergänger, ein Mann mit seiner Frau, kamen uns entgegen. Es war verrückt, aber der Mann sah wie Sigmund Freud aus. Er war groß und hatte einen Spitzbart, einen grauen Tweedanzug und eine Uhrkette vor dem Bauch und ging Arm in Arm mit seiner Gattin, einer kleinen, dicklichen Frau in grünem Rippsamt mit einer Fuchsboa um den Hals – die kleine Fuchsschnauze biß gerade unter ihrem Doppelkinn in eine buschige Rute. Sie spitzten beide die Ohren, als Janice mit melodramatischer Gestik von mir fortschritt, dann stehenblieb, den Arm ausstreckte, auf mich deutete und in schrillem Ton rief: »O nein, Mary. Nein, nein, du willst mich nur loswerden.«

Ich sah, wie Sigmund Freud seiner Gattin einen vielsagenden Blick zuwarf. *(Paranoia, Liebchen, ja, ja!)*

»Janice, das ist nicht wahr.«

»Doch, doch. Und ich mache dir ja auch gar keinen Vorwurf, ich weiß, ich habe mich falsch benommen vorhin im Restaurant, es war nicht schön, daß ich dich beleidigt habe und dann einfach gegangen bin. Ja, es *ist* so, warum kann ich es nie begreifen, daß kein Mensch von den Sorgen anderer Leute hören will, und von den meinen schon gar nicht.«

Sigmund Freud und Frau bewegten sich kaum noch von der Stelle, um nichts zu versäumen.

»Der Pelzmantel war es«, fuhr Janice fort. »Der hat dich geärgert, das habe ich gleich gemerkt. Ja. Aber ist das nicht die bessere Lösung, der Pelzmantel? Oder hätte ich das andere tun sollen?«

In diesem Augenblick wurde sie sich bewußt, daß Sigmund Freud und Frau mit zu ihren Zuhörern zählten, und sie drehte sich – sehr erhaben, das muß ich zugeben – zu ihnen um und funkelte sie an. Sigmund faßte seine Frau etwas fester am Arm, und dann schritten die Freuds, von uns beiden belauert, vorüber.

»Ja, das andere«, wiederholte Janice. Sie deutete auf die unter uns gelegene Straße, auf der Autos unter einer Brücke hindurch in den Park hineinfuhren. »Nämlich auf die Brücke dort zu gehen und hinunterzuspringen.«

Ich blickte Sigmund Freuds Rücken an. Hatte er das gehört? Aber er und seine Frau strebten eilends dem Ramble zu.

»Ich könnte mich natürlich auch dort im Gebüsch verstecken«, fuhr Janice fort, »und dem ersten Mann zurufen, der vorbeikommt, und den Schlüpfer herunterziehen und mich von ihm vögeln lassen, wenn ich daran denke, daß ich sieben Jahre lang keinen Mann auch nur angeschaut habe, wenn ich an die Möglichkeiten denke, die ich gehabt habe, verdammt noch mal, ich bin nicht häßlich, wenn du wüßtest, was Männer mir schon für Angebote gemacht haben, ich glaube, ich brauche dir das nicht näher zu erklären, aber ich habe jedenfalls während dieser ganzen Zeit keinen anderen Mann auch nur angeschaut, während Charles inzwischen der Bulle des Büros war, wahrscheinlich hatte er schon ein Dutzend Affären, und diese letzte jetzt unterscheidet sich nur insofern von den anderen, als er sich nun offen dazu bekennt. Von jetzt an findet er wohl seinen Spaß daran, mich öffentlich zu demütigen. Oh, verdammt, verdammt, warum erzähle ich dir das alles, dir ist es ja doch egal, oder etwa nicht?«

Sie weinte jetzt, schlug sich die Hände vors Gesicht, und es kamen andere Leute den Weg entlang, ich mußte sie beruhigen, mußte sie irgendwie von hier fortbringen. Ich legte die Arme um sie. »Nun laß es gut sein, komm, es ist nicht so schlimm, wie du glaubst, wir suchen jetzt eine Bank und setzen uns einen Augenblick hin.« Und so gingen wir weiter, sie weinte noch immer, ließ sich aber von mir führen, und ich sah, wie sich die Freuds nach uns umblickten, und ich hätte ihnen am liebsten zugerufen: »Kümmert euch um eure eigenen Angelegenheiten!« Ja, ja, Tollheit ist ansteckend; es schien so töricht, daß es schon komisch war.

»Warum lachst du?« fragte Janice, jäh aus ihrem Schluchzen herausgerissen.

»Ich weiß es nicht. Ich glaube, wir sind beide verrückt, doch, das glaube ich.«

Ich weiß, es läßt sich nicht erklären, wir müssen tatsächlich verrückt gewesen sein, beide, denn wir gingen vom Weinen sofort ins Kichern über, ein hysterischer Ausbruch, nehme ich an, aber welche Erleichterung und was für ein Spaß, sich umzudrehen und die enttäuschten Gesichter von Freud und Frau zu beobachten, die zuerst uns anblickten und dann einer den anderen und schließlich beleidigt davonstapften und uns den Rücken zudrehten – also wenn das keine kalte Schulter war!

»Er sieht wie Freud aus, ist dir das aufgefallen?« sagte ich kichernd.

»Du bist wirklich der Gipfel. Freud – o Mary, wirklich, du bist verrückt!«

Einander umklammernd, schwankten wir den Weg entlang, zwei Frauen – die Leute müssen uns für betrunken gehalten haben. »Hast du gesehen, was der alte Siggy für ein Gesicht gemacht hat?«

»Und du – oh – du mit deinem Schlüpfer, den du herunterziehen wolltest – ob er das auch gehört hat?«

sagte ich, und es war so befreiend, wieder zu lachen, zu lachen, wie wir vor langer Zeit lachten, als wir jung waren und albern, als wir uns über einfache Dinge lustig machen konnten, als das Leben ganz gewöhnlich und oft langweilig war. Als ich Mary Dunne war.

Aber nein, ich war nicht Mary Dunne, als ich Janice kennenlernte, ich war Mary Phelan. Ich lernte Janice kennen, als ich mit Hat nach Montreal kam wegen dieses ersten Artikels für *Canada's Own.* Wenn ich an das Montreal von damals denke, erinnere ich mich aus irgendeinem Grund immer an einen ganz bestimmten Winterabend: Schnee lag auf den Straßen, und es war sehr kalt, wir trugen alle dicke Mäntel, Schals, pelzgefütterte Handschuhe und Überschuhe und kamen aus dem Blue Chip, einer Bar in der Nähe der Börse; Arm in Arm gingen wir zu fünft eine steile, glattgefrorene Straße in Richtung St. James Street hinauf. Es war Freitag abend, und Hat und Charles (sie hatten gemeinsam das Upper Canada College besucht) waren sich zufällig nach Feierabend in die Arme gelaufen. Janice und ich hatten uns im Blue Chip mit ihnen getroffen, und Eddie Downes, der Fotograf, war auch da, und als wir aus dieser Nebenstraße in die St. James Street einbogen, standen da sechs, sieben Limousinen, schwarze Cadillacs und Chrysler Imperials, in einer Reihe vor dem Transportation Building, die Fahrer schritten füßestampfend auf und ab und schlugen mit den Armen um sich wegen der Kälte, und gerade als wir näher kamen, begannen sich die Drehtüren des Transportation Building zu drehen, und die Fahrer hörten mit dem Füßestampfen auf und stürzten zu ihren Limousinen, rissen die Türen auf, so daß der Blick auf perlgraue Interieurs und säuberlich gefaltete Reisedecken fiel, während aus dem Gebäude etwa zehn, fünfzehn bejahrte Finanzleute herauskamen, die meisten in altmodischen langen Waschbärmänteln und schwarzen Homburghüten und einer, das weiß ich noch, in einem schwarzen Überzieher mit grauem Lammfellkragen und einer langen Zigarre in der Hand. Sie entsprachen so haargenau den Kapitalisten aus dem Bilderbuch, daß wir stehenblieben und grinsten und Hat ihnen zurief: *»Mange la merde, mange la merde«*, was »Friß Scheiße« heißt und die freche Pointe eines alten franko-kanadischen Witzes ist, und wir fünf lachten, als die alten Finanzmagnatengesichter sich besorgt umwandten und Hat anstarrten und gewiß im stillen hofften, ein Polizist werde erscheinen, um sie zu beschützen. Dann bückten sie sich und verschwanden in ihren Limousinen; die Fahrer schlugen die Türen zu, rannten um die Wagen herum und setzten sich hinters Lenkrad, und die Großkapitalisten spähten zu den hinteren Seitenfenstern zu uns hinaus, während wir fünf, im Schnee umherstolpernd, uns wieder unterfaßten und an den Wagen vorbeigingen, albern, glücklich und jung. Ja, jung. Wenn ich jetzt daran denke, komme ich mir leer vor.

»Janice«, sagte ich, »erinnerst du dich noch an *mange la merde* damals spätabends auf der St. James Street?«

»Nein. Was war denn das?« Ich erzählte es ihr, und sie lachte und nickte und hielt mich fest, und einen Augenblick lang waren wir alte Freundinnen, untergehakt, voller Erinnerungen.

»Diese Kälte immer im Winter«, sagte ich. »Stell dir nur vor, das war die große Zeit von Duplessis.« Ich sah Duplessis' Gesicht vor mir, als ich dies sagte, das Gesicht eines kleinen Diktators, eines billigen Provinztyrannen. Zu meiner Zeit herrschte er in Quebec. Ich haßte ihn, seine Schiebungen, seine korrupte Regierung, seine Arroganz, aber am meisten widerte mich an, daß die meisten Leute und vor allem diese anglo-kanadischen Industriellen ihm Bestechungsgelder zahlten, ihn ermutigten und gleichzeitig fürchteten.

»Und sein Slogan«, sagte Janice. *»Notre maître, le passé.«*

»Und alle haben mitgemacht. Sogar *Canada's Own.«*

Sie nickte. »Jetzt ist alles so ganz anders«, sagte sie. »Diese Zeit ist Gott sei Dank für immer vorbei.«

»Ja. Ich bin froh, daß er tot ist. Ich bin froh, daß sein Name vergessen ist. Aber dieses Montreal, Duplessis' Montreal, ist das einzige Montreal, das ich kenne. Und es existiert nicht mehr. Wenn ich jetzt einmal hinkomme, erkenne ich nichts mehr wieder. Dann komme ich mir richtig alt vor.«

»Ich weiß, mir geht es auch so«, sagte sie, aber das sagte sie nur so dahin, um mir zuzustimmen, es kann für sie nicht so sein wie für mich, denn sie hat Montreal nie verlassen, für sie ist die Stadt älter geworden, so wie das Gesicht des Ehegatten älter wird, sie sieht sie jeden Tag, ist sich nicht bewußt, daß sie ganz anders ist als das Montreal zu meiner Zeit. Für mich existiert das alte Montreal nicht mehr. Das gilt für alle meine alten Städte. Ich ziehe fort, und sie verändern sich, und indem sie sich verändern, sterben sie und leben nur noch in meiner Erinnerung weiter. *Memento ergo sunt.* Als ich im Central Park an Montreal dachte, kam ich mir wie der Ewige Jude, wie der Fliegende Holländer vor. Die Depression war da. »Janice«, sagte ich, »ich muß jetzt wirklich nach Hause fahren und mich hinlegen. Wollen wir etwas für morgen ausmachen?«

Sie sah mich an, und endlich glaubte sie mir meinen Zustand. »Du Ärmste, du zitterst ja.«

Sie bemerkte, wie stark meine Hand bebte. »Das ist nicht weiter schlimm«, log ich. »Ruf mich morgen an; wahrscheinlich geht es mir dann schon wieder besser. Sieh dir doch heute nachmittag noch die Turner-Ausstellung an. Vielleicht kommst du dabei auf andere Gedanken.«

Sie nickte. »Ja, vielleicht. Und du hast recht, es ist besser, ich fange nicht noch einmal etwas mit Perry an.«

Nun war es an mir, zustimmend zu nicken.

»Und was den Pelzmantel betrifft«, fuhr sie fort, »vielleicht überlege ich mir das auch noch einmal. Hat keinen Zweck, eine Dummheit zu begehen.«

Ich nickte abermals. Nachdrücklich.

»Ich weiß nicht«, sagte sie. »Am Ende ist eine Scheidung doch die beste Lösung.«

»Bitte, Janice, denk heute nicht mehr darüber nach. Ruf mich morgen an. Es tut mir leid, daß ich dich hier so stehenlassen muß.«

»Kann ich dich mitnehmen?« fragte sie. »Ich nehme mir ein Taxi und fahre zu meinem Hotel zurück, um mich frisch zu machen.« Ich sagte, unsere Ziele lägen in entgegengesetzten Richtungen. Dann brachte ich sie zur Straße, wo sie wieder ihren Kamikazeakt vollführte, um ein Taxi anzuhalten. Und als eines gekommen war, umarmte sie mich vor dem Einsteigen, küßte mich und sagte: »O Mary, du bist noch immer meine beste Freundin, weißt du das?«

Was konnte ich auf diese Lüge antworten? Ich nickte und lächelte, aber ich zitterte, als sie mich umfaßt hielt. Hat. *Denk nur daran, was du ihm angetan hast.* Ich stand da, ein gezwungenes Lächeln auf den Lippen und diese ihre Worte im Kopf, als sie mir aus dem Taxi zuwinkte und der Wagen davonfuhr und ich in Richtung Bushaltestelle die Straße überquerte. Ich war wieder in einer depressiven Phase; wieder umgaben mich Düsternis und Trostlosigkeit. *Denk nur daran, was du ihm angetan hast.*

»New York?« sagte Hat. »Schon wieder? Ich wußte gar nicht, daß du jeden Monat dort zu tun hast. Was ist es denn diesmal?« Ich sagte, es handle sich um ein Vorspielen für eine Bühnenrolle; mit dieser Erklärung hatte er sich früher immer zufriedengegeben, aber da Ranald MacMurtry mir gesagt hatte, daß Hat etwas zu Ohren gekommen sein mußte, ging mir die Lüge nicht so unbefangen von den Lippen. Hats Nase begann zu zucken auf eine Art, die ich zu verabscheuen gelernt hatte. (Er war sehr mürrisch und reizbar, seit er das Trinken aufgegeben hatte.) Und dort in dem halb eingerichteten Wohnzimmer in Montreal, in einem Haus, auf das er gerade eine Anzahlung geleistet hatte, stierte er mich an wie ein altmodischer Ehegatte aus der viktorianischen Zeit und sagte: »Du fährst *nicht* nach New York, und damit basta.« Das war ein für ihn so ungewöhnliches Benehmen, daß ich lachte und sagte: »Sei doch nicht albern – seit wann kommandierst du mich denn herum?« Ich riskierte diese Erwiderung, weil ich trotz Ranalds Hinweis nicht glauben konnte, daß jemand Hat etwas gesagt hatte. Wie hätte das einer gekonnt? Niemand wußte etwas davon. Alles hatte sich 800 Kilometer entfernt in New York abgespielt, und keiner meiner Bekannten kannte Terence, weshalb ich es auch wagte, Hat ins Gesicht zu lachen. Und als ich ihn fragte, seit wann er mich herumkommandiere, sagte Hat: »Seit jetzt.« Ich fragte ihn, für wen er sich denn halte, daß er so mit mir rede, und da sah er mich mit diesen traurigen Hundeaugen an und sagte: »Ich bin dein Mann, und es scheint, ich bin zu alt für deinen Geschmack. Du hast es ja jetzt auf Kinder abgesehen.«

Ich verstand diese Bemerkung falsch. Ich glaubte, er spräche vom Kinderkriegen. Er hatte mit mir nie Kinder haben wollen: Er hatte schon seinen Sohn, Pete. Wir hatten darüber gesprochen, und ich hatte gesagt, mir sei es recht. Deshalb ärgerte es mich, daß er das Thema nun in dieser Form aufbrachte, und ich sagte: »Ich verstehe nicht, weshalb du jetzt davon anfängst. Wir hatten doch festgestellt, daß du keine Kinder willst. Schön. Mir ist es recht. Ich fahre nicht aus Trotz oder so etwas nach New York.«

»Ich spreche nicht von Babies«, sagte er. »Ich spreche von Beatles. Du kennst doch den einen, den ich meine. Lavery heißt er, glaube ich.«

»Was?« sagte ich, und dabei muß mein Gesicht ihm verraten haben, was er wissen wollte, bestätigt haben, was Janice ihm zugeflüstert hatte, denn er nickte, als hätte ich ja gesagt.

»Na schön«, sagte er. »Wenn du nach New York fährst, brauchst du gar nicht mehr wiederzukommen.«

»Na schön«, sagte ich. »Das werde ich auch nicht.«

Und heute mußte ich daran wieder denken, als ich an der Bushaltestelle wartete, nachdem Janice mir gerade versichert hatte, ich sei noch immer ihre beste Freundin. Janice, die nicht wußte, daß ich jetzt weiß, daß sie diejenige war, die Hat damals von Terence und mir erzählt hatte. Und während ich daran dachte und auf den Bus wartete, begann ich heftig zu zittern. Ich stand hinter einer Mutter mit einem kleinen Kind, und hinter mir stand ein pickelgesichtiger

Student in einer Windjacke der Columbia University, der ständig die unter den Arm geklemmten Bücher umpackte und unablässig auf meine Beine starrte. Ich erinnere mich, daß ich daran dachte, wie Hat mir an jenem Abend ins Zimmer folgte, als ich zu packen begann. Das war mein Fehler – ich meine das Packen –, denn das gab ihm die Möglichkeit, noch länger mit mir zu sprechen. Und das gab mir die Möglichkeit, die Dinge zu sagen, die wahrscheinlich seinen Tod bedeuteten.

Denk nur daran, was du ihm angetan hast, sagte Janice, und ich dachte noch immer daran, dachte noch immer an jenen Abend, als der Bus kam und mich aus meinen Gedanken herausriß. Die Mutter mit dem Kind stieg ein und suchte dann nach ihrem Kleingeld für den Fahrschein, während ich auf der zweiten Stufe stand, meinen Vierteldollar in der Hand, und darauf wartete, daß sie weiter in den Wagen hineinging. Der Student trat auf die unterste Stufe und drückte dann scheinbar zufällig seine eine Hand mit dem Rücken gegen meinen Schenkel. Ich bewegte mich hin und her, aber es war kein Platz zum Ausweichen, und mir war im Augenblick nicht nach einer Auseinandersetzung zumute. Vor mir drehte sich der von dem Fahrer bediente Geldschlucker herum, und die Frau ging, das Kind vor sich herschiebend, den Gang hinunter. Ich trat, von der verstohlenen Berührung des Jünglings befreit, eine Stufe höher und hielt meinen Vierteldollar hin. Der Fahrer nahm ihn und steckte ihn in seine Wechselmaschine, aus der zwei Zehner und ein Fünfer herauskamen. Ich steckte das Fahrgeld in den Geldschlucker, und während der Fahrer die Kasse bediente, blickte ich mich nach dem vielversprechenden Columbianer um, der jetzt so andächtig wie ein Meßdiener an mir vorbei ein Reklameplakat anstarrte, auf dem ihm die Küstenwache eine Lebensstellung versprach. Ich suchte mir in dem halbleeren Bus einen Platz auf der rechten Seite, setzte mich und sah mein Spiegelbild in der Fensterscheibe, als sich die Türen surrend schlossen. Der Bus fuhr an, und mein Bild im Fenster schwamm glasig über die Umrisse vorübergleitender Gebäude und Fahrzeuge und die frühlingsgrünen Bäume des Central Park dahin. *Dein Angesicht, mein Than / Ist wie ein Buch, wo wunderbare Dinge / Geschrieben stehn.* – Mein Gesicht in der Scheibe war das Gesicht Macbeth', das Gesicht eines Mörders, und wie sehr ich mich auch bemühte, nicht an jene Nacht zu denken, ich konnte ihr nicht entkommen. Ich kann sie nicht verscheuchen, wenn sie in meine Gedanken eingedrungen ist; mein Fegefeuer besteht darin, daß ich sie immer wieder abrollen sehen muß von dem Augenblick an, als Hat ins Schlafzimmer kam, während ich packte, und sagte: »Hör mal, bist du vielleicht krank? Ich habe über die Sache nachgedacht. Vielleicht solltest *du* dich bei dem guten alten Ranald auf die Gehirnwäsche-Couch legen, nicht ich.«

»Wieso soll ich krank sein?« fragte ich, und er entgegnete: »Hältst du es nicht für krankhaft, daß du nach New York fährst, um mit einem Jungen ins Bett zu gehen, der halb so alt ist wie du?«

»Wer hat dir das gesagt?«

»Das spielt keine Rolle. Es stimmt doch – oder etwa nicht?«

»Nein, es stimmt nicht. Aber selbst wenn es stimmte – wieso wäre das krankhaft?«

»Daß du das noch fragst...«, sagte er. »Daran siehst du es ja schon. Herrgott, Mary, haben dir zwei Ehemänner nicht gereicht, mußt du jetzt noch Kinder verführen?«

»Hat, hör auf«, sagte ich. (Ich spürte, wie sich das verrückte Ich in mir regte, aber ich hielt es unter Kontrolle.) »Geh jetzt, Hat. Es gibt Dinge, über die ich lieber schweigen möchte.«

»Was für Dinge?« Seine Augen, hundebraune und geschlagene Augen, veränderten sich, während er dies fragte, wurden wieder wie in jenen frühen Tagen, als ich ihn kennenlernte, selbstbewußt, zornig, leuchtend wie die Augen auf einem Rembrandt-Porträt. Er setzte sich auf die Bettkante, schlang die Hände um das eine Knie und ließ das lange Bein hin- und herbaumeln. »Was für Dinge?« wiederholte er, voll selbstzerstörerischen Eifers wie immer.

Meine Herren Geschworenen, ich erinnere mich ganz genau, daß ich an dem Abend, als ich meine Sachen für die Fahrt nach New York packte, genau wie jetzt jeden Augenblick mit meiner Periode rechnete, das verrückte Ich hatte das Kommando übernommen, ich weiß es, ich selbst war es nicht. Aber diese Entschuldigung befriedigt mich nicht. Ich bin mein eigener Richter, es ist noch immer *mea culpa, mea culpa, mea maxima culpa*, denn als nächstes setzte ich zu einer langen Tirade an; und warf ich dabei zuerst noch Kleider in meinen Koffer, so vergaß ich das bald und stand einfach vor ihm in dem fast noch kahlen Schlafzimmer, während er dasaß, das eine Knie umklammernd, mit dem Bein baumelnd, und zuhörte, wie ich ihm endlich die Wahrheit sagte, die ganze Wahrheit, weiß Gott. Ich begann damit, daß ich ihm unser erstes intimes Zusammensein im La Salle Hotel ins Gedächtnis zurückrief – ich erzählte, wie ich aus dem Badezimmer gekommen war, wie wir beide nackt gewesen waren, erzählte von dem panikartigen Gefühl, daß es nicht ganz richtig war, daß wir nur so taten, daß es nicht so war, wie wir es uns vorgestellt hatten, und daß wir uns gegenseitig belogen hatten, erzählte ihm, wie mich diese Lüge jahraus, jahrein bei jedem unserer Liebesakte wieder heimgesucht hatte, denn wann und wo es auch gewesen war, nie war es zwischen uns so gewesen, wie es hätte sein sollen. Und nach einer Weile, so erklärte ich weiter, sei dies, für mich zumindest, wie eine Art Tod geworden, ein Vorauswissen, daß jedesmal, wenn wir uns nackt einander näherten, etwas Falsches im Spiel war, etwas Trauriges und Unechtes. Denn wenn Sex nicht immer wieder neu geschaffen werden könne, könne er überhaupt nicht geschaffen werden, und alle Bemühungen, ihn vorzutäuschen, seien wie ein Krebsgeschwür. Ich sagte, ich hätte mich mit diesem Krebsgeschwür abgefunden, hätte keine Hoffnung mehr gehabt, daß es in meinem Leben je anders werden könnte. Ich hätte mit Terence' Erscheinen nicht gerechnet und selbst im Zusammensein mit ihm nicht zu hoffen gewagt, daß alles so vollkommen sein würde, wie es dann wurde, und ich weiß noch, Hat unterbrach mich an dieser Stelle, das Gesicht von jähem Zorn entflammt, die Augen mörderisch funkelnd, und schrie: »Vögelbruder Terence – wie heißt er doch noch? Terence Lavatory.«* Und er lachte wie ein Irrer und wiederholte: »Lavatory, ja Lavatory, ja, so heißt er.« Dann hob er die Hand, als wolle er mir ins Gesicht schlagen, tat es aber nicht. Und schrie: »Weißt du, was du bist? Du bist eine Nutte, eine Nutte, du scherst dich einen Dreck um Zuneigung oder Liebe oder Ehe oder irgendein anderes normales Gefühl, du willst nichts als gevögelt und gevögelt werden, bis die Soße aus dir heraus-

* Wortspiel: lavatory = Klosett, Toilette (Anm. d. Übers.)

läuft, deshalb hast du den armen Phelan verlassen, weil er dich nicht befriedigen konnte, und jetzt verläßt du mich aus dem gleichen Grund, und wenn dich dieser arme Beatletyp gevögelt hat, bis er nicht mehr kann, dann läßt du auch ihn sitzen, aber ich will dir etwas sagen, auch für dich kommt einmal der Tag, auch du kannst nicht ewig so weitermachen, laß dir das gesagt sein. Du wirst wie jede andere armselige Nutte enden – du wirst dafür bezahlen müssen. Ich gebe dir noch so sechs Beatles Zeit.«

»Bist du fertig?« fragte ich.

»Nein, ich bin noch nicht fertig. Herrgott, du bist obszön. Ich wette, du kennst diesen armen Beatlejungen weiter gar nicht, er könnte einfach irgendwer sein, was macht dir das schon aus. Du willst ja weiter nichts als einen Hengst haben. Hab' ich recht?«

»Ja«, sagte ich, »ich weiß wirklich nicht viel von Terence, wenn ich es mir recht überlege. Er ist nicht wie du, er hat mir nicht von jeder Frau erzählt, mit der er geschlafen hat. Ich weiß wirklich wenig von ihm. Außerhalb des Bettes. Du dagegen – dich kenne ich außerhalb des Bettes, das Du, dem ich im Bett begegne, ist jemand, den ich nicht kenne und nie kennen werde. Wenn mich das zu einer Nutte macht und das Bett zum wichtigsten Ding in meinem Leben, na schön, dann ist es eben so. Ich habe mich verändert, Hat. Ich bin erwachsen geworden. Ich will etwas mehr als eine schmutzige kleine Sexphantasie, wenn ich mich mit einem Mann ins Bett lege. Ich nehme an, das ist es, was ich dir die ganze Zeit begreiflich zu machen versuche. Es ist spät. Ich bin achtundzwanzig. Aber besser spät als nie.«

»Mit dem Wunderknaben«, sagte er, das Gesicht wutentstellt. »Mit Terence Lavatory.«

»Ja, mit Terence«, sagte ich.

»Mit Terence, deinem Erlöser.«

»Ganz recht«, sagte ich. »Terence ist mein Erlöser, mir wird nichts mangeln, er weidet mich auf einer grünen Aue, er erquicket meine Seele. Ja, ganz recht. Er ist meine neue Religion. Er ist das Leben nach dem Tod.«

»Und um die Analogie zu vervollständigen – ich bin der Tod, ja?«

»Ja«, sagte ich. Ich zitterte. Ich hatte meine Bombe geworfen. Ich hatte alles explodieren lassen. Aber Hat war jetzt sehr still. Er saß auf der Bettkante, streckte seine langen Beine aus und sah auf seine Schuhspitzen. Dann stand er auf und ging, ohne mich anzusehen, ins Wohnzimmer zurück. Ich holte meinen Mantel und meine Handtasche aus dem Wandschrank und ging in die Diele, und da kam Hat gerade aus dem Wohnzimmer, durchquerte vor mir die Diele und ging in die Küche. Er hatte eine noch verschlossene Flasche Scotch in der Hand und riß gerade das Stanniol ab. Er sah mich nicht an. Ich öffnete die Haustür, zögerte dann und warf einen Blick zurück in die Küche, und dies sollte das letzte Mal sein, daß ich Hat sah. Er stand in der kahlen Küche des Hauses, das er hatte kaufen wollen. Er hatte ein Glas aus dem Schrank genommen und goß Scotch in das Glas. Er mußte gehört haben, daß ich die Haustür öffnete, aber er blickte nicht auf. Er hob das Glas. Er trank. Ich ging.

In der Fensterscheibe des Omnibusses glitt mein Gesicht an der Fassade des Metropolitan Museum vorüber. Der Bus hatte den Park von der West zur East Side hinüber durchfahren, und ich wurde nun daran erinnert, daß sich das Museum für mich mit Terence verbindet. Hier trafen wir uns. Sogar heute, während ich, mich an Hat erinnernd, in düsteren Träumen versunken, im Bus saß, versetzte mich der Anblick des Museums in freudige Erregung, ich dachte an dich, Terence, dachte daran, daß ich jedesmal schneller zu gehen begann, wenn der Haupteingang in Sicht kam, denn ich fand mich immer früh zu unseren heimlichen Verabredungen ein. Ich wußte, daß du noch gar nicht da sein konntest, und so betrat ich die Eingangshalle, ging an den Museumsdienern vorbei, die nachprüfen, was man bei sich hat, und trat auf die Bronzestatue des nackten Mannes zu. Es handelt sich vielleicht um den Kaiser Trebonajus Gallus, aber mit Sicherheit weiß man es nicht. Unter dieser Statue war eine Bank, und auf die setzte ich mich immer. Wenn Terence kam, wußte er, wo ich zu finden war. Unter dem nackten Mann.

Wer an der 79th Street in den Bus steigt, war gewöhnlich im Museum – er ist Kunststudent, Tourist, Europäer, Japaner. Aber die Frau, die sich heute mit ihrem Töchterchen auf dem Schoß neben mich setzte – ich möchte wetten, daß sie noch nie im Metropolitan Museum war. Sie schien eine Puertorikanerin zu sein und hatte ein abgespanntes gelbliches Gesicht. Das kleine Mädchen auf dem Knie seiner Mutter starrte mich mit schokoladebraunen Augen an und musterte mich, während ich es meinerseits musterte. Es betrachtete mein senffarbenes Kostüm. Ich betrachtete sein Kleidchen, ein weißes Kleidchen mit einem Spitzenkragen, wahrscheinlich das herausgelassene Kleidchen der Erstkommunion. Man hatte der Kleinen die Ohrläppchen durchbohrt und häßliche, winzige goldene Ringe hindurchgesteckt. Wie alt war sie? Neun? Sie hatte das Juárez-Gesicht: Es konnte mexikanisch sein. Ganz gleich, aus welchem Land sie von da unten kamen, sie sind Indianer, mit jenem Indianergesicht, dem Gesicht der drei kleinen Mädchen meiner Juárez-Depression, der drei kleinen Mädchen auf der Bank der Plaza San Jacinto an jenem trockenen, staubigen Nachmittag in El Paso. Sie hatten den Blick, den auch dieses Mädchen hier hatte, den Blick, der anklagt, ohne es zu wissen. Vor zwei Jahren (mein Gott, ist das schon zwei Jahre her?) auf der Plaza San Jacinto in El Paso, Texas, stießen mich drei kleine Indianermädchen mit diesem Blick in den Abgrund der Depression hinab. Muß ich mich immer wieder daran erinnern? O Gott, bitte, mach, daß ich diesen Tag vergesse. Es weht ein trockener, heißer Wind durch Texas hinunter zur mexikanischen Grenze, dringt in El Paso del Norte ein, füllt Straßen und Plätze mit Staub. Eine Grenzstadt; sie erinnerte mich an einen billigen Laden für überschüssige Armeebekleidung. Gegen Mittag brachte uns Rechtsanwalt Guzmans Bus-Taxi nach El Paso zurück. Wir waren zu sechst und hatten in Ciudad Juárez unsere schnelle Scheidung hinter uns gebracht. Wir waren auf der Cordova Bridge über den schlammigen Graben gefahren, der sich Rio Grande nennt, waren am US-Zollgebäude vorübergekommen und eine lange, staubige Straße bis zu einem Busbahnhof gefahren, wo der Autobus aus Mexiko gerade Leute mit Indianergesichtern entlud, arme Leute, die die Straße vor dem Busbahnhof überquerten wie Pilger auf dem Weg zu einem Heiligtum, dessen Funktion hier eine lange Häuserreihe von billigen Textil-, Möbel- und Zubehörgeschäften übernahm, in denen Schundwaren »Made in the U.S.A.« angeboten wurden.

Aber an El Paso erinnere ich mich am deutlichsten. Nach der Scheidung in Juárez fuhr ich nach El Paso zurück, aß zu Mittag und trat dann, da sich mir die Reisevertreteratmosphäre im Foyer des Hotels Cortez aufs Gemüt zu legen drohte, auf den großen freien Platz von El Paso hinaus, um dort umherzuschlendern und auf das Flugzeug zu warten, das mich nach New York und zu Terence zurückbringen würde. Die Plaza hatte Bäume, asphaltierte Gehwege, kleine Raseninseln, staubbedeckte Büsche und Bänke, auf denen viele Menschen saßen; und im Verlauf der einen Stunde, die ich warten mußte, schlenderte ich umher und blieb auch einmal stehen, las die grimmige prosüdstaatlerische Inschrift auf dem Bürgerkriegsdenkmal an der Nordwestseite des Platzes und gelangte dann zu einem interessanteren Denkmal an der Nordostseite, einem kleinen Pferdebahnwagen, dessen Fahrer, eine Schaufensterpuppe mit einem Zapatahut, Zügel in der Hand hielt, die an einen recht naturgetreu nachgebildeten Maulesel angelegt waren. Ein Schild bei den Hufen des Maulesels besagte, daß es sich um die Original-Straßenbahn handle, die einst zwischen El Paso und Ciudad Juárez verkehrte, und daß ihr letzter Besitzer sie der Stadt El Paso geschenkt habe. Und an dem Wagen selbst stand: TRANVÍAS DE CIUDAD JUÁREZ, 1882. Ich betrachtete die eisernen Beschlagbänder, die Holzverkleidung, spähte durch die verstaubten Scheiben, und da entdeckte ich im Wageninnern aus Pappe herausgeschnittene Figuren, die, viel phantastischer als der schwerfällige Wagenlenker, Fahrgäste von damals darstellten; da waren, mit Farbstift koloriert, eine Frau mit einem Baby im Arm und am hinteren Ende des Wagens ein Gringo mit Spitzbart und neben ihm ein Junge in Knickerbockerhosen. Imaginäre Fahrgäste in einem echten Straßenbahnwagen, Pappschemen aus jenen Tagen, als El Paso und Juárez zwei verschlafene Grenzstädtchen waren und nicht wie heute ein Eintags-Happening für Horden von aufgeregten Fremden.

Und während ich so dort stand und die Straßenbahn von Ciudad Juárez von einst anstarrte, begann jemand laut in spanischer Sprache zu rufen. Ich drehte mich um, und da schritt ein junger Mann, untersetzt, blond, schwitzend, schwarz-weiß kariertes Hemd, grüne Chinos, orangegelbe Stiefel, vor den Mexikanern auf und ab, die auf den Bus nach Juárez warteten. Er hielt eine aufgeschlagene Bibel in der linken Hand und las laut auf spanisch daraus vor, ich konnte nur die Worte »Jesús, Jesús Cristo« verstehen. Ich starrte diesen bibelgläubigen Ausrufer erstaunt an, der (wie er glaubte) den Heiden Gott verkündete. Die Mexikaner würdigten ihn keines Blickes: Sie standen auf dem Bürgersteig oder saßen auf den Bänken so unerschütterlich wie Kühe auf dem Feld um die Mittagsstunde. Er war eine Fliege. Und sie ignorierten Fliegen. Sie zuckten mit den Köpfen und sahen sich um. Der Bus würde kommen, ja, der Bus würde kommen und sie nach Juárez zurückbringen, und wenn das geschah, würde der Lärm hinter ihnen zurückbleiben. Ich weiß noch, daß mich ihr vereintes Schweigen zuerst an ein ähnliches Schweigen an diesem Morgen erinnerte, als wir, die Scheidungssuchenden, im Foyer des Hotels Cortez saßen und warteten – jeder wußte, daß die anderen mit dem gleichen Ziel gekommen waren, und doch war jeder von uns allein, wie Menschen, die sich religiösen Exerzitien unterziehen, bei denen man Schweigen gelobt hat und sich ganz der Kontemplation hingibt; wir waren alle auf einer schimpflichen Reise, hatten unserer üblichen amerikanischen Geschwätzigkeit abgeschworen und bewahrten in unserem Schweigen die Stille von Besiegten. Doch wie unecht erschien dieses vereinte Schweigen, als zwei Stunden später, nach vollbrachter Tat und dem Unterschreiben der Dokumente, meine Schicksalsgefährten in dem Bus-Taxi, das uns über den Rio Grande zurückbrachte, wieder zur Normalität fanden – worunter zu verstehen ist, daß man in aufgeregtem Ton witzelte und zu mitteilsam war, daß man zu erfreut darüber war, wieder durch jene wortreiche, indiskrete, unechte Freundschaft verbunden zu sein, die den Amerikaner auf Reisen kennzeichnet.

Und deshalb bewunderte ich auf der Plaza San Jacinto diese stummen Mexikaner, die nicht das Bedürfnis verspürten, Witze zu reißen oder sich anzugrinsen, während sie die lauten Gottesrufe des verrückten Gringos über sich ergehen ließen. Der Bus würde kommen. Die Mexikaner warteten geduldig, und ich wollte es ihnen nachtun und setzte mich auf eine der Bänke in dem Bewußtsein, daß auch meine Maschine kommen würde. Und als ich dort saß, setzten sich drei kleine Mädchen auf die Bank gegenüber und wandten mir ihren vereinten Blick zu. Die mittlere flüsterte der rechts von ihr etwas zu, und diese kicherte, worauf sie alle drei kicherten, und dann hörten sie wieder auf zu kichern und blickten mich mit unbeweglichen schokoladebraunen Augen aus gemeißelten Indianergesichtern an. Ich blickte sie an und dachte, daß sie doch gewiß oft Frauen wie mich zu sehen bekamen, Frauen ohne Begleitung, jung, gut gekleidet, nervös: Fremde, die sie nur ein einziges Mal auf der Plaza sahen und dann nie wieder. Und in diesem Augenblick fragte ich mich, für was für eine Art Frau sie mich wohl hielten, und da begann ich selber über mich zu staunen.

Ich war eine Frau, die aus New York gekommen war. Ich war über Tausende von Kilometern hinweg in eine Stadt geflogen, die ich noch nie gesehen hatte, ich hatte allein in einem fremden Hotel im fremden Bett geschlafen, war am Morgen aufgestanden, um schweigend zu frühstücken und schweigend zu warten, zusammen mit neun anderen nervösen Fremden, bis ein Bus-Taxi kam, das uns in ein fremdes Land brachte, wo uns ein Anwalt empfing, der uns rasch in ein ausländisches Gerichtsgebäude dirigierte, wo ich zur Einwohnerin eines Staates (Chihuahua) erklärt wurde, dessen Namen ich noch nie gehört hatte, dann vor einen Richter geführt wurde, der in aller Eile meine Ehe auflöste und bestimmte, daß ich nicht mehr Bell hieß, sondern –? Wie hieß ich eigentlich an diesem Nachmittag auf der Plaza San Jacinto? Ich wußte es nicht. Hieß ich jetzt Phelan? Nein, das war nicht gut möglich, ich war von Jimmy geschieden, ich mußte jetzt wohl Mary Dunne sein, aber würde man mich so nennen, oder würde man mich noch immer Bell nennen, bis ich wieder geheiratet hatte und Mary Lavery geworden war?

Die drei kleinen Mexikanerinnen starrten mich an. Sie hatten immer ihre Namen gehabt. Bald würden sie mit den Tranvías von Ciudad Juárez über die Cordova Bridge und den Rio Grande fahren, und dann waren sie wieder zu Hause in Juárez am Fuße der Sierra Madre, im Staate Chihuahua in der Republik Mexiko, und deshalb war es ganz natürlich und richtig, daß sie hier auf dieser staubigen Plaza San Jacinto saßen, aber in meinem Fall war es nicht natürlich, obwohl auch ich mich an die Zeit erinnern konnte, als ich ein kleines Mädchen gewesen war, gar nicht so viel anders als sie, als ich Mary Dunne in Butchersville in der Provinz Neuschottland im Dominion Kanada gewesen war, und ich stellte mir vor, wie seltsam es mich gedünkt hätte, wenn ich vor dem Ehrengrabmal auf dem Confederation Square einer seltsamen mexikanischen Dame gegenübergesessen und mich gefragt hätte, wer sie wohl sein mochte. Und bei diesem Gedanken lächelte ich die drei kleinen Mädchen an, aber sie lächelten nicht zurück. Sie starrten mich weiter an. Mein Lächeln verblaßte, und da erlebte ich den allerersten dieser Momente, den ersten, weil ich keine Tablette oder sonst etwas dafür verantwortlich machen konnte; es geschah einfach, und ich konnte nichts dagegen tun: Ich wußte nicht mehr, wer ich war und wo ich war. Ich saß auf einem heißen, staubigen Platz, angestarrt von diesen kindlichen Indianergesichtern, hinter mir schrie ein blonder junger Mann »Jesús Cristo«, und da packte mich die Panik, ich konnte mich nicht mehr an meinen Namen erinnern, und ich stand von der Bank auf und rannte an einer Reihe von Mexikanern vorbei, die dort saßen und mich nicht zur Kenntnis nahmen. (Ich war für sie eine Fliege.) Ich rannte und blieb dann stehen, als ich den Eingang des Hotels Cortez erblickte und mir wieder einfiel: *Ich bin Mary Dunne*. Ich sagte es mir immer wieder vor, ich bin Mary Dunne, es ist alles gut, ich bin Mary Dunne. Aber irgendwie stimmte es nicht mehr, und ich erinnere mich, daß ich an diesem Nachmittag auf der Fahrt im Bus zum Flugplatz, zu der Maschine, die mich nach New York und zu Terence zurückbringen sollte, zum erstenmal dachte, was ich seitdem so oft gedacht habe. Ich bin nicht mehr Mary Dunne, bin nicht mehr Mary Phelan, bin nicht mehr Mary Bell und auch nicht Mary Lavery. Ich bin ein Wechselbalg, der zu oft ausgetauscht worden ist, und es gibt Augenblicke, wo ich den Weg zurück nicht mehr finden kann.

Der Bus hatte das Metropolitan Museum hinter sich gelassen, und es folgten Fifth, Madison, Park, Lexington, Third. Jetzt kam meine Haltestelle. Ich lächelte der Mutter des indianergesichtigen Mädchens zu, und sie lächelte zurück und zog die Knie zur Seite, um mich vorbeizulassen. (VAYA CON DIOS stand auf dem Schild der Handelskammer an jenem lange zurückliegenden Tag, als ich das malerische El Paso wieder verließ.)

Ein kalter Frühjahrswind wehte, als ich aus dem Bus stieg, ich spürte die Kälte an den Schenkeln zwischen Strumpf und Hüftgürtel und den Rücken hinauf, während ich zur nächsten Ecke eilte und gleich bei Grün die Straße überquerte.

Harold, unser Portier, hielt mir die Tür auf und sagte, daß er mich zu sprechen wünsche. Noch ein Päckchen? Harold ist groß und stämmig gebaut; ich komme mir neben ihm immer klein vor. Er hat die Angewohnheit, beim Sprechen auf den Füßen hin und her zu wippen. Er wippte hin und her und sah mit vertraulichem Blick zu mir herunter und zog ein Notizbuch aus der Gesäßtasche seiner Uniform. »Mrs. Lavery, kennen Sie einen –« er blätterte die Seiten um – »einen Herrn, Augenblick, ja, diesen Herrn hier?«

Ein Name, mit Bleistift geschrieben, auf der liniierten Seite: L. O. MACDUFF.

»Kennen Sie ihn?« fragte Harold noch einmal.

»Nein.«

»Nun, er sagt, er kennt Sie. Er war hier und hat sich nach Ihnen erkundigt. Er sagte, daß er ein Freund von Ihnen sei.«

Harold blickte zu mir herunter. Harolds Kopf ist recht klein, zu klein für seine Athletengestalt von einsachtzig. Seine Dienstmütze läßt ihn älter erscheinen, als er ist. Er ist noch ganz jung, kaum über zwanzig. »Nein«, sagte ich, »dieser Name ist mir unbekannt.«

»Tja – ehem – hm – ich habe übers Haustelefon bei

Ihnen oben angerufen, Sie waren nicht da, das habe ich ihm gesagt, da hat er mir alle möglichen Fragen gestellt, er sei hier auf einer Ferienreise und wolle Sie besuchen, sagte er, und dann hat er mir seinen Namen aufgeschrieben und mir eingeschärft: ›Zeigen Sie ihr den Namen und sagen Sie ihr, daß ich da war.‹«

Einbrecher, noch ein Einbrecher, war mein erster Gedanke. »Was für Fragen?« erkundigte ich mich mit zittriger Stimme.

»Nun – na ja – ehem –« Harold machte ein etwas verlegenes Gesicht. »Er fragte, ob Sie jetzt einen Job hätten, das heißt, von wann bis wann Sie arbeiten würden und von wann bis wann Ihr Mann – und ob Ihr Mann zu Hause arbeiten würde.«

Seine Augen begegneten den meinen, wichen aber dann meinem erschrockenen Blick aus. »Wissen Sie, ich dachte, er sei ein Freund von Ihnen.«

Ich sagte dem verrückten Ich, es solle sich beruhigen, das sei kein Dieb, es müsse etwas anderes sein, aber –

»Wie sah er denn aus?« fragte ich. Und Harold überlegte, auf seinem kleinen Gesicht bildeten sich Falten als Zeichen angestrengter geistiger Tätigkeit. »Ja – ehem – hm – er war – ehem – recht groß, und er sah nicht aus wie jemand von einem Inkassobüro. Diese Burschen kenne ich, die kommen oft und erkundigen sich nach Mietern im Haus.«

»Und er hat seinen Namen aufgeschrieben und Sie gebeten, mir zu sagen, daß er hier war?«

»Ja, Madam. O ja, und – ehem – er sagte, er würde Sie anrufen.«

»Wann?« (Ich versuchte mich in die Gewalt zu bekommen; ich zitterte, und Harold hatte es bemerkt.)

»Er hat keine bestimmte Zeit genannt, Mrs. Lavery.«

»Nun, seien Sie vorsichtig, wenn er noch einmal kommt. Heute morgen war ein Mann da, der sich unsere Wohnung ansehen wollte. Es würde mich nicht überraschen, wenn die beiden unter einer Decke steckten; ich habe gerade erst von diesen Einbrecherbanden gelesen, die es heutzutage gibt. Sie hatten doch heute morgen Dienst – erinnern Sie sich, daß Sie einen Mann zu mir hinaufgeschickt haben, einen alten Mann mit einem weißen Bärtchen?«

Harold dachte nach. »Mit einem weißen Bärtchen? Ehem – ja, an den erinnere ich mich. Oh, Sie brauchen sich keine Sorgen zu machen, Mrs. Lavery, wir lassen nur dann Leute hinauf, wenn wir wissen, daß der betreffende Mieter zu Hause ist. Dafür sind wir ja schließlich da, nicht wahr.«

»Ich weiß. Aber, na ja, diese – diese Gauner gehen heute ganz raffiniert vor. Dieser Artikel, den ich da gelesen habe – Sie glauben gar nicht, was die Kerle alles fertigbringen.«

Jetzt hatte ich ihn beleidigt. Er griff an seine Mütze, zog sie über die Nase, kratzte sich am Hinterkopf und musterte mich unter dem Schild heraus mit einem Blick, der mir sagte, daß ich zu weit gegangen war.

»Toi, toi, toi, Mrs. Lavery, wir haben hier noch keinen Einbruch gehabt. Wir noch nicht, Madam.«

»Na schön. Vielen Dank, Harold.« (Und ich dachte: Ich muß schnell hinauf und ein Aspirin oder so etwas nehmen.)

»Bitte sehr, Mrs. Lavery.«

Er sah mir nach, wie ich zum Lift ging, und ich wußte, daß es zwischen uns nie mehr so sein würde wie früher. Portiers teilen die Mieter eines Hauses in verrückte und vernünftige ein, und ich hatte mit meinem Gerede von

Einbrechern und Zeitungsartikeln die Grenzlinie überschritten und mich den Nörglern zugesellt, den übergeschnappten alten Frauenzimmern, den mißtrauischen Mietern, mit denen er sehr behutsam umgehen mußte. Von jetzt an wird er hinter meinem Rücken zwinkern, wie ich ihn das bei der alten Mrs. Spritzmayer habe tun sehen, wenn sie sich über etwas beschwerte.

Am Lift wartete eine blaßgesichtige Frau in einem Schottenkarokostüm mit einem großen braunen Pudel. Als wir zusammen in die Kabine stiegen, lächelte sie mich an. Die feuchte Nase des Pudels berührte meinen Handrücken. Ich wich zurück.

»Keine Angst, er beißt nicht«, beruhigte sie mich mit näselnder Stimme. (Und wenn er zehnmal nicht beißt, sorg dafür, daß er seine große, nasse Schnauze fortnimmt.)

Doch feige, wie wir alle angesichts unseres vierbeinigen Freundes sind, lächelte ich, nickte seiner Besitzerin zu und rang mir auch ein verzerrtes Lächeln für den Hund ab. Da zerrte sie endlich an der Leine. Der Hund bellte auf. Sie kraulte ihm liebevoll die Ohren, während ich darauf wartete, daß mein Stockwerk kam. Ich stieg aus, ohne mich umzublicken.

Auf dem Stuhl in der Diele stand keine Papiertüte. Also war Ella Mae schon fort. Ich hörte Stimmen. Terence und noch jemand, aber ich konnte nicht verstehen, was sie sagten, denn die Tür von Terence' Arbeitszimmer war zu. Ich schloß die Wohnungstür absichtlich laut, in der Hoffnung, daß Terence es hörte. Und er hörte es tatsächlich. Seine Tür ging auf, und er lächelte mir zu. Ich liebe ihn, dachte ich.

»Ein Mann namens MacDuff hat angerufen«, sagte er.

»Ich habe es im Wohnzimmer notiert. Er sagte, es sei wichtig, und möchte, daß du ihn anrufst. Wie geht es dir?«

»Gut«, sagte ich. Zwei Männer blickten aus Terence' Zimmer zu mir heraus. Beau Sales, ein Komponist, und Sam Schactman, ein Choreograph. Wir hatten sie vor etwa zwei Monaten zum Abendessen bei uns gehabt, als zum erstenmal von einer Revue die Rede war, an der Terence zur Zeit mit ihnen zusammenarbeitete. Ich hatte sie seitdem nicht mehr gesehen. »Hallo«, sagte Beau, der sehr smart und ganz Showbusiness ist, und versuchte erst gar nicht, mir einen Namen zu geben. Der andere, Sam, ein gemütlicherer Typ, war sich bewußt, daß er meinen Namen eigentlich kennen sollte, er lag ihm auf der Zunge. »Hallo«, sagte er, »ehem...«

»Du kennst doch noch Sam und Beau, nicht wahr, Martha?« sagte Terence.

»Natürlich«, erwiderte ich. »Hallo.«

Sam biß auch prompt auf den Köder an. »Eine hübsche Frisur haben Sie, Martha. Sehr elegant.«

»Danke für das Kompliment.« Ich blickte Terence an, ohne die Miene zu verziehen, und er zwinkerte mir kaum merklich zu. Erst gestern hatte ich mit ihm gewettet, daß keiner seiner Freunde aus dem Showbusiness auch nur meinen Vornamen kannte. Terence hatte daran gedacht. *Martha.* Ich liebe ihn.

Doch gestern hörte sich diese Wette gar nicht lustig, sondern eher wie eine Klage an. Daß ich eben manchmal nicht weiß, wer ich bin, kommt vielleicht zum Teil daher, daß ich, seit ich mit Terence verheiratet bin, immer als Mrs. Terence Lavery vorgestellt werde. »Oh – *der* Terence Lavery, der britische Bühnenautor?« Ja, der. Wenn Terence und ich neue Leute kennenlernen, richten sich alle

Blicke auf ihn. Wenn ich auf einer Party mit einem Unbekannten zu sprechen beginne und Terence hinzukommt, dreht sich von da ab alles nur noch um ihn. Oh, die Männer haben noch immer Blicke für mich übrig, der Unterschied ist nur der: Wenn sie hören, wer ich bin, erkundigen sie sich sofort, ob auch Terence anwesend ist und was er denn dieser Tage gerade so macht. Und dann sprechen wir nur noch von Terence.

»Wir werden bald fertig sein, nicht wahr?« fragte Terence. Sam und Beau, bestrebt, ihm zu Gefallen zu sein, sagten, ja, es werde nicht mehr lange dauern. Ich ging ins Wohnzimmer, wo ich auf dem Schreibtisch einen Notizblock fand, auf den Terence geschrieben hatte:

Mary:

Du sollst L. O. MacDuff anrufen, Barbizon Plaza Hotel, Zimmer 2020. Er sagt, es sei dringend.

Im Barbizon Plaza wohnt auch Janice Sloane. Viele Kanadier steigen dort ab. Ich wollte feststellen, wer dieser L. O. MacDuff war – was sollte ich mir lange Gedanken machen. Ich schlug im Telefonbuch nach und wählte die Nummer.

»Barbizon Plaza, guten Tag.«

»Zimmer Zwanzig-zwanzig, bitte.«

Es läutete und läutete und läutete, bis sich die Telefonzentrale wieder meldete. »Zimmer Zwanzig-zwanzig antwortet nicht. Möchten Sie eine Nachricht hinterlassen?«

»Ja, bitte.« Ich wollte meinen Namen angeben, damit dieser MacDuff, wer es auch immer war, wußte, daß ich angerufen hatte.

»Einen Augenblick bitte.«

Klick-klick-klick. Dann eine andere Stimme, ein Mann: »Empfang, guten Tag.«

»Ich möchte eine Nachricht für einen Mr. MacDuff, Zimmer Zwanzig-zwanzig, hinterlassen.«

»Einen Augenblick bitte.«

Ich wartete.

»Sagten Sie MacDuff, Madam?«

»Ja.«

»Bedaure, bei uns ist kein Mr. MacDuff abgestiegen.«

»Aber ich habe doch eine Nachricht von einem Mr. MacDuff auf Zimmer Zwanzig-zwanzig bekommen.«

»Tut mir leid.«

»Wer wohnt denn auf Zimmer Zwanzig-zwanzig? Vielleicht hat mein Mann den Namen falsch verstanden.«

»Ich bedaure, Madam – wir sind nicht befugt, die Zimmernummern unserer Gäste mitzuteilen.«

»Ich verstehe. Nun, würden Sie dann dem Herrn, der Zimmer Zwanzig-zwanzig bewohnt, ausrichten, daß Mrs. Lavery angerufen hat?«

»Gewiß, Madam. Mrs. Lavery. Vielen Dank.«

Ich legte auf, und ich weiß nicht, warum, aber ich gelangte auf einmal zu der Überzeugung, daß dieser L. O. MacDuff jemand aus Butchersville war, jemand, der mich im Auftrag meiner Mutter in New York aufsuchen sollte. Da fielen mir wieder Mama und ihr Polyp ein, und ich sagte mir, ganz gleich, was Dick meint, ein Anruf kann nicht schaden. Außerdem kann ich diesen MacDuff als Aufhänger für das Gespräch benutzen. Ich suchte die Nummer heraus und wählte.

Es läutete, läutete.

Stimme einer Telefonistin: »Welchen Teilnehmer wünschen Sie, bitte?«

»Kennzahl neun-null-zwei, Anschluß Nummer sechs-sieben-acht-zwei-sieben-sechs-zwei.«

»Danke – auch für die Kennzahl. Das Netz ist überlastet; ich versuche, Ihr Gespräch auf einem anderen Weg herzustellen.«

Sie wählte. Ich hörte es mehrmals klicken, und dann meldete sich eine brüchige Kleinstadtstimme: »Butchersville.«

»Hier New York. Wir versuchen den Teilnehmer sechs-sieben-acht-zwei-sieben-sechs-zwei zu erreichen. Würden Sie uns, bitte, verbinden?«

»Sechs-sieben-acht-zwei-sieben-sechs-zwei«, wiederholte die Stimme zu Hause. Die Wählscheibe drehte sich. Dann läutete es in der Küche meiner Mutter, läutete und läutete und läutete, während wir drei Frauen, von denen keine die andere kannte, dasaßen und über den Draht zuhörten.

»Der Teilnehmer ist Mrs. Dunne, ja?« fragte die Stimme zu Hause. Ich konnte mir die Sprecherin vorstellen, irgendeine Mrs. Tiggy Winkle in einer grauen Strickjacke, die eine Tasse Tee trank, während sie die Anrufe entgegennahm.

»Ja, ganz recht«, sagte ich.

»Sie scheint nicht zu Hause zu sein«, sagte Mrs. Tiggy Winkle. »Soll ich etwas ausrichten?«

New York gab die Anfrage weiter: »Madam? Möchten Sie Ihre Nummer hinterlassen, damit der Teilnehmer Sie eventuell zurückrufen kann?«

»Nein, danke.«

»Ich könnte es in etwa einer halben Stunde noch einmal versuchen, wenn Sie wollen?« erbot sich New York.

»Nein, das ist nicht nötig.«

»Danke«, sagte New York. »Und danke, Butchersville.«

»Bitte«, sagte Mrs. Tiggy Winkle. Wir legten alle drei

auf, und ich beschloß, Mama später noch einmal anzurufen, vielleicht nach dem Abendessen. Ich versuchte mich zu erinnern, ob Terence etwas von einem Kinobesuch gesagt hatte. Ich war mir nicht sicher. Ich sehe mir gern Filme an, aber wenn ich nervös bin, hat es manchmal keinen Zweck, dann ist es mir zuviel, dann sitze ich einfach im Dunkeln, denke an alles mögliche andere und warte darauf, daß es hell wird.

Ins Kino hat Jimmy mich immer geschleppt, in Toronto schauten wir uns bisweilen fünf Filme in der Woche an – wenn wir Geld hatten. Hat verabscheute das Kino, obwohl er das Gegenteil behauptete. Die einzigen Filme, die er sich überhaupt ansehen mochte, waren große Farbschinken, die aber mich langweilen. Terence geht gern ins Kino, und wir sehen uns oft einen Film an. Aber sein Interesse ist professioneller Art, deshalb sind es meistens ausländische Filme. Und das ist mir recht. Streit wegen Filmen hatte ich nur in der Zeit, als Hat und ich in New York wohnten. Dort gab es so viele gute Filme zu sehen, aber wir gingen kaum einmal ins Kino. Ich fragte Hat manchmal, ob wir uns nicht den einen oder anderen Film ansehen könnten, und Hat sagte, ja freilich, aber wenn es dann soweit war, hatte er auf einmal noch einen Artikel zu beenden oder Telefonanrufe zu erledigen und ging in sein Arbeitszimmer und blieb dort bis wenige Minuten vor der letzten Vorstellung, dann kam er herausgestürzt, und wir fuhren mit dem Taxi zum Kino und trafen fast immer erst ein, wenn der Film schon angefangen hatte. Dann sagte Hat, er wolle sich keinen halben Film ansehen, wir sollten lieber zu Downey fahren und vor dem Schlafengehen noch etwas trinken. Hat tat immer, was er, und nie, was der andere wollte.

Aber ich dachte ja gerade an Jimmy – Jimmy war der Kinogänger. James Patrick Phelan, der Jimmy von vor zwölf Jahren, als er einundzwanzig war und ich zwanzig. Wenn ich schon eine alte Frau bin, wird Jimmy für mich immer noch der 21 Jahre alte Junge mit dem großen Adamsapfel bleiben, dessen Lachen wie ein nervöses Bellen klang und der den Zigarettenrauch immer falsch inhalierte und husten mußte, als würde er ersticken. Er wird immer der große Junge bleiben, so wie Hat immer der Mann sein wird, den ich in jenen letzten Monaten kannte, leicht reizbar, die Haut ein wenig gerötet und aufgeschwemmt, der Mann, der sich ständig mit den Fingern durch das angegraute Haar fuhr. Ja, Hat ist in meiner Erinnerung der alternde Mann, Jimmy der Junge, mit dem ich von zu Hause fortlief. Jimmy und ich und der Geisteskranke auf der gemeinsamen Fahrt nach Toronto – so hat unsere Ehe angefangen. Wenn man es eine Ehe nennen kann.

Der Geisteskranke hieß Tom Dawkins; seine Familie war sehr reich. Der arme Tom hatte den Verstand eines Fünf- oder Sechsjährigen und fürchtete sich vor Flugzeugen und Eisenbahnzügen, deshalb mußte er jedes Jahr, wenn er Weihnachten bei seiner Mutter in Toronto verbrachte, mit dem Auto dorthin gefahren werden (die Eltern lebten getrennt). Der alte Vater, der in Halifax wohnte, bot Jimmy 200 Dollar plus Spesen an, wenn er Tom nach Ontario fuhr, und Jimmy (der wußte, daß ich heimlich davon träumte, in Toronto Catherine Moscas Schauspielschule zu besuchen) kam zu mir und meinte, wo er jetzt diesen dicken Wagen habe und über 200 Dollar verfüge, sollten wir doch heiraten und nach Toronto ziehen. Jimmy hatte sich mit seiner Familie verkracht: Seine

Mutter hatte gehofft, er würde Priester werden, aber er ging aus Dalhousie durch und weigerte sich, sonntags zur Messe zu gehen. Ich hatte auf der Universität gerade meinen B.A. gemacht, aber bisher hatte ich nur eine Stelle in der Registratur des staatlichen Forstlaboratoriums in Fredericton angeboten bekommen. Ich war zwanzig, und das Leben erstreckte sich vor mir wie ein leerer Horizont. Ich wollte zur Bühne, ich wollte etwas tun, was mich fortbrachte von Butchersville, fort von den Seeprovinzen, fort von den Jobs und Plänen der anderen Jungen und Mädchen um mich herum. Ich weiß, das kommt auch dem Ich, das ich heute bin, verrückt vor. Ich mochte Jimmy ganz gern, aber ich liebte ihn nicht. Auch er liebte mich nicht (er hielt mich für schön und wollte mit mir schlafen), und ich glaube, man kann sagen, wir benutzten einander, ohne daß wir uns dessen bewußt gewesen wären. Wir kannten nur das hoffnungslose Gefühl der leeren Alltäglichkeit, die sich über die vor uns liegenden Jahre erstreckte. Und da bot sich nun auf einmal etwas Verrücktes an, eine Fahrt nach Toronto, eine Art Anfangskapital von 200 Dollar (uns schien das sehr viel, wir waren beide noch nie von zu Hause fort gewesen), und so stand ich eines Morgens auf, sagte Mama und Dick kein Wort, schlich mit einem Koffer zur Tür hinaus und fuhr mit dem Bus nach Dartmouth, wo Jimmy und sein Freund O'Keefe an der Straßenecke vor einem alten weißen Holzhaus im Schnee herumstapften. Das Haus gehörte einem unitarischen Geistlichen, und ein paar Minuten später wurden wir im Wohnzimmer des Pfarrers getraut, O'Keefe und die Schwester des Pfarrers fungierten als Trauzeugen, und danach fuhren wir mit dem Bus nach Halifax und nahmen in einem billigen Lokal das Hochzeitsfrühstück ein. (Ich erinnere mich, O'Keefe hatte Jimmy zu Ehren eine Flasche irischen Whisky mitgebracht, und Jimmy tat mir davon in den Kaffee. Ich hatte zuvor noch nie Alkohol getrunken, und ich fand, daß die Leute, die sich aus dem Zeug etwas machten, verrückt sein müßten.) Nach dem Frühstück bestiegen wir einen anderen Bus, mit dem wir zu der breiten Avenue in dem reichen Viertel fuhren, wo die Familie Dawkins wohnte. Jimmy ging allein auf die große graue Villa zu, während O'Keefe und ich ein paar Häuser weiter hinter den aufgetürmten Schneedämmen warteten und immer wieder mit den Füßen stampften, weil es so kalt war. Ich hatte die Überreste einer Zehn-Cent-Tüte Konfetti im Haar und Reiskörner im Kragen meines guten Mantels und im Genick, und O'Keefe trug meinen Koffer und verwünschte Jimmy dafür, daß er so lange blieb. Aber endlich kam der große schwarze Chrysler Imperial auf die Straße herausgefahren, mit Jimmy am Steuer, und neben ihm saß der Geisteskranke, nur sah er gar nicht wie ein Geisteskranker aus, er war ein großer, stämmiger Mann mit blondem Haar; seinen schwarzen Homburg hielt er auf den Knien. Er trug einen Anzug mit Weste und einen schönen schwarzen Überzieher mit Astrachankragen, und O'Keefe und ich dachten beide, dies sei der Vater des Geisteskranken, und deshalb stellten wir uns dumm, als Jimmy mit der Limousine neben uns hielt; wir taten so, als gehörten wir nicht zu ihm, und sahen ihn nicht einmal an, bis er aus dem Wagen stieg, auf uns zutrat und sagte: »Na, was ist, wollt ihr nicht mitkommen?« Und O'Keefe sagte: »Das ist er doch nicht, oder?« Und Jimmy sagte: »Klar, das ist der gute alte Tom.« Und er ging zum Wagen, öffnete die Vordertür, und Tom lächelte, und Jimmy sagte: »So, Tom, nun setz dich mal nach hinten, ich will, daß Mary vorn neben mir sitzt.«

Sofort hörte Tom auf zu lächeln, und dann sagte ein sechsjähriger Junge im Körper eines vierzigjährigen Mannes: »Nein, das tue ich nicht. Es ist mein Wagen, und ich sitze immer vorn.« Jimmy überlegte einen Augenblick und sagte dann: »Nein, es ist nicht dein Wagen, Tom, es ist ein gemieteter Wagen. Jetzt komm, setz dich nach hinten.« Aber Tom schüttelte den Kopf. »Es ist Papis Wagen«, stellte er fest, und dabei blieb er, es war nichts zu machen. Also nahm ich mit O'Keefe zusammen an meinem Hochzeitstag im Fond Platz, und wir fuhren zu O'Keefes Wohnung, wo O'Keefe mir einen Kuß gab und Jimmy den Rest des irischen Whiskys überreichte, und dann fuhren wir davon wie Sträflinge auf der Flucht, fuhren über die winterlichen Straßen der Freiheit entgegen. Ich hatte zu Hause gesagt, ich wolle das Wochenende bei Shirley Davis in Halifax verbringen. Ich hatte vor, meiner Familie unsere Hochzeit mitzuteilen, sobald wir in Toronto ankamen, also in etwa drei Tagen, wie wir es uns gedacht hatten, und deshalb hielten wir erst an, als wir in der Nacht die amerikanische Grenze bei Calais im Staate Maine erreichten. Das war unser erster Fehler, denn Tom bekam Hunger und wollte, daß wir anhielten, um etwas zu essen, und als Jimmy sagte, er wolle bis zur Grenze durchfahren, wollte Tom statt dessen einen Schluck zu trinken haben, und Jimmy ließ ihn einen Schluck trinken, was Fehler Nummer zwei war, denn Tom durfte nichts trinken, und das stand auch, zusammen mit anderen Instruktionen, auf einem Zettel, den der alte Vater Jimmy mitgegeben, den Jimmy aber in die Tasche gesteckt hatte, ohne sich weiter darum zu kümmern. Jedenfalls hatte Tom, als wir bei dem Motel in Calais ankamen, mehrere kräftige Schlucke zu sich genommen und war beschwipst und schlief beim

Abendessen ein, und wir brachten ihn nur mit großer Mühe wieder ins Motel zurück. Jimmy war natürlich angewiesen worden, mit Tom zusammen in einem Doppelzimmer zu schlafen, aber da es unsere Hochzeitsnacht war, wollte Jimmy davon nichts wissen, und wir nahmen als Mr. und Mrs. Phelan ein Doppelzimmer und verfrachteten Tom nebenan in ein Einzelzimmer.

Das war meine erste Nacht mit einem Mann. Sie wurde zu einer Katastrophe. Jimmy war noch unerfahrener als ich. Ich erinnere mich, wir gingen in unserer Unterkleidung zu Bett, und nachdem er mir den Büstenhalter abgestreift hatte, preßte er mich plötzlich an sich, zog seine Unterhose aus und ejakulierte auf mein Bein. Und dann gerieten wir erneut in Erregung, küßten uns und schmusten, und nach schrecklich langem Geknutsche ejakulierte er wieder, und wieder kam es zu früh. Ich hätte am liebsten geweint, tat aber, als wäre alles richtig so, und bat um etwas zu trinken, und Jimmy holte die Flasche, und ich trank den zweiten Schluck Alkohol meines Lebens; wir unterhielten uns eine Zeitlang, dann wurde mir schlecht, und ich übergab mich, und wir redeten noch eine Weile weiter, er küßte meine Brüste und drängte sich an mich, und dann fiel er auf einmal in Schlaf. Ich lag da und hielt ihn ein paar Minuten in den Armen, dann stand ich auf und übergab mich noch einmal. Ich erinnere mich dunkel an dieses Motelbadezimmer um vier Uhr morgens, erinnere mich, wie ich auf der Toilette saß und mir sagte, jetzt ist es also passiert, das ist die erste richtige Todsünde deines Lebens. Und ich dachte dabei nicht an die Sünden, wie sie die Priester meinen, wie Sex oder Trinken. Ich dachte an Jimmy. Ich sagte zu mir: Du bist tatsächlich eine verdorbene Person, Mary Dunne, du hast ihn geheiratet und hast nicht einmal das Verlangen, ihn zu küssen, geschweige denn, ein Leben lang mit ihm zusammen zu leben. Was meinen verdorbenen Vater betraf, so fühlte ich mich zwanzigmal verdorbener als er, ich hatte es verdient, daß mir übel war, daß ich nicht schlafen konnte, aber ich schlief dann doch; ich ging wieder ins Zimmer und legte mich ins Bett neben Jimmy, und wir schliefen beide fest bis fast um zehn Uhr morgens. Als wir aufwachten und sahen, wie spät es war, bekamen wir es mit der Angst zu tun, denn Tom, ach du lieber Gott, der mußte doch sein Frühstück haben. Ich kleidete mich so schnell an wie früher, wenn ich vor der Schule verschlafen hatte, und rannte in den Schnee hinaus, Jimmy hinterdrein, aber nebenan stand die Tür offen, und Tom war nicht da.

Wir blickten uns an. Ich weiß noch, daß wir kein Wort wechselten, sondern sofort zu der Tür mit der Aufschrift BÜRO rannten. Dort saß eine nette alte Dame hinter einem Schreibtisch. »Guten Morgen, Liebes«, sagte sie zu mir. »Ihr Vater ist zum Frühstück zu einem Restaurant ein Stück weiter gefahren. Er holt Sie nachher ab.«

Jimmy stand hinter mir auf der Schwelle. Er drehte sich um, rannte hinaus und kam wieder zurück. »Der Wagen ist fort«, sagte er. »Aber wie ist das möglich? Ich hatte doch die Schlüssel.«

Die alte Dame lächelte. »Sie sind auf der Hochzeitsreise, nicht wahr?«

Wir nickten. »Nun«, fuhr sie fort, »Ihr Papa kam und erklärte mir das, und da habe ich eine Ausnahme gemacht und ihn in Ihr Zimmer hineingelassen, so um acht Uhr. Sie haben ganz fest geschlafen.« Sie lächelte und zwinkerte. »Er hat nur die Autoschlüssel von Ihrem Nachttisch genommen und ist ganz leise wieder hinausgegangen. Wir haben uns beide gesagt, daß Sie Ihren Schönheitsschlaf brauchen.«

Wir verließen das Büro. Ich erinnere mich noch genau, daß mir so zumute war wie damals, als ich noch ein kleines Mädchen gewesen war und mein Ball klirrend die Schaufensterscheibe von McArdles Laden zerschlagen hatte – ich war davongerannt, und eine Stunde später hieß es, ein Polizist frage nach mir. Genauso fühlte ich mich an diesem Morgen: zu jung, um mit dieser Erwachsenenwelt fertig zu werden, in deren Getriebe wir geraten waren. Wir gingen auf unser Zimmer zurück und setzten uns aufs Bett. Jimmy meinte, Tom werde bald wiederkommen, sein Vater habe ihm gesagt, Tom wisse nicht mit Geld umzugehen, wie könne er da jetzt sein Frühstück bezahlen? Er werde merken, daß er uns brauche, und dann zurückkommen. Aber ich glaubte nicht daran. Ich saß da und dachte, da schau, seit 24 Stunden erst sind wir verheiratet, und jetzt sitzen wir in diesem Schlafzimmer wie zwei Menschen, die seit 20 Jahren verheiratet sind, und machen uns Sorgen, und er hat heute morgen noch nicht einmal daran gedacht, mich zu küssen, ich glaube, er mag mich nicht einmal, er hatte nur Verlangen nach meinem Körper und weiter nichts. So saßen wir da und sprachen miteinander und machten uns Sorgen, und dann gingen wir ein Stück die Straße entlang und tranken Kaffee, und die Leute im Café hatten Tom nicht gesehen, also was sollten wir machen, wir waren am Ende und gingen in das Motel zurück und warteten weiter. Es war gräßlich, dieses Warten, und der Morgen zog sich endlos lang dahin. Mittags sagten wir uns, daß Tom uns sitzengelassen hatte; wir bezahlten unsere Rechnung und fuhren mit dem Taxi nach Calais hinein, wo Jimmy sich ein Herz faßte und Toms alten Vater in

Halifax anrief. Ein Dienstbote nahm das Gespräch entgegen und sagte, Mr. Dawkins sei unterwegs nach Maine, um seinen Sohn abzuholen, und Jimmy fragte, wo man Tom gefunden habe, aber der Dienstbote sagte, weitere Fragen dürfe er nicht beantworten. Das wär's also gewesen. Wir hatten noch das Spesengeld und wußten nicht, was wir tun sollten. Da wir mit der Möglichkeit rechneten, daß meine Mutter mir die Polizei nachgeschickt hatte, beschlossen wir, verwirrt und hilflos wie Kinder, über die kanadisch-amerikanische Grenze zurückzukehren und mit dem Bus nach Toronto weiterzufahren.

Ich erinnere mich an den Augenblick, als wir uns dem Grenzerhäuschen näherten und dort den Chrysler Imperial stehen sahen. Ich wollte davonlaufen, aber Jimmy hoffte, die Sache mit Tom und seinem Vater noch geradebiegen zu können; wir gingen zum Zoll, und tatsächlich, Tom war dort. Er hatte weder Wagenpapiere noch Führerschein bei sich gehabt, und man nahm ihn zunächst unter dem Verdacht von Trunkenheit am Steuer fest; aber nachdem die Beamten sich eine Zeitlang mit ihm unterhalten hatten, war ihnen klargeworden, mit wem sie da sprachen, und bei der Durchsuchung fanden sie in Toms Jacke eine Karte mit Adresse und Telefonnummer seines Vaters eingenäht. Sie hatten den Vater angerufen, und er war jetzt offenbar auf dem Weg hierher mit einem gecharterten Privatflugzeug. Jimmy versuchte ohne Erfolg, die Beamten zu veranlassen, Tom wieder unserer Obhut anzuvertrauen, und wir waren noch da, als der Vater eine Stunde später anrief, um mitzuteilen, daß er auf dem Flugplatz in der Nähe gelandet sei. Als der Beamte Jimmy erwähnte, sagte er, man solle ihn festhalten, er sei ein Betrüger, und die Folge war, daß der Beamte den Hörer auflegte und zu

Jimmy sagte, er müsse ihn festnehmen. Jimmy meinte sofort, ich solle über die Grenze nach Kanada zurückkehren und dort auf ihn warten, aber ich wollte nicht und blieb bei ihm, bis der alte Mr. Dawkins eintraf. Zuerst war die Hölle los, aber als Mr. Dawkins sein Geld von Jimmy zurückbekommen hatte und dazu die Wagenpapiere und -schlüssel, sagten die amerikanischen Beamten, die recht vernünftige Leute waren, er könne Jimmy jetzt nichts mehr vorwerfen, und ließen uns über die Grenze zurückgehen. Und dann standen wir drüben auf der kanadischen Seite und warteten auf einen Bus, und der Chrysler Imperial fuhr an uns vorbei, Tom vorn neben seinem Papi, und als er uns sah, drehte er sich um in seinem Homburg und dem Überzieher mit dem Astrachankragen, legte den Daumen an die Nasenspitze und machte uns eine lange Nase.

Wir standen im Schnee, Jimmy und ich, beide mit einem Koffer in der Hand, und die dicke Limousine spritzte uns im Vorbeifahren mit Schneematsch voll; der alte Mann saß starr aufgerichtet hinterm Steuer und neben ihm Tom mit seiner spöttischen Grimasse – das war einfach zuviel, ich mußte zum erstenmal, seit wir Mann und Frau waren, richtig lachen. Wir krümmten uns und fielen uns in die Arme, und ich erinnere mich, daß ich dachte, vielleicht hat alles so schlecht angefangen, daß es jetzt nur noch besser werden konnte, und wir würden es doch noch schaffen. Wir hatten noch 46 Dollar dabei, genug für die Fahrt nach Montreal, wenn wir nur Schokolade und Kartoffelchips aßen, was wir auch taten, und dann aßen wir einen Tag und eine Nacht lang gar nichts, während wir in Montreal herumsaßen und warteten, daß eine Antwort auf die Telegramme eintraf, die Jimmy abgeschickt hatte. (Er hatte seinem Bruder in New York und Freund O'Keefe in Halifax telegrafiert.) Zunächst warteten wir im Greyhound-Omnibusbahnhof in der Dorchester Street, aber nachdem eine Dame von der Touristenbetreuung mich zum zweitenmal gefragt hatte, ob ich Hilfe brauche, wurden wir nervös und zogen in den Wartesaal der Canadian Pacific Railway Station in der Windsor Street um, wo wir die Nacht über auf Bänken schliefen, und gingen am anderen Morgen zum Greyhound-Busbahnhof zurück. Mittags traf ein Telegramm von O'Keefe ein. Er hatte uns 60 Dollar überwiesen, seinen nächsten Wochenlohn, wie er schrieb. »Der gute alte O'Keefe«, rief Jimmy und umarmte mich, aber ich machte mir Sorgen, wie wir dem guten alten O'Keefe das Geld zurückzahlen sollten.

Wir kauften uns Fahrkarten für den Bus und fuhren nach Toronto, wo wir die erste Nacht getrennt verbrachten, ich beim Christlichen Verein Junger Mädchen und er bei den Jungen Männern. Am nächsten Morgen trafen wir uns vor dem Frühstück und lasen die Stellenangebote in der Zeitung, und dann trennten wir uns und gingen auf die Suche nach einem Job. Und, o Wunder, wir wurden beide sofort eingestellt, Jimmy als Packer an der Kassensperre eines Loblaws-Supermarkts und ich als Weihnachtsaushilfe bei der T. Eaton Company. Gleich am Mittag dieses ersten Tages stahl ich mich aus dem großen T.-Eaton-Geschäft, wo wir einen kurzen Ausbildungslehrgang mitmachten, in die Yonge Street hinaus, schickte meiner Mutter ein Telegramm. Ich sei in Toronto, stand darin, hätte eine Anstellung bei der T. Eaton Company bekommen und würde umgehend schreiben, viele Grüße und man solle sich keine Sorgen machen. Kein Wort über meine Heirat mit Jimmy Phelan. Das wäre zu riskant gewesen.

Ich war noch minderjährig, sie konnte mich nach Butchersville zurückbringen lassen, und ich vermutete, daß sie das tun würde, wenn sie herausbekam, daß Jimmy und ich, die wir beide Katholiken waren, uns von einem unitarischen Geistlichen hatten trauen lassen, was für die katholische Kirche keine gültige Ehe ergibt – wenn beide Seiten katholisch sind, meine ich.

Nachdem ich das Telegramm abgeschickt und damit mein Gewissen etwas erleichtert hatte, ging ich zur T. Eaton Company zurück, wo man uns zeigte, wie man Kassenzettel ausstellt, und uns erzählte, wie T. Eaton sein großes Unternehmen gegründet und beim Aufbau Kanadas geholfen hatte, weil er der erste kanadische Geschäftsmann war, der ein Textil-Warenhaus auf reiner Barzahlungsbasis eröffnete; währenddessen machte ich mir unablässig Sorgen wegen Mama und dachte daran, daß ich sie belogen hatte, und war recht niedergeschlagen, weil Toronto ganz und gar nicht so war, wie ich es mir vorgestellt hatte, kein bißchen wie New York, wo ich mit fünfzehn Jahren ein langes Wochenende verbracht hatte, und nicht einmal so interessant wie jener Teil von Montreal, den wir zu Gesicht bekommen hatten, als wir auf Antwort auf die Telegramme warteten. Und ich dachte voller Sorgen über mich und Jimmy und Sex nach, und als der Unterricht im Ausstellen von Kassenzetteln zu Ende ging, war ich den Tränen nahe und ging in den T.-Eaton-Waschraum, um mich voller Selbstmitleid auszuweinen. Aber ich kam nicht dazu, denn im Waschraum weinte schon eine andere Frau, eine Weihnachtsaushilfe wie ich, die meine Mutter hätte sein können, und als ich sie fragte, was sie habe, sagte sie, sie sei schon so lange aus der Schule und begreife das alles nicht mehr so gut – wie ich (meinte sie) – und sie habe das mit dem Kreditieren eines Postens nicht verstanden und werde bestimmt entlassen, und sie und ihr Mann hätten Schulden, die Haushaltsfinanzierung habe sich gemeldet, sie hätten schon zweimal die Adresse wechseln müssen, und jetzt wagten sie nicht mehr die Tür aufzumachen aus Angst, es könnte jemand von einem Inkassobüro sein, ihr Mann habe sich vor lauter Sorgen ein Magengeschwür zugezogen, und wenn sie diese Stelle heute nicht bekäme und nicht etwas Geld verdiente, dann ... sie sprach inzwischen ganz verworren, und da mich diese Geschichte von Leuten, die in Schulden geraten waren und nicht mehr ein noch aus wußten, erschreckte (wir hatten schon fast das ganze Geld ausgegeben, das O'Keefe uns gepumpt hatte), sagte ich ihr, sie solle einen Augenblick warten, und ging hinaus, lieh mir ein Verkaufsbuch aus, setzte mich zu ihr, und wir gingen die Prozedur mit dem Kreditieren so lange durch, bis ich sicher war, daß sie alles begriffen hatte. Da gab sie mir einen Kuß und sagte, Gott werde es mir vergelten, und wenn sie mir je einen Gefallen tun könne, solle ich es ihr sagen. Dann begann die nächste Unterrichtsstunde, man erzählte uns von T. Eaton, der sein Leben lang schwer arbeitete, schwerer als irgendeiner seiner Angestellten, und der manchmal abends so müde war, daß er nichts zu essen vermochte; für ihn hatte der Kunde immer an erster Stelle gestanden, und wir müßten es damit ebenso halten. Dann gab es in der Cafeteria eine Tasse Tee, und die Frau, der ich geholfen hatte, setzte sich zu mir; als ich sie fragte, in welcher Gegend der Stadt man billig wohnen könne, besorgte sie sich einen *Toronto Star* und ging zusammen mit mir die Zimmerangebote durch. Das Inserat, das sie schließlich anstrich, hatten die Blodgetts aufgeben, und so landeten wir, Jimmy und ich, zu guter Letzt bei Harry und Mutter.

»Gottes eigenes Land, Kinder«, schreit Harry. »Gottes eigenes verfluchtes Land.« Wir kichern. »Hinauf mit dir«, befiehlt Harry und gibt seiner Frau einen Klaps auf den Hintern. Sie dreht sich mit resigniertem Blick zu uns um. »*Darauf* ist er immer scharf«, sagt sie. Wieder kichern wir. Harry zwinkert uns vielsagend an und steigt dann hinter ihr die Treppe hinauf, alt und schwerfällig in seiner braunen Strickweste und der weiten schmutzfarbenen Hose. Später, unter der Bettdecke in unserem nach hinten gelegenen Wohnschlafzimmer, klammern wir uns aneinander, Jimmy und ich, wiederholen diese Schlagworte und müssen wieder kichern. Lebensweise und Lebensweisheiten der Blodgetts sind uns greifbar gegenwärtig: Wir brauchen nur die Augen zu schließen und sehen Harry im kretonnebezogenen Lehnstuhl in seiner Lieblingsecke sitzen, in der Erkerfensternische des Wohnzimmers, den Rücken der Gerrard Street zugekehrt, eine Kiste Bier in Reichweite seiner rechten Hand, die Blätter des *Toronto Star* und des *Toronto Telegram* verstreut zu seinen in Pantoffeln steckenden Füßen. Im Zimmer flimmert das Licht des Fernsehers. Mutter steht auf, um das Bild klar einzustellen. Harry redet. Redet. Von Zeit zu Zeit tastet er wie ein Blinder mit der rechten Hand nach einer neuen Bierflasche, steckt sie in den Flaschenöffner an der Wand, ohne das Fernsehbild aus den Augen zu lassen, knickt den Kronkorken ab, hebt die schäumende Flasche an die Lippen. Kein einziger Tropfen geht verloren.

»Ach, ihr jungen Leute, mit euch gibt es immer nur Scherereien, ihr seid alle Sonntagskinder und Glücksspieler, ihr wißt ja gar nicht, wie gut ihr es habt. Wie froh ihr sein könnt, daß ihr hier geboren seid. Ja, hier. In Kanada. Ich sage euch, dieses verdammte Land hier ist *die* Demokratie, Gottes eigenes verdammtes Land, jawohl, und kommt mir nicht mit den Staaten, sagt mir nicht, die verflixten Yankees wären so gut wie wir, die verflixten Yankees, ich sage euch, die kenne ich. Ich sage euch, ich bin in Buffalo gewesen, aber ich mag Menschen lieber als Büffel, ha, ha, habt ihr's kapiert? Das ist wieder eine meiner Zweideutigkeiten. Nun, Mutter, sieh mich nicht so garstig an, das ist so meine Weise, und ein bißchen Spaß hat noch niemanden umgebracht.

Mary – Jimmy, hab' ich euch schon erzählt, wie ich hierhergekommen bin? Ich bin mit einer Fußballmannschaft nach Kanada gekommen. Kein Witz. Wir waren einfache Amateure, aber wir konnten es mit den besten Mannschaften von hier glatt aufnehmen. Hier gab's meistens Fabrikmannschaften. Wartet mal, das muß – Mutter, wie lange ist das her? Das muß jetzt – ja, das sind jetzt genau 32 Jahre her. Na ja, wir gingen in Halifax an Land und trugen dort und dann in Montreal ein paar Spiele aus, und dann kamen wir hierher. Toronto, Toronto, du Feine. In unserem zweiten Spiel spielten wir gegen die Mannschaft der Soap-O-Fabrik, und meine Wenigkeit schoß die beiden einzigen Tore; nachher kam Mr. Henry zu mir. Das war der Generaldirektor von Soap-O, ein sehr netter Mann, der mir eine Stelle anbot und mich unbedingt in seiner Mannschaft haben wollte, wie er sagte. Na ja, da ist dann unser Team – die Sunderland Wanderers waren wir – übern großen Teich zurückgefahren, Gott helfe den armen Burschen, und ich habe hier bei Soap-O mit Fußbödenschrubben angefangen; ich höre euch schon sagen, kein berühmter Job, aber Kinder, ich kann euch versichern, bereut habe ich's noch kein einziges Mal. Was, Mutter?«

»Noch kein einziges Mal«, sagt Mutter.

»Sieben Monate später habe ich Mutter rüberkommen lassen, jawohl, sie, die da drüben sitzt, meine holde Braut, und ich habe ihr die Überfahrt voll bezahlt, und hier wurden wir dann getraut, bei den Baptisten in der Bloor Street, was, Mutter? Auch das haben wir noch kein einziges Mal bedauert. Die alte Heimat – es gibt hier in Toronto so ein paar Alte-Heimat-Brüder, die schwärmen immer noch von England –, daß ich nicht lache, ich bin zwar ein gebürtiger Engländer wie nur sonstwer und Mutter auch, aber ich kann euch sagen, Kinder, die Sonne soll von mir aus über der ganzen alten Heimat untergehen, untergehen, habt ihr gehört, von Land's End bis John O'Groat's, und ins Meer versinken, jawohl, was hat denn die alte Heimat für mich getan, hm, ich will's euch sagen, einen großen Scheißdreck – entschuldigen Sie, Mary, entschuldige, Mutter, kam gerade so raus –, aber Kanada, das ist eine ganz andere Geschichte, das ist jetzt meine Heimat, für das gute alte Kanada würde ich mich glatt umbringen lassen, jawohl. Kanada ist Gottes eigenes Land, jawohl, Gottes eigenes verflossenes Land, und das dürfen wir nie vergessen.«

Weihnachten war vorüber. Wir hatten zu Weihnachten unseren Familien etwas vorgemacht, Jimmy und ich, und ihnen unsere »Verlobung« mitgeteilt und dann eine zweite Trauzeremonie über uns ergehen lassen, diesmal in einer katholischen Kirche in Toronto. Meine Mutter hatte dem Pfarrer schriftlich ihr Einverständnis geben müssen, sie hatte es nicht gern getan und mir vorher einen Brief geschrieben und mich gewarnt – ich würde mich fürs Leben unglücklich machen, wenn ich einen Burschen wie Jimmy Phelan heiratete, meinte sie. Jimmys Mutter dachte über mich nicht viel anders; in ihrem Brief an ihn hieß es, er sehe ja jetzt, wohin unbeherrschte »Leidenschaften« führten: zu einem Job als Tütenpacker in einem Supermarkt. Jimmy hatte noch seine Stelle bei Loblaw, aber mich hatte die T. Eaton Company gleich nach dem Weihnachtsgeschäft an die Luft gesetzt. Ich arbeitete jetzt für eine Firma, die Adreßbücher herausgab, und stellte eine Liste der in Toronto ansässigen Zahnärzte zusammen.

Ja, Weihnachten war vorüber in Gottes eigenem Land. Jimmys Mutter sagte, ich hätte sein Leben ruiniert, und meine Mutter sagte, er habe mein Leben ruiniert, und wir lagen im Bett und kicherten, während wir uns die düsteren Orakelsprüche vorlasen, aber nachher, im Dunkeln, fragte ich mich manchmal, wieviel Wahres an diesen Prophezeiungen sein mochte. Wir waren jetzt offiziell getraut von der Einen Heiligen Römisch-Katholischen und Apostolischen Kirche, lebten in Toronto in Gottes eigenem Land, verdienten zusammen in der Woche 89 Dollar und wohnten in der Gerrard Street bei Harry und Mutter Blodgett: bei Harry, der glaubte, das neue goldene Zeitalter sei angebrochen, weil er jetzt Aufseher des Nachtreinigungstrupps der Soap-O-Etiobicoke-Fabrik war, und Mutter, die ihrem Erlöser dafür dankte, daß er sie in seiner ewigen Güte zur Geflügelrupferin bei Kemelman's Poultry auf dem Saint Lawrence Market gemacht hatte. Ja, es war Gottes eigenes Land für die Blodgetts, mit drei üppigen Mahlzeiten am Tag und jeder Menge Bier, und ihr Häuschen hatten sie schon zur Hälfte abbezahlt, und wir kicherten, wenn wir das alles hörten und uns später im Bett daran erinnerten, während wir uns aneinanderdrängten und uns vorzumachen versuchten, daß wir uns liebten, wobei ein Teil von uns ahnte, wie dicht unser Kichern an Hysterie grenzte, denn Harry und Mutter gaben sich nicht immer wie die Darsteller einer Komödie. Sie hatten noch ein anderes Gesicht, das wir bisweilen sonntags morgens zu sehen bekamen: Dann hing Harry, vom Bier betäubt, im Lehnstuhl und schnarchte im Verein mit Mutter, die total besoffen vor ihm auf dem Boden lag, mit herausgerutschtem Gebiß, große, tote Schweine alle beide, im kalten Wintersonnenlicht des Sonntagmorgens in Toronto, umgeben von leeren Bierflaschen, die Luft stickig von Zigarettenrauch, während an der Wand das Fernsehtestbild blau und konstant den Summton von sich gab. Und sogar Harrys Aufforderung »Hinauf mit dir« hatte für mich manchmal einen düsteren Klang, wenn ich in meiner Büroecke saß, die zugelassenen Zahnchirurgen in Listen eintrug und mir vorstellte, wie Harry sich gleich einem alten Nilpferd über Mutter aufbäumte, und du lieber Herr Jesus und Heiland, wenn der vierschrötige Harry und die umfangreiche Mutter es im Bett schafften, was war dann mit Jimmy und mir nicht in Ordnung? Bei Jimmy kam es entweder, noch ehe er drin war, oder gleich danach, und oft war ich dann so erregt, daß ich, sobald er eingeschlafen war, ins Badezimmer gehen, mich auf die Toilette setzen und mir selbst Befriedigung verschaffen mußte. Danach weinte ich manchmal. Lag es an mir oder an ihm? Er war stolz auf die Größe seines Glieds, es mußte meine Schuld sein, aber was nützte mir sein großer Penis, wenn es immer viel zu früh für mich aufhörte? War ich vielleicht frigide? Er meinte, ich sei kälter als er, und deutete einmal an, daß unser Problem vielleicht daher rührte, daß er mich schön fand und sich deshalb nicht lange beherrschen konnte, während er für mich nicht attraktiv war und ich deshalb gefühlsmäßig kalt blieb. Aber ich wußte, daß das nicht stimmte, sein Äußeres hatte nichts damit zu tun, ich blieb ihm gegenüber gefühlsmäßig kalt, ja, aber deshalb, weil ich in einem geheimen Winkel meines Ichs wußte, daß unsere Heirat ein Fehler gewesen war. Ich hatte etwas Selbstsüchtiges und Schlechtes getan, nur weil ich nach Toronto wollte. Aber ich war nicht bereit, den Preis für diesen Fehler zu zahlen. Ich war nicht bereit, eine lebenslängliche Strafe als Mrs. James Phelan abzuleben. Ich war ja erst zwanzig; ich wollte fürs erste mit niemandem zusammenleben, wollte in meinem eigenen Zimmer allein sein, wollte nur kochen, wenn ich Lust hatte, wollte kein Geschirr spülen oder Männersocken waschen müssen, und der Gedanke, ich könnte von Jimmy ein Kind bekommen, war es, der in jenen Tagen in mir eine Panik auslöste; ich sah mich zu einer jener abgehärmten Frauen werden, die ziellos durch die Gänge der Supermärkte wandern, von der Lautsprechermusik umspült, während vor ihnen auf dem Sitz des Einkaufswagens ein Baby vor sich hin sabbert und die Hose naß macht und ein Stück weiter sein pickeliger dreijähriger Bruder mit lautem Gepolter eine Pyramide von Waschmittelpaketen zum Einsturz bringt. O schützendes Diaphragma, ich hatte dich damals noch nicht; wir wußten, daß ich einen Arzt hätte aufsuchen sollen, aber ich genierte mich, und so benutzte Jimmy weiter Präservative, die mit an unseren Schwierigkeiten schuld waren, denn er haßte sie, und ich hatte immer Angst, er könnte nicht daran gedacht haben, und so unterbrach ich ihn, wenn er gerade im Dunkeln begonnen hatte, mir die Schlafanzughose herunterzustreifen, und fragte: »Hast du auch ...?«, was ihn ärgerte und die Sache verdarb.

Aber ich fürchtete mich vor seinem Samen. Eine einzige Unachtsamkeit, und ich schob wie diese anderen Frauen einen Einkaufswagen mit Babysitz durch die langen Gänge der Selbstbedienungsläden, während die Lautsprecheranlage *Ein verzauberter Abend* spielte, und so gab es eben für Jimmy und mich keine verzauberten Abende, keinen einzigen. Ich träumte von Abtreibungen. Ich glaubte, daß ich so etwas nicht hätte aushalten können. Ich nehme an, die letzten Überreste katholischer Erziehung waren der kleine Teil von mir, der das als Mord betrachtete; und wenn ich nicht von Abtreibungen träumte, saß ich manchmal in düsterer Stimmung da und dachte daran, was geschehen würde, wenn ich nun tatsächlich ein Baby bekam. Ich war davon überzeugt, daß es nicht ohne eine postnatale Depression abgehen würde. Ich hatte einen Artikel über postnatale Depression in *Canada's Own Magazine* gelesen, der mir nicht aus dem Sinn gehen wollte. In dem Artikel hatte gestanden, daß Frauen bisweilen in einen solchen Zustand geraten, daß man sie einsperren muß. Der Verfasser hatte einen kanadischen Psychiater zitiert, der sagte, das widerfahre Frauen, die sich vorm Kinderkriegen fürchten, und das war ja bei mir der Fall. Meine Abtreibungsträume wurden zu Alpträumen, in denen ich das Baby umbrachte und auf der Toilette fortspülte, zu Alpträumen, die so gräßlich waren und in denen ich so schreckliche Dinge tat, daß ich sie für immer verdrängt habe.

Jedenfalls – all das vermehrte noch meine Furcht vor einer Unachtsamkeit Jimmys, und so erfand ich immer eine Entschuldigung, ich schützte Müdigkeit oder Übelkeit vor oder log, daß ich meine Periode hätte, wenn es gar nicht stimmte, weshalb er mich für frigide hielt, und das verärgerte ihn natürlich; es fiel uns immer schwerer, den Abend zusammen zu verbringen, ohne uns spitze Bemerkungen an den Kopf zu werfen, und wahrscheinlich um unerfreuliche Gespräche zu vermeiden, verbrachten wir dann viele Abende im Kino.

Merkwürdig, daß ich vorhin sagte, wir seien so oft ins Kino gegangen, weil Jimmy ein Filmfan war, wo ich mich doch jetzt, wenn ich unser Leben damals genau betrachte, fragen muß, ob nicht ich es war, die uns beide damals am Abend aus dem Haus trieb.

Und postnatale Depression – komisch, wie lange ich daran nicht mehr gedacht habe. Oder an Mackie.

Mackie, Mackie McIver. Ich sehe ihr Gesicht deutlicher vor mir als das meiner Mutter. Sie hat rötliches Haar und sommersprossige Haut; um die Lider ihrer hellblauen Augen beginnen sich rote Ränder anzudeuten. Ich frage mich, ob sie noch immer diese Hemdblusenkleider mit Faltenrock trägt, die mich immer an den Tennisdreß unserer Mütter in den dreißiger Jahren erinnerten. Da sitzt sie in ihrer abgeteilten Einsamkeit in der Bibliothek von *Canada's Own Magazine*, an ihrem unaufgeräumten und doch ordentlichen Tisch, den Telefonhörer zwischen Ohr und Schulter geklemmt, während sie mit ihrer hellen, klaren Mädchenstimme einem Leser Auskunft gibt, der sich nach Größe und Bevölkerungszahl Patagoniens erkundigt. Geduldig, hartnäckig, immer wieder irgendwo nachschlagend, um einen Punkt zu klären. Sie gab nie auf. Wenn sie je ein Epitaph braucht, so könnte man diese Worte in ihren Grabstein einmeißeln: *Sie gab nie auf.* O Gott, sie gab nie auf.

Groß, ich habe sie als sehr groß in Erinnerung. Ob mir je eine andere Frau so deutlich im Gedächtnis bleiben wird? Und doch fiel sie mir damals erst auf, als sie mir ihr verblüffendes Angebot machte.

Ich hatte diese Alpträume mit dem Beseitigen von Babies durch die Toilettenspülung gehabt und suchte nach einem Mittel, sie gleich bösen Geistern auszutreiben oder wenigstens den Artikel über postnatale Depression innerlich loszuwerden, indem ich ihn noch einmal las und besser verarbeitete – vielleicht war er gar nicht so schlimm. Ich hatte den Artikel nicht mehr, und so rief ich bei *Canada's Own Magazine* an und wollte die betreffende Nummer bestellen; man sagte mir aber, daß die Nummer schon zu weit zurückliege; ich könnte sie jedoch im Bibliothekssaal der Zeitschrift einsehen und mir den Text abschreiben.

Am nächsten Tag ging ich in der Mittagspause hin. Die Bibliothekarin wies mir einen Platz an einem Tisch mit einer Leselampe an; es war sehr warm und still. Als sie mir den Artikel brachte, fühlte ich mich nicht sehr wohl, so als säße ich unter einem falschen Vorwand dort, denn ich hatte, als ich nach der Nummer fragte, etwas von »Forschungszwecken« gesagt. Also nahm ich ein Stück Papier und kritzelte ein paar Notizen hin, während ich den Artikel nun noch einmal las. Plötzlich sagte eine Stimme: »Entschuldigen Sie«, und ich sah auf, und da war es die Bibliothekarin. »Ich habe mich gerade gefragt, ob Sie wissenschaftlich tätig seien, oder lesen Sie den Artikel aus persönlichem Interesse?«

Ich weiß noch, daß ich errötete; ich war wütend, aber ich sah, daß auch sie errötet war; dann sagte sie, es sei keine Neugier, man sei knapp an Personal, und sie suche eine Hilfskraft hier für die Bibliothek. »Und Sie sehen genau wie eine wissenschaftliche Assistentin aus, wissen Sie.«

»Na ja«, erwiderte ich. »So etwas Ähnliches bin ich auch. Ich arbeite für eine Firma, die Adressenverzeichnisse und solche Sachen herausgibt. Aber diesen Artikel lese ich für eine Bekannte nach.«

»Adressenverzeichnisse«, sagte sie. »Sind Sie bei Lowrys angestellt?«

Ich sagte ja. Sie lächelte triumphierend. »Du liebe Güte, da verdienen Sie wohl nicht viel, wie?«

Aber sie spürte, daß es in mir kochte, und so fügte sie rasch hinzu: »Wissen Sie, ich war selbst einmal dort angestellt. Ich habe das nur gesagt, weil Sie bei uns sicher mehr bekommen könnten – falls Sie an der Arbeit hier überhaupt interessiert sind. Und Sie hätten mehr Freiheit. Wir könnten Ihnen – na, sagen wir, 65 Dollar die Woche zahlen. Hätten Sie Interesse daran?«

Natürlich hatte ich Interesse daran; bei Lowrys verdiente ich nur 45 Dollar, und außerdem – für eine Zeitschrift zu arbeiten, das hörte sich ganz anders an. So sagte ich: »Ich denke schon.«

»Na, wunderbar.« Sie gab ein lustiges Wiehern von sich – dieses fröhliche Lachen, das sie immer ausstieß, wenn ihr etwas wirklich Freude machte, gehört zu denjenigen ihrer Besonderheiten, an die ich mich nach all den Jahren noch am deutlichsten erinnere – und sagte: »Ich muß natürlich noch mit dem Chefredakteur sprechen. Ich weiß nicht, ob er schon vom Lunch zurück ist.«

Ich sagte: »Aber es eilt doch nicht. Ich kann ja morgen wiederkommen, wenn es Ihnen recht ist.«

»Nein, nein«, sagte sie und lächelte. »Ich möchte nicht, daß Sie es sich anders überlegen. Warten Sie bitte einen Augenblick hier, ja?«

Sie ging schnell zu ihrem Tisch, nahm irgendein Rechnungsbuch mit und eilte hinaus. Ich blieb benommen am Lesetisch sitzen und konnte das alles noch gar nicht fassen. Bis sie nach einer, wie mir scheinen wollte, unendlich langen Zeit sehr aufgeregt zurückkehrte und mich bat, mit ihr zu kommen.

Und darauf folgte meine erste Begegnung mit der Warmen Braunen Kacke, mit R. J. MacKinnon, Chefredakteur von *Canada's Own Magazine*, ebendem R. J. MacKinnon, der jetzt überraschenderweise dazu ausersehen war, das Vorwort zu Hats einzigem Buch zu schreiben. Ich weiß noch, ich war betäubt, es war mir wie einem Gefangenen zumute, wenn er in die beklemmende Helle des Gerichtssaals geführt wird, denn in MacKinnons Büro waren sehr helle Deckenlampen, und an der einen Wand tickten zwei Fernschreiber geheimnisvoll vor sich hin, was ich bisher noch nie gesehen hatte und recht verwirrend fand. Auf seinem Schreibtisch standen zwei Telefone, und er wurde immer wieder durch Anrufe unterbrochen, und die Bibliothekarin (ich meine Mackie, denn diesen Namen gab ich ihr, vielleicht um mich für den Namen zu rächen, den sie mir geben zu müssen glaubte) – Mackie, Miss Ruth McIver, die Bibliothekarin, wie gesagt, sprach auf MacKinnon ein, sprach sehr schnell auf ihn ein mit ihrer hohen Schulmädchenstimme, während er mit halbem Ohr zuhörte und auf meine Beine sah, und dann stellte er im Anschluß an die Frage nach meiner Schulbildung ziemlich routinemäßig fest, daß ich verheiratet war, keine Erfahrung als Bibliothekarin besaß und meine derzeitige Tätigkeit erst seit ein paar Wochen ausübte, und gerade als ich zu dem Schluß gelangt war, daß ich die Prüfung nicht bestanden hatte und er mir nach Beendigung des Telefongesprächs, durch das er wieder unterbrochen worden war, eröffnen würde, daß ich leider nicht ganz das sei, was sie sich gedacht hatten, sagte er zu seinem Gesprächspartner: »Schön, Schluß jetzt«, knallte den Hörer auf die Gabel, starrte mich an und stieß einen resignierten Seufzer aus. »Na gut«, sagte er, »unsere liebe Ruth hier scheint der Ansicht zu sein, daß sie Sie gebrauchen kann. Letztlich muß sie das entscheiden. Ich kann Ihnen 55 Dollar die Woche geben – sind Sie damit einverstanden?«

»Fünfundsechzig«, sagte sie in scharfem Ton. MacKinnon sah sie an, und ich erinnere mich, es trat eine kurze, gespannte Pause ein. »Sechzig«, sagte er. »Mein letztes Angebot.« Er blickte sie an, nicht mich. »Sie besitzt keinerlei Erfahrung.«

Mackie (Miss McIver, die Bibliothekarin) sah mich bestürzt an. Ich sagte, vielen Dank, 60 Dollar seien in Ordnung, und ich setzte hinzu, ich glaubte, ich würde, was meine derzeitige Stellung betraf, eine einwöchige Kündigungsfrist einhalten müssen, und ich weiß noch, daß MacKinnon nickte und plötzlich auf mich zutrat, mir die Hand schüttelte und sagte: »Wann Sie bei uns anfangen, das besprechen Sie am besten mit Ruth. Ich wünsche Ihnen alles Gute.« Sie dankte ihm überschwenglich, faßte mich dann am Arm und führte mich über einen langen Gang hinunter, an Redaktionsbüros vorbei, zurück zur Bibliothek. Sie drückte meinen Arm und sagte: »Na, war das nicht was? Das war doch wirklich was, nicht? Ich bin entzückt, entzückt. Sie doch auch, ja?«

Ich muß sie etwas verwundert angesehen haben, denn sie setzte sofort ihr zu Tode betrübtes Gesicht auf und sagte: »Oh, wenn es wegen der fünf Dollar ist, dann machen Sie sich keine Sorgen, ich habe Ihnen 65 Dollar versprochen, und Sie haben einen Anspruch darauf. Sie bekommen sie aus meiner eigenen Tasche, ja? Das ist es mir wert, daß ich Sie hier habe, wirklich, das ist es mir wert.«

»Aber das ist doch nicht nötig«, sagte ich. »60 Dollar sind mir recht. Das ist mehr, als ich jetzt verdiene.«

Sie sah mich an, aus Augen, die größer zu werden schienen und sich dann, ich weiß nicht, warum, mit Tränen füllten. Sie beugte sich vor, und ihre Lippen berührten meine Wange. »Sie sind lieb«, sagte sie und errötete, errötete immer mehr. »Darf ich Sie um einen ganz großen Gefallen bitten?«

Ich sagte: »Ja, gewiß ...«, und da sagte sie: »Ich möchte Sie gern Maria nennen. Ist Ihnen das recht?«

Ich sagte: »Ja, wenn Sie wollen – aber warum?«

»Weil Sie eine Maria sind und keine Mary. Hoffentlich sind Sie jetzt nicht beleidigt, aber Mary ist schwerfällig, und Sie sind nicht schwerfällig, Sie sind – Sie sind eben einfach Maria. Darf ich Sie so nennen?«

Ich hielt das damals für sehr lieb von ihr. Ich hielt es für die Tat einer außergewöhnlichen Frau, daß sie mich so von einem Augenblick auf den anderen als Hilfskraft einstellte, und wenn sie mich Maria nennen wollte, warum nicht? Aber wenn ich jetzt zurückblicke, wird mir bewußt, daß kein Mann mich je so sehr zu verändern versucht hat wie Mackie, daß kein Mann so unbarmherzig versucht hat, die Mary Dunne, die ich war, zu unterdrücken, um mich in ein Geschöpf seiner Träume zu verwandeln. Da mußte eine Frau, mußte Ruth McIver kommen, die ich Mackie nannte und die für die meisten in der Redaktion Miss Maus war, eine alte Jungfer, die Art Frau, die nicht einmal auf dem alljährlichen Betriebsfest einen Kuß bekam. Aber hinter der Fassade von Miss Maus verbarg sich ein Cäsar an Zielstrebigkeit. Als ich für sie erst einmal Maria war, nannte sie mich nie mehr anders.

So wurde ich Maria, Miss McIvers Assistentin in der Bibliothek von *Canada's Own Magazine*. Es war, als ob sie beschlossen hätte, meine alte Identität auszulöschen, indem sie eine neue erfand. Oh, ich weiß, das hört sich machiavellistisch an, wo doch meine Beziehung zu Mackie in Wirklichkeit eine simple kleine Mammonfabel war, die Geschichte meiner Habgier. Gewiß, es war der einzige Zeitabschnitt in meinem Leben, in dem ich mich durch fremdes Geld korrumpieren ließ. Arme Mackie, ich gehe hart mit ihr ins Gericht, sie meinte es gut mit mir. Doch wenn ich an die Zeiten zurückdenke, als Jimmy und ich in ihrem großen Haus in der Prince Arthur Avenue beim Abendessen saßen, dann empfinde ich keinerlei wehmütige Gefühle.

Tagsüber war ich Mackies Maria. Abends kehrte ich in unser Wohnschlafzimmer bei den Blodgetts zurück, wo ich Mrs. Phelan war, die Jimmy so lange drängte, bis er an seine Eltern und an die Universität Dalhousie schrieb, damit etwas arrangiert werden und er seine Ausbildung an der Universität Toronto fortsetzen konnte, anstatt den Rest seines Lebens bei Loblaws Tüten zu packen. Und es *wurde* auch etwas arrangiert. Seine Eltern schickten das ganze Geld, das sie entbehren konnten, aber die Gebühren waren in Toronto zu hoch, und alles, was sie geschickt haben, ging für Bücher, Studiengelder und Fahrtkosten drauf. Jimmy kündigte bei Loblaws, besuchte die Vorlesungen, und wir lebten von meinem Lohn. Zum Abendessen Dosensuppe und Dosenspaghetti. Keine Zigaretten, kein Kino, keine neuen Kleider. Nichts. Wenn ich auf diese wenigen Wochen zurückblicke, erscheinen sie mir wie ein Aufweichungsprozeß, der uns für die Korruption reif machen sollte. Und doch war ich es und nicht Jimmy, die sich dieser Entwicklung zu widersetzen versuchte. Ich erinnere mich, daß ich ganz am Anfang zu ihm sagte: »Ich möchte vor allem nicht, daß Miss McIver erfährt, wie arm wir sind.« – »Warum nicht?« fragte er. »Seiner Armut braucht man sich nicht zu schämen.« – »Bitte, Jimmy«, sagte ich, »ich muß mit ihr zusammenarbeiten, sie ist so eine Lady Mildtätig, ich will keine Gefälligkeiten von ihr, hörst du?« Wir wurden gerade das erste Mal zum Abendessen in ihrem Haus in der Prince Arthur Avenue eingeladen, als ich das sagte. Ich verbrachte damals meine Abende zumeist mit Harry und Mutter vor dem Fernsehapparat, damit Jimmy in unserem Wohnschlafzimmer ungestört studieren konnte. Eine fröhliche Zeit.

Ich erinnere mich, wie beeindruckt wir von dem ersten Abend bei Mackie waren. Da war das Haus selbst. Dann entschlüpfte ihr die Feststellung, daß ihr Vater Besitzer einer Keksfabrik gewesen war. Ihre Mutter starb, als sie, Mackie, das einzige Kind, zwölf Jahre alt war, und sie wohnte dann in dem großen Haus zusammen mit ihrem Vater, bis dieser ein Jahr bevor sie uns kennenlernte, starb. Das Abendessen wurde von einem Hausmädchen in Dienstbotentracht aufgetragen, es gab gebratenes Rippenstück mit einer Flasche Wein dazu, als Nachtisch Weinbiskuits mit Schlagsahne, zum Kaffee wurde Cognac serviert, und natürlich fielen wir nach unserer monatelangen Dosenkost über dieses Essen her wie die hungernden Massen Asiens, und Jimmy bekam einen kleinen Schwips von dem Wein und den zwei Gläsern Cognac und begann alle Fragen Mackies zu beantworten, erzählte ihr von seinen Vorlesungen, daß er das Studium wiederaufgenommen habe und sich als Verheirateter unter seinen Kommilitonen wie ein Erwachsener unter unreifen Kindern vorkomme, und ehe ich es verhindern konnte, hatte er alles ausgeplaudert; daß wir von meinem Verdienst lebten, kein Geld hätten, alles. Mackie schenkte ihm neu ein und nahm jedes Wort in sich auf, und bevor wir gingen, führte sie uns noch durchs Haus, zeigte uns unbenutzte Schlafzimmer, wies darauf hin, daß das Arbeitszimmer ihres Vaters leerstehe, und sagte, seit seinem Tod fürchte sie sich vor dem Alleinsein und wünsche sich sehr, daß noch jemand bei ihr wohne außer dem Hausmädchen, das stockdumm sei und in einem Notfall keine Hilfe wäre. Sie gab uns sozusagen Zeit zum Nachdenken, lud uns zehn Tage später wieder zum Abendessen ein, und diesmal zeigte sie Jimmy ein Auto – es habe ihrem Vater gehört, sagte sie, sie brauche es nicht; ob er, Jimmy, es nicht benutzen könnte, um damit zur Universität zu fahren. Und als ob es ihr gerade jetzt eingefallen sei, sagte sie, es wäre doch wunderbar, wenn wir zu ihr zögen; wir könnten die leerstehenden Zimmer und den Wagen benutzen, Jimmy könnte uns Frauen jeden Morgen bei *Canada's Own* absetzen, dann tagsüber allein über den Wagen verfügen und uns abends vielleicht abholen und heimfahren. Oder würde ihm das zu große Mühe bereiten?

Ich beobachtete ihn und sah, wie er schon den Mund aufmachen und sagen wollte, nein, es mache ihm keine Mühe und er sei entzückt, und deshalb schaltete ich mich ein und sagte, das sei sehr freundlich von ihr, aber wir hätten eine Vereinbarung mit den Blodgetts getroffen und seien mehr oder weniger daran gebunden, und so weiter. Jedenfalls bog ich die Sache ab, und ich erinnere mich, auf der Heimfahrt im Bus stritten wir uns heftig, Jimmy und ich, und ich warf ihm vor, andere Leute auszunützen, und das war so ziemlich das Schlimmste, was ich sagen konnte, weil wir von meinen 60 Dollar wöchentlich leben mußten und er in diesem Punkt sehr empfindlich war. Ich hatte ihn beleidigt, und er sprach an diesem Abend kein Wort mehr.

Am nächsten Tag in der Bibliothek fing Mackie noch einmal davon an, und als ich nein sagte, wartete sie zwei Tage, rief dann bei den Blodgetts an zu einer Zeit, zu der sie mich abwesend wußte, gab vor, mich sprechen zu wollen, und wiederholte Jimmy gegenüber ihr Angebot. Sie sagte, sie würde sich freuen, wenn er mich umstimmen könnte, sie brauche wirklich jemanden, der bei ihr wohne, sie schlafe nachts immer unruhiger, wir würden ihr wirklich einen Gefallen tun, und so weiter. Jimmy versprach, noch einmal mit mir zu reden, was er auch tat, und wir bekamen einen zweiten Krach, einen ganz schrecklichen, bei dem sich uns die ganze Trostlosigkeit unseres Lebens im Bett und außerhalb aufs Gemüt legte und ich in Tränen ausbrach; nachdem wir uns wieder versöhnt hatten, sagte ich, na schön, wenn er es unbedingt wolle, dann würden wir eben zu Mackie ziehen.

Ich sehe, daß sich das jetzt so anhört, als hätte ich den Umzug nicht gewollt, aber so einfach ist es natürlich nicht. Ich war nie wirklich arm gewesen, und daß wir in so beengten Verhältnissen in einer Wohnung wie der der Blodgetts leben mußten, war meiner Ansicht nach mit an unseren Auseinandersetzungen schuld. Andererseits war ich auch nicht so wohlhabend gewesen wie Mackie, und der Teil von mir, der den Luxus liebt, stellte sich vor, wie wir in diesem Haus in der Prince Arthur Avenue wohnen würden, wo Hausmädchen das Essen kochten und unsere

Betten machten, und nach Butchersville (nach der Kleinstadt überhaupt) kam mir das Stadtleben großartig vor. Deshalb ist es unfair – wie es schon damals unfair war –, wenn ich die ganze Verantwortung Jimmy zuschiebe. Das alles gehörte schon zu dem Vorgang, in dessen Verlauf ich einen Teil meiner Unschuld verlor, einen Teil jener Mary Dunne, die Butchersville verließ und nie mehr zurück kann. Es geht darum, was das Geld einmal aus *mir* gemacht hat. Wenn ich aus den Fehlern der Vergangenheit etwas lernen will, ist es sinnlos, allein Jimmy die Schuld zu geben.

Am Ende jener Woche verständigte Jimmy die Blodgetts, und ich sagte Mackie, daß wir kommen würden. Ich erinnere mich, daß Jimmy in die Prince Arthur Avenue hinüberging und den Buick von Mackies Vater ausprobierte, und dann fuhren er und Mackie zurück in die Gerrald Street, um mich abzuholen und in unser neues Heim zu bringen. Es war Samstag nachmittag. Unsere Sachen waren schon gepackt und standen in der Diele, und als der Wagen eintraf, kamen Harry und Mutter aus ihrem Wohnzimmer, machten sehr feierliche Gesichter und baten uns alle herein, Jimmy und mich und die Dame, die ihnen ihre Mieter fortnahm. Dann schaltete Harry mit einer Geste, als lasse er einen nationalen Trauertag anbrechen, den Fernsehapparat ab, holte eine eigens zu diesem Anlaß gekaufte Flasche Gin (er glaubte, ich hätte einmal gesagt, ich tränke gern Gin), goß mir, Mackie, Mutter, Jimmy und sich selbst ein großes Glas voll ein und hielt eine kleine Rede. Er und Mutter würden immer an uns denken, sagte er, und sie wünschten uns alles, alles Gute und viel Glück, Kinder (wir vermieden es, uns dabei anzusehen, Jimmy und ich), ein langes Leben, und na denn prost, cheerio und wohl bekomm's. Dann gaben mir Mutter und Harry einen Kuß und schüttelten Jimmy und der Dame, bei der wir in Zukunft wohnen würden, die Hand, überreichten uns als Abschiedsgeschenk den restlichen Gin und nahmen uns das Versprechen ab, sie bald einmal zu besuchen.

Aber wir besuchten sie nicht, weder bald noch später. Zu Weihnachten bekamen wir von ihnen eine Karte mit einem lustigen Weihnachtsmann auf einem Renschlitten: »Wir denken oft an Euch und hoffen Euch bald einmal zu sehen. Mit den besten Wünschen, Harry und Mutter.« Wir wollten ihnen auch eine Karte schicken, vergaßen es aber.

Im nächsten Jahr traf wieder eine Weihnachtskarte ein, Jesus als Schäfer, umgeben von seinen treuen Lämmlein: »Mit den besten Grüßen und Wünschen, Violet Blodgett. P. S. Harry ist am 31. August heimgegangen.« Ich hatte gar nicht gewußt, daß sie mit Vornamen Violet hieß. Wir hatten nicht geschrieben, hatten nicht angerufen, hatten sie nicht besucht, ja nicht einmal eine lumpige Karte geschickt. Wir waren jung; wir hatten unsere eigenen Sorgen. Wenn es eine Hölle gibt, sollte sie für die Selbstsüchtigen sein.

Aber wir hatten unsere Sorgen, hatten sie zur Genüge. Ich sagte immer wieder zu Jimmy, wir dürften vor allem eines nicht tun, nämlich von Mackie Sachen annehmen, die wir ihr nicht vergelten konnten, also bitte laß ihren Whisky stehen, du hast gestern abend wieder zwei Glas getrunken und am Abend davor auch zwei, du darfst das nicht zur Gewohnheit werden lassen, und wer bezahlt das Benzin für den Wagen, du doch nicht, du fährst zur Tankstelle und läßt es auf ihre Rechnung schreiben, nicht wahr? Nicht wahr?

Er sagte: »Hast du dich je schon einmal selbst gehört, Mary? Du bist noch keine einundzwanzig und nörgelst schon herum wie meine Mutter, dies und das und jenes, sei jetzt still, ja?«

Ich sagte: »Ich möchte ihr nur nicht zu irgend etwas verpflichtet sein, weiter nichts.« – »Verpflichtet sind wir ihr sowieso schon«, entgegnete er, »also reg dich nicht auf. Sie hat genug Geld, sie weiß gar nicht, was sie damit anfangen soll; wenn es ihr Spaß macht, unsere gute Fee zu spielen, na, dann um so besser für sie, sage ich. Genießen wir es.«

Ich sah ihn an und fragte mich, wie ich es fertiggebracht hatte, ihn zu heiraten. Ich dachte, er sei wie ich, aber das war er nicht. Ich kannte ihn überhaupt nicht; genau betrachtet, hatte er gar keine Moral, nicht das geringste bißchen. Ich hatte mein Leben verpfuscht. O Jimmy, bitte, dachte ich, bitte, bewahr dir doch ein wenig Unabhängigkeit, nimm nicht immer Sachen an, bitte, Jimmy, bitte, ich möchte dich doch lieben, wirklich, das möchte ich.

Aber ich liebte ihn nicht. Und er nahm weiter Sachen von Mackie, trotzig wie ein Kind, das unartig ist, nachdem man es ihm gerade verboten hat. Doch war ich nicht, während ich Jimmy selbstgerecht Vorwürfe machte, genauso wie er, aß ich nicht auch Mackies Essen, das mit unserer lächerlich geringen Miete noch nicht einmal zu einem kleinen Bruchteil bezahlt war, wohnte ich nicht auch in ihrem Haus, fuhr ich nicht auch in ihrem Wagen, und was noch schlimmer war: Wußte ich nicht ganz genau, daß *ich* es war, der sie gefallen wollte, daß sie bei allem, was sie für Jimmy tat, in Wirklichkeit an mich dachte? Als was mußte ich mich unter diesen Umständen betrachten? Etwa nicht als einen Menschen ohne die geringste Moral? Denn ich wußte, was eigentlich los war, ahnte es fast vom ersten Tag an, ich wollte es mir nur nicht eingestehen. Nach der

Sache an meinem Geburtstag, meine ich. Das war doch deutlich genug.

Augenblick. Ich glaube, daß ich bei *Canada's Own Magazine* in der letzten Januarwoche anfing. Ich habe am 17. März Geburtstag, am Sankt-Patricks-Tag. Und dieses Jahr war es mein 21. Geburtstag. Aber ich wollte keine Feier in der Prince Arthur Avenue. Also sagte ich Jimmy nichts; er behielt keine Daten im Kopf, ich wußte, daß er nicht daran denken würde. Ein paar Tage vor dem Siebzehnten traf ein Geschenk von meiner Mutter ein und eines von Dick und Meg. Und eines von Tante Martha, daran erinnere ich mich noch. Ich legte die Geschenke beiseite und sagte nichts davon – ich wollte die Päckchen ganz für mich allein öffnen, wenn es soweit war.

Am Morgen des Siebzehnten stand ich früh auf und sah mir im Badezimmer die Geschenke an. Von meiner Mutter hatte ich eine Armbanduhr bekommen; was in den anderen Päckchen war, habe ich vergessen. Ich weiß noch, ich wollte die Armbanduhr sofort umlegen, aber das wäre aufgefallen, und so tat ich sie in meine Handtasche, um sie erst am Ende der Woche wieder herauszuholen, wenn ein paar Tage vergangen waren. Dann ging ich zum Frühstück hinunter, und tatsächlich, Jimmy sagte kein Wort von Geburtstag oder auch nur vom Sankt-Patricks-Tag.

Am Abend holte Jimmy uns wie üblich mit dem Buick ab, und wir fuhren nach Hause. Immer noch kein Wort von Geburtstag. Ich erinnere mich, daß ich hinaufging, ein Bad nahm und mich umkleidete, und dann ging ich hinunter; im Wohnzimmer war niemand. Es brannte kein Licht. Das war merkwürdig. Ich glaubte, eine Sicherung oder eine Birne sei kaputt, und deshalb betrat ich das Zimmer im Schein des Kaminfeuers und schritt auf die große, dreiarmige Stehlampe zu, um mich zu vergewissern, als im Nebenzimmer auf einmal das Klavier ertönte und Gert, das Hausmädchen, die Schiebetüren zum Eßzimmer öffnete, und da saß Mackie in sehr gerader Haltung am Klavier und spielte *Happy Birthday to You*, und Jimmy stand daneben und sang dazu, auch das Hausmädchen sang, und auf dem Eßzimmertisch stand eine Flasche von jenem Schaumwein, den Mackie so sehr mochte, Asti Spumante, und daneben lagen Dinge, die ganz offensichtlich Geschenke waren.

»Wie habt ihr denn gewußt, daß heute mein Geburtstag ist?« platzte ich heraus und sah dabei Jimmy und Mackie an.

»Du kannst dich bei ihr bedanken«, sagte Jimmy. »Du weißt ja, daß ich keine Geburtstage und so behalten kann.« Mackie lächelte und kam auf mich zu. »Ich bin schließlich Bibliothekarin«, sagte sie. »Da mache ich mir Notizen.« Sie küßte mich zuerst auf die linke, dann auf die rechte Wange, wie ein französischer General, und sagte: »Herzlichen Glückwunsch zum Geburtstag, mein Liebes.« Und Gert, das Hausmädchen, sagte: »Alles Gute, Miss Maria.« Und Jimmy kam, packte mich und küßte mich (wobei er mir wie üblich die Zunge zwischen die Lippen schob). Ich hörte den Schaumweinkorken knallen, und in diesem Augenblick freute ich mich, daß sie daran gedacht hatten. Ich wollte eine Feier haben. Ich war endlich einundzwanzig.

Dann – die Geschenke. Jimmy hatte mir eine Schachtel Laura-Secord-Konfekt geschenkt, und das war genau das richtige: Wir konnten uns diese Ausgabe leisten; es waren Mandeln mit Schokoladenüberzug, die ich gern aß. Gert hatte mir einen Pfefferkuchenmann mit Knöpfen aus rotem Zuckerguß gebacken und ein Paar rote Wollhandschuhe gestrickt, die zu meinem Wintermantel paßten.

Das dritte Geschenk, Mackies Geschenk, brachte mich nicht so sehr in Verlegenheit, wie ich gefürchtet hatte. Es war ein kleines goldenes Armband, recht dünn – nicht *zu* teuer, hoffte ich. Es war auf jeden Fall ein Geschenk, das ich annehmen zu können glaubte. Ich legte es um, probierte die Handschuhe an, öffnete die Konfektschachtel und hielt mit Tränen, glücklichen Tränen in den Augen mein Weinglas hoch, als Jimmy, Gert und Mackie einen Toast auf meine Volljährigkeit ausbrachten.

Und dann gab mir Mackie den Umschlag. »Und das«, sagte sie, »ist noch eine kleine Überraschung.« Ich erinnere mich, daß ich Angst bekam und den Umschlag nicht annehmen wollte, ich versuchte ihn ihr zurückzugeben und sagte, nein, wirklich, das geht nicht, das sei uns peinlich, Jimmy und mir, sie habe schon viel zuviel für uns getan, nicht wahr, Jimmy, und Jimmy pflichtete mir bei, aber in nicht sehr überzeugendem Ton (der Schuft), und natürlich gab Mackie nicht eher Ruhe, bis ich den Umschlag aufmachte. In dem Umschlag steckte ein Brief. Er lautete etwa folgendermaßen:

An Mr. Gil Cameron
Canada's Own Magazine
Toronto

Lieber Gil,
hiermit bestätige ich Ihnen den Empfang von Miss McIvers Scheck über $ 200 für Unterrichtsgebühren für Maria Phelan.
Wie Sie wissen, gebe ich sehr viel auf Ihre Meinung, was schauspielerische Talente betrifft, aber Sie werden gewiß verstehen, daß ich Miss Phelan erst nach dem

üblichen Vorstellungsgespräch in meinen Abendkurs aufnehmen kann. Bitte sagen Sie Miss Phelan, sie möchte mich anrufen, ich werde sie dann so bald wie möglich zu einem solchen Gespräch bestellen.

Mit freundlichen Grüßen

Ihre
Catherine Mosca

Wegen Catherine Moscas Schauspielschule hatte ich ja ursprünglich nach Toronto kommen wollen. Catherine Mosca gehörte zu den Gründern der New Theatre Group in New York, und ihre Schule ist die einzige gute Schauspielschule in Kanada. Zu Hause in Butchersville hatte ich davon geträumt, daß ich, wenn ich je nach Toronto käme, jede Arbeit annehmen, jeden Cent sparen und, sobald ich einen Teil der Unterrichtsgebühren zusammen hätte, mich zu einem ihrer »Vorstellungsgespräche« anmelden würde. Als wir dann tatsächlich nach Toronto kamen, ging es zunächst um Jimmys berufliche Fortbildung, und so hatte ich, als er wieder zu studieren begann, meine Pläne für ein Jahr zurückgestellt in der Hoffnung, daß er sein Examen machen und dann in der Lage sein würde, meinen Unterricht zu finanzieren. Und nun stand ich hier und starrte auf einen Brief, in dem stand, daß die Gebühren bereits bezahlt waren und das Vorstellungsgespräch von meinem Anruf abhing, und es hätte jetzt eigentlich so sein müssen, als ob ich das große Los gezogen hätte. Statt dessen dachte ich daran, was einige Wochen vorher geschehen war.

Wir saßen in der Kantine, als Gil Cameron hereinkam, der Theaterkritiker von *Canada's Own*. Mackie machte mich mit ihm bekannt. Ich war zwanzig und theaterbesessen; einem Menschen zu begegnen, der das Leben auf der

Bühne kannte, war eine aufregende Sache, und ich erinnere mich, daß ich mit der Frage herausplatzte, ob er Catherine Mosca kenne, und er war sehr nett zu mir, sehr liebenswürdig, und sagte, ja, warum? Und da erzählte ich ihm von meinem Traum – daß ich schon immer nach Toronto hatte kommen und Geld sparen wollen, um bei Catherine Mosca Unterricht zu nehmen, und daß ich beim Dominion Drama Festival in Halifax den ersten Preis errungen hatte und so weiter und so weiter, ich errötete, errötete, warum bin ich nicht still geblieben?

Nachher kam ich mir töricht vor und sagte das auch zu Mackie. Ich weiß noch, sie fragte, ob Miss Mosca auch Abendkurse habe, und ich sagte, das wisse ich nicht. Und dann vergaß ich den Vorfall wieder. Bis ich nun diesen Brief las. Im Rückblick sehe ich, daß ich, wenn ich den Drang, die Portion Eigenliebe und Härte besessen hätte, die man zum Erfolg braucht, Mackie einen Kuß gegeben und ihr für die Starthilfe gedankt hätte. Statt dessen war ich von Scham und Haß erfüllt, ich stellte mir vor, wie sie das alles hinter meinem Rücken eingefädelt hatte, wie sie den armen Gil Cameron dazu brachte, mir ein »schauspielerisches Talent« zu bescheinigen, wie sie anrief und sich nach den Abendkursen erkundigte, wie sie ihren Scheck ausstellte und dann Gil Cameron veranlaßte, ihn mit einem persönlichen Begleitbrief an Miss Mosca abzuschicken.

»Nein«, sagte ich, »das kann ich nicht annehmen.«

Ich legte den Brief auf den Tisch, griff nach meinem Glas und versuchte zu trinken. »Aber das ist doch Unsinn, Maria«, sagte Mackie. »Das lassen wir nicht zu, nicht wahr, Jimmy? Es ist nicht einmal ein Geschenk, es ist – nun, sagen wir, ein Darlehen, bis Sie es als Schauspielerin zu etwas gebracht haben. Sie können es mir später einmal zurückzahlen. O Maria, das müssen Sie doch einsehen. Wir wissen, daß Sie das Zeug zur Schauspielerin haben, das wissen wir genau. Nehmen Sie es nur an, und freuen Sie sich darüber, um unseretwillen.«

»Ich kann nicht.«

»Aber warum nicht, Liebes, warum nicht.«

Wie konnte ich es ihr sagen, wie konnte ich ihr sagen, daß ich mich verraten fühlte? Ich hatte meine geheimen Wünsche ausgeplaudert, und als Folge davon hatten sich Fremde in meine privaten Träume eingeschaltet. War es ihr denn nicht klar, daß ich nun nie mehr zu Catherine Mosca gehen und mich auf offene, ehrliche Weise bei ihr bewerben konnte? Ich hätte am liebsten geweint; es war mein 21. Geburtstag, und ich wußte, ich sollte mich wie ein Erwachsener benehmen, aber ich fühlte mich nicht erwachsen, ich kam mir wie eine Zehnjährige vor. Sie hatten alles verdorben. Dies alles ging mir durch den Kopf, als ich das Glas zurückstellte, eine Entschuldigung murmelte und mich umwandte, um auf mein Zimmer hinaufzurennen; dabei beobachtete ich, wie Mackie etwas Unverzeihliches tat: Sie hob die Hand, um Jimmy und das Hausmädchen zurückzuhalten, weil sie, die selbstgefällige Mackie, »die Sache in die Hand nehmen« wollte. Diesmal wirst du das nicht, dachte ich, diesmal nicht, das wollen wir doch sehen. Ich rannte wie von Sinnen die Treppe hinauf und schloß die Schlafzimmertür hinter mir zu.

Ihre Stimme. Ich habe sie heute noch im Ohr.

»Maria?...«

»Maria, wollen Sie nicht herunterkommen und etwas essen? Gert hat Ihnen einen Geburtstagskuchen gebakken...«

»Maria, dieser Unterricht soll kein Geschenk sein, Sie können mir das Geld ja zurückzahlen. Ich verspreche es Ihnen...«

»Maria, ich wollte Ihnen doch nur helfen. Wir sind in ganz trübseliger Stimmung unten beim Abendessen. Wir brauchen Sie...«

»Maria, ich möchte mich entschuldigen. Ich sehe ein, es war aufdringlich von mir, ich hätte das nicht tun dürfen. Aber ich hatte keine Ahnung, daß ich Sie damit verletzen würde. Ich habe Sie doch wirklich sehr gern.«

Dann kam Jimmy die Treppe herauf.

»Mary, um Gottes willen...«

»Mary? Laß das doch jetzt...«

Er begann zu singen:

»Happy birthday to you,
Happy birthday to you,
Happy birthday, lieber Trotzkopf,
Happy birthday to you.«

Auch das nützte nichts. Er ging hinunter und setzte sich wahrscheinlich zum Abendessen an den Tisch. Aber sie kam sofort wieder herauf.

»Maria, ich habe nachgedacht. Ich rede morgen mit Gil, er soll Miss Mosca noch einmal schreiben und ihr sagen, daß es ein Irrtum war, Sie wollten mit der Bewerbung noch warten. Einverstanden?«

»Ja«, sagte ich.

»Gut. Dann kommen Sie jetzt herunter, Sie müssen doch etwas essen.«

»Nein.«

Ich weiß, es war kindisch von mir, aber *verdammt noch*

mal. Später, eine ganze Weile später, wie mir schien, klopfte Jimmy und fragte, ob er hereinkommen könne. Mackie sei zu Bett gegangen, sagte er, und er sei müde und wolle sich auch schlafen legen.

Ich rief durch die Tür: »Würde es dir etwas ausmachen, ausnahmsweise einmal auf der Couch im Arbeitszimmer zu schlafen?«

»Na schön«, sagte er.

Er ging. Es war das erste Mal, daß wir getrennt schliefen seit jener dritten Nacht unserer Ehe, die wir in den Häusern der Christlichen Vereine verbrachten. Vielleicht war dies, das Getrenntschlafen, das Schlimmste, was ich an diesem Abend tat, denn es schuf einen Präzedenzfall.

Doch nein, daß ich ihn fortschickte und er allein schlafen mußte, war nicht das Schlimmste, das Schlimmste war, daß ich Stunden später, mitten in der Nacht, aufstand und ins Wohnzimmer hinunterging, und dort, in dem Briefständer auf der Anrichte, war der Brief von Catherine Mosca. Ich las den Brief. Ich las ihn zweimal. Und das Allerschlimmste, das Verwerflichste überhaupt war, daß ich mich am nächsten Morgen entschuldigte. Ich versöhnte mich mit Mackie und gab den letzten Rest meiner Unabhängigkeit auf; eine Woche später wurde ihr Scheck eingelöst, ich hatte das Vorstellungsgespräch hinter mir und war in Catherine Moscas Abendkurs aufgenommen.

Wenn ich bei Miss Mosca nicht ernsthaft gearbeitet hätte, würde ich vielleicht noch immer glauben, zur Schauspielerin geboren zu sein. »Eine sogenannte Schauspielerin«, wie Ernie heute abend sagte, erfüllt von jenem Haß auf Schauspieler, den man bei so vielen Menschen antrifft.

Natürlich haßt Ernie nicht Schauspieler schlechthin, er haßt insbesondere mich. Komisch, ich habe nicht mehr an ihn gedacht, seit er gegangen ist. Trotz allem, was heute abend geschah, gelang es mir, ihn aus meinen Gedanken zu verbannen. Vielleicht ist das das Typische an Ernie, daß er keinem lang im Gedächtnis bleibt. Mir war er bis heute abend völlig aus der Erinnerung entschwunden, und doch frage ich mich, wie ich all jene Ereignisse vergessen konnte.

Ich hätte mich an ihn erinnern sollen. Ich hätte so etwas wie eine warnende Vorahnung haben sollen, als ich das L. O. MacDuff im Notizbuch des Portiers las. Aber natürlich ist, wie alles andere, was Ernie betrifft, das mit L. O. MacDuff nichts, woran man sich erinnern würde. Nur er selbst erinnert sich an so etwas.

Etwa eine halbe Stunde nachdem ich Mama in Butchersville anzurufen versucht hatte, klingelte das Telefon erneut. Terence geht immer an den Apparat, wenn er zu Hause ist. Gleich darauf hörte ich ihn aus dem Arbeitszimmer rufen.

»Für dich, Mary.«

Als ich im Wohnzimmer den Hörer abhob, vernahm ich im Hintergrund die Stimmen von Beau und Sam. Dann hörte Terence, daß ich am Nebenapparat war, und legte bei sich auf, und auf einmal herrschte am anderen Ende der Leitung ein eigenartiges, drückendes Schweigen.

»Hallo?« sagte ich.

»Maria?« Eine Männerstimme.

»Wer ist da?«

»Ich bin's.«

»Tut mir leid – wer, bitte?«

»L. O. MacDuff. Ich hatte doch eine Nachricht hinterlassen.«

»Ach so, ja«, sagte ich. »Aber es tut mir leid – ich habe ein furchtbar schlechtes Namensgedächtnis.«

»Nun stell dich nicht so an, Maria«, erwiderte er. »Hier spricht Ernie Truelove. Erinnerst du dich nicht mehr an den Spitznamen, den du mir gegeben hast?«

»O Gott – hallo, Ernie.«

»Du *hast* dich aber doch noch daran erinnert, du hast eben nur Spaß gemacht, nicht wahr?«

»Bist du auf einer Ferienreise hier?« fragte ich, weil ich das mit dem Namen abschließen wollte.

»Nur für ein paar Tage. Ich muß morgen früh wieder nach Montreal zurück. Deshalb habe ich ja angerufen. Ich – ehem – ich dachte mir – ehem – ich könnte dich und deinen Mann heute abend zu einem Drink einladen. Weil es mein letzter Abend ist und so weiter, na ja. Ich möchte das gern mit jemandem feiern, den ich kenne. Und – na ja, du bist der einzige Mensch, den ich hier kenne. Ganz abgesehen davon, daß du der einzige Mensch bist, den ich gern sehen möchte, selbst *wenn* ich hier noch andere Bekannte hätte.«

»Ja, gut«, sagte ich, »aber ich muß noch Terence fragen.«

»Paß mal auf, wenn du zu tun hast, ich meine, wenn du eine andere Verabredung hast, dann habe ich natürlich dafür Verständnis. Ich kann mir vorstellen, daß du mit allen möglichen interessanten Menschen verkehrst. Ich meine, wo du mit Terence Lavery verheiratet bist und so. Verstehst du –« seine Stimme wurde laut und tat meinem Ohr weh –, »ich meine nur, du brauchst dich nicht zu genieren, sag's mir ruhig, ich wollte eben nur auf jeden Fall angerufen haben.«

Nun war es an mir, lauter und erregter zu sprechen. »Das ist doch Unsinn, ich wollte Terence nur fragen, ob –«

»Sei ganz offen zu mir«, unterbrach er mich. »Wir sind ja schließlich alte Freunde.«

»Nein, ich wollte gerade vorschlagen, daß du zum Abendessen zu uns kommst.«

»Oh, ich will aber nicht, daß du dir Mühe machst. Nicht deshalb habe ich angerufen. Ich wollte *euch* einladen.«

»Das macht mir weiter keine Mühe«, sagte ich. »Es wäre uns ein Vergnügen.«

»Wunderbar.« Er schien erfreut zu sein. »Ich interessiere mich für die Sachen, die dein Mann schreibt, weißt du. Hör mal – kann ich eine Flasche irgendwas mitbringen?«

»Nein, nur dich selbst«, sagte ich. »Ist dir sieben Uhr recht?«

»Ich komme, wann du willst. Sieben ist mir recht. Übrigens –« eine lange Pause, dann fuhr er fort –, »weißt du, daß – ehem – daß Hat bei mir wohnte, als er starb?«

»Nein, das wußte ich nicht«, sagte ich, und da ahnte ich, daß er gleich etwas sagen würde, was ich nicht hören wollte.

»Ja, er wohnte bei mir. Er hat oft von dir gesprochen, Maria. Ich meine – na ja, er hat dich bis zuletzt geliebt.«

»Oh?« sagte ich. Was hätte ich darauf schon sagen können?

»Ja – ich dachte, ich sage dir das, ich meine, was er dir vielleicht auch gesagt oder geschrieben hat, er hat dich geliebt. Ich erwähne das jetzt nur, weil heute abend vielleicht keine Gelegenheit dazu sein wird, ich meine, in Gegenwart deines Mannes und so.«

»Vielen Dank. Also dann bis um sieben, Ernie.«

»Ja, bis um sieben. Weißt du, ich freue mich sehr, Maria.«

»Ich auch. Bis dann.«

»Bis dann«, sagte er. »Schlag zu, Macduff.«*

Er legte auf. Ich erinnere mich, daß ich dachte, das ist es, »Schlag zu, Macduff« war sein Slogan, er gebrauchte ihn bei jeder Gelegenheit. Ich dachte, hoffentlich langweilt er Terence nicht zu Tode, und dann fiel mir wieder ein, was er gesagt hatte, das eine, das, woran ich nicht denken wollte, und das brachte mich von neuem gegen Hat auf. Ich konnte Hat deutlich vor mir sehen, wie er in Ernie Trueloves Wohnung in Montreal saß, einen Scotch in der Hand, die wilden Augen auf seinen Zuhörer gerichtet, während er sehr dramatisch schilderte, wie er zu mir stand – daß er mich liebte, daß er mich, verflucht, immer lieben würde, denn weißt du, Ernie, Mary war die Frau, die ich wirklich geliebt habe, sie war die Liebe meines Lebens. Und dann durch die Blume (oder auch nicht so sehr durch die Blume) die alte Selbstmorddrohung und die letzten Gefühlsregister gezogen, um sicherzugehen, daß Ernie ihn nicht allein lassen würde. Denn Hat war ein vollendeter Schauspieler, die Selbstmorddrohung war die Aufforderung, daß sich sein Zuhörer um ihn Sorgen machte. Oh, wieso eigentlich habe ich so oft um ihn weinen können, seit ich von seinem Tod erfuhr?

Ich legte den Hörer auf und dachte, warum habe ich Ernie Truelove zum Abendessen eingeladen? Warum habe ich mich selbst der Gefahr ausgesetzt, daß wieder stundenlang Hat-Reminiszenzen wachgerufen werden?

Ich zitterte. Adrenalin oder Angst, ich weiß es nicht, aber in diesem Augenblick wünschte ich Terence mit ganzer Willenskraft herbei, und da erschien er schon wie

* L. O. = Lay on, d. h. schlag zu! (Anm. d. Übers.)

durch Magie gerufen und ging an der Wohnzimmertür vorüber, um Beau und Sam hinauszubringen.

»Bye, Martha«, sagte Sam.

»Bye, Schatz«, sagte Beau.

Sie zogen in der Diele ihre Jacken an. Ich bemerkte, daß sie beide sandgraue Schuhe trugen. Sam hatte einen grobgestrickten grünen Sweater und Beau ein kastanienbraunes Hemd aus Schweizer Velours an. Beide hatten sich flache britische Tuchmützen angeschafft. Beau hat ein sehr dickes Gesicht, und als er die Mütze aufsetzte, sah sie aus wie ein Deckel auf einem Kochtopf. Und Sam – nun, Sam war einfach zu alt für eine derart modische Kleidung.

»Wir sprechen weiter darüber«, versicherte Beau Terence.

»Ja, wir bleiben in Verbindung miteinander«, bestätigte Sam.

»*Ciao*«, sagte Terence, winkte ihnen nach und schloß die Tür, dann drehte er sich um und kam lächelnd auf mich zu, und ich stürzte in seine ausgebreiteten Arme und preßte mich an ihn, denn in seiner Umarmung schwanden meine Ängste. Ich hielt ihn fest und wurde von ihm festgehalten. Ich war geborgen. Ich legte mein Gesicht an das Revers seiner Tweedjacke und rieb mich daran wie eine Katze.

»So, so, Martha«, sagte er. Wir lachten. »Tatsächlich«, setzte er hinzu, »sie kennen deinen Namen nicht.«

»Wer kennt ihn schon?« sagte ich. »Manchmal weiß ich ihn selbst nicht.«

»Wer ist L. O. MacDuff?« fragte Terence, indem er mich plötzlich ein Stück von sich hielt und mich ansah. »Eine alte Liebe?«

»Nein, nein. Aber er kommt zum Abendessen. Tut mir

leid, ich bin nicht drum herumgekommen, ich erzähle es dir gleich. Hättest du gern eine Tasse Tee?«

»Ja. Und ich würde sagen, wir gehen auf mein Zimmer hinüber und plaudern ein bißchen.«

Er drehte mich zu seinem Arbeitszimmer hin und fragte: »Angenehmen Tag gehabt?« Und ich sagte, ohne zu überlegen: »Nein, ich hatte einen schrecklichen Tag, er fing schon gleich schlecht an, und –« Ich hielt inne – ich wurde mir bewußt, daß ich mich dieser Tage ständig zu beklagen schien. Ich muß anderen neurotisch, egozentrisch vorkommen und rede immer von Banalitäten, ich weiß gar nicht, wie er mich noch mögen kann. Und so nahm ich einen neuen Anlauf und sagte: »Das heißt, es war eher ein ganz merkwürdiger Tag, ich war doch zum Lunch mit Janice Sloane verabredet, und das war wirklich sehr eigenartig.«

»Eigenartig?«

»Es würde Jahre dauern, dir alles genau zu schildern, aber etwas Interessantes habe ich bei der Gelegenheit erfahren. Weißt du noch, daß wir uns immer gefragt haben, wer Hat von dir und mir erzählt hat? Dreimal darfst du raten – es war Janice.«

Aber Terence war daran nicht interessiert, das ist Vergangenheit, und er denkt nie an Vergangenheit. Er küßte meinen Nacken. »Ich möchte jetzt etwas über diesen L. O. MacDuff hören«, sagte er, »unseren mysteriösen Gast nachher beim Abendessen. Ich wette, der Gute ist ein alter Verehrer von dir.«

»Unsinn«, entgegnete ich, doch noch während ich dies sagte, entsann ich mich, daß Ernie mich ein paarmal ausgeführt hatte, und ganz verschwommen – denn ich war damals beschwipst gewesen – trat mir ein Abend vor

Augen, als Ernie geweint hatte. Aber das war auch alles, woran ich mich in diesem Augenblick erinnerte, es war nicht mehr als ein Nadelstich, ich schlug mir das Bild gleich aus dem Sinn. »Hör erst mal zu«, sagte ich. »Was meinst du, wie er mit richtigem Namen heißt? Ernest Truelove.«

»Kein Wunder, daß er sich da den MacDuff zugelegt hat. Martha, ich glaube, du machst Witze.«

»Hör auf, mich Martha zu nennen«, sagte ich, »sonst glaube ich noch, ich heiße wirklich so.« Wir waren jetzt in der Küche. Ich füllte den Kessel mit Wasser und beschloß, Terence von dem seltsamen Vorfall heute morgen im Frisiersalon zu erzählen, aber er fragte: »Teebeutel oder Tee?«, und ich sagte, Teebeutel genügen, und er ging in die Vorratskammer, wo er mich nicht hören konnte, um die Teebeutel zu holen. Als er zurückkam, fühlte ich mich schon wieder recht zittrig, und als ich sprach, schwankte meine Stimme. »Ich meine, mit Namen ist das ganz merkwürdig«, sagte ich. »Heute hatte ich einen ganz komischen Tag, es fing schon am Morgen damit an, daß ich meinen Namen nicht wußte, als die Frau beim Friseur mich danach fragte, ich konnte mich einfach nicht erinnern, ich war bei Bewußtsein, wußte aber nicht, wer ich bin. Es war wie damals in Juárez, ich glaube, ich habe dir davon erzählt, eine richtige Panikstimmung...«

Aber er kam auf mich zu, hielt mich fest und drückte mich an sich. »Nun mal ganz ruhig. Reg dich nicht auf.«

»Und als ich mich dann wieder erinnerte, glaubte ich, ich hieße noch Phelan. Was nun wirklich niederdrückend war.«

Als ich *niederdrückend* sagte, wurden Terence' Augen

ausdruckslos. Ich glaube manchmal, er hat das Gefühl, daß etwas mit mir nicht stimmt, daß ich psychisch nicht in Ordnung bin. »Ach komm«, sagte er. »Das sind einfach deine Tage.«

Aber er sah mich dabei forschend an, und ich dachte im stillen, er glaubt, ich bin verrückt, doch, das glaubt er. Meine Hand bebte, als ich heißes Wasser in die Teekanne goß. Ich versuchte in beiläufigem Ton zu sprechen.

»Es war sehr komisch, das mit meinem Namen. Wirklich. Wer bin ich eigentlich. All diese Namen – wer bin ich?«

»Du bist Ma-ry, Ma-ry«, sang er, »und das ist ein schöner a-a-lter Na-ame.«

»Irrtum. Frag Sam. Mein Vorname ist jetzt Martha.«

Er lachte, und hätte ich es dabei bewenden lassen, wäre alles in Ordnung gewesen, die ganze Sache hätte als ein Witz gegolten. Aber wenn ich nervös bin, kann ich keine Ruhe geben, ich muß weitermachen, und so machte ich weiter und sagte: »Im Ernst, Dunne, Phelan, Bell, Lavery – versetz dich in meine Lage, würdest du dich immer richtig erinnern? Ich meine, ist es da ein Wunder, daß ich mich jetzt nicht mehr an meinen Namen erinnere, wenn mich einer danach fragt?«

Er nahm das Tablett. »Wenigstens bist du nicht L. O. MacDuff alias Ernest Trueblood. Gehen wir mit dem Tee auf mein Zimmer.«

»*True-love*«, verbesserte ich ihn.

»Noch schöner«, sagte er. »Und – *war* er eine ›wahre Liebe‹?«

»Was soll das heißen?«

»Na ja, er hörte sich so wie ein alter Freund von dir an. Ist er einer?«

»Natürlich nicht. Du glaubst, jeder Mann, dem ich begegne, ist einer meiner alten Freunde.«

»Entschuldige. Nimm du die Teekanne mit, ja?«

»Ja.« Ich trat in die Diele hinaus. »Aber vielleicht kann man ihn doch einen Freund nennen, wenn du so willst. Ich bin ein paarmal mit ihm ausgegangen.«

»In Montreal?«

»Ja. Nachdem es mit Jimmy und mir aus war. Hat war in Europa, und es sah so aus, als würde seine Frau nicht in die Scheidung einwilligen. Ernie arbeitete in unserem Büro. Er lud mich ein paarmal zum Abendessen ein, und ich fühlte mich einsam und bin mitgegangen.«

Terence stieß die Tür zu seinem Zimmer auf und stellte das Teetablett auf dem langen Arbeitstisch ab. »Ja, das ist komisch. Als ich ihm sagte, ich würde es dir ausrichten und du würdest ihn zurückrufen, da sagte er, er werde in seinem Zimmer auf den Anruf warten. Ich sagte, das brauche er doch nicht, und da wurde er ganz aufgeregt und sagte: ›Nein, nein, das verstehen Sie nicht, es ist wichtig für mich, daß ich sie sehe, sehr wichtig.‹ Da sagte ich: ›Schön, schön, aber ich habe leider Ihren Namen nicht verstanden‹, und da schien er zu zögern und dann sagte er: ›Bestellen Sie ihr einen Gruß von L. O. MacDuff, sie wird dann schon wissen, wen Sie meinen.‹ Diese Antwort kam mir sehr komisch vor.«

»Das ist ein Spitzname, den ich ihm damals gab. Er sagte immer: *›Lead on, Macduff.‹*«

»Ich glaube, es heißt *›lay on‹*«, erwiderte Terence. »*›Lay on, Macduff.‹* Das sagt doch wohl Macbeth ziemlich am Schluß des Stücks.«

An der Wand seines Arbeitszimmers hat Terence Drucke und Fotografien der großen Männer hängen, die er bewundert. Ich blickte zur Wand, sah die berühmten Gesichter und dachte, vielleicht glaubt mir Terence nicht, vielleicht glaubt er, ich hätte viele Männer gehabt, bevor ich ihn kennenlernte. Für die Lüge von meiner Promiskuität habe ich mich bei Hat zu bedanken, so etwas braucht ein Mann nur einmal zu sagen, gleich glauben es ihm alle anderen.

Von der Wand blickte Dostojewski, bärtig wie ein biblischer Patriarch, geringschätzig auf mich herab. Über ihm sah Proust – eine sehr frühe Fotografie – mit ruhigen elliptischen Augen durch mich hindurch. Yeats auf dem Porträt von Augustus John ignorierte mich, um sich der Kontemplation irgendeiner reinen Schönheit hinzugeben, die ich nie sein würde. Alle waren Männer, alle Männer urteilten über mich, alle Männer waren unfair, so wie Hat unfair war, und in meinem irrationalen Spannungszustand schien mir, als klage Terence mich an, eine Affäre mit dem dummen Ernie Truelove gehabt zu haben, aber was noch schlimmer war: Irgendwo im Hintergrund meines Panikgefühls trieb sich die Erinnerung an einen weinenden Ernie herum, ich konnte mich nicht mehr entsinnen, warum und wann er geweint hatte, aber hier im Angesicht dieser großen und berühmten Männer war ich wieder einmal schuldig, ich wußte zwar nicht, wessen, aber ich war schuldig, ja, schuldig, von mir selbst schuldig gesprochen.

Ernie in Tränen aufgelöst – wieso konnte ich mich nicht erinnern, bei welcher Gelegenheit das gewesen war? Was ist mit meinem Gedächtnis geschehen? Ich starrte die Wand an, während Terence Tee eingoß. Dostojewski, Proust, Tolstoi, Yeats. Sie wußten, wer sie waren, und weil sie das wußten, werden auch wir, die Nachwelt, es immer wissen. Sie schrieben, deshalb sind sie, wogegen ich lustlos, von einer schmachvollen Panik erfüllt, auf dem Sofa saß – ich war namenlos und verloren. Ich sah Proust an, den Flaneur, der um seines Werkes willen auf die Welt verzichtete. Ich dachte an seinen Tod, an die letzten Korrekturbogen auf dem Bett des Todkranken, als das Werk nach fünfzehn Jahren endlich vollendet war. Und während ich Prousts fremdartige Augen anstarrte, begehrte in mir ein Selbstverteidigungsinstinkt auf, der die unerträgliche Last des Vorwurfs von mir wälzen wollte, und ich dachte, warum hängt sich Terence diese großen Männer an die Wand, er, der so schnell bereit ist, mich der Promiskuität zu zeihen? Fürchtet Terence nicht, daß man auch über ihn urteilen könnte? Mein Gott, wenn ich daran denke, die Arroganz eines Mannes, der es wie er fertigbringt, einer doch eher trivialen Tätigkeit nachzugehen unter den prüfenden Blicken von Geistern wie Tolstoi und Yeats! Proust gab um seines Werkes willen eine Welt auf. Terence würde nicht einmal auf eine Party verzichten.

Und dann erhob sich Terence, als hätte er meinen plötzlich aufwallenden Zorn gespürt, und legte eine Chopin-Platte auf. Keiner kennt so gut wie er meine Stimmungen, und er hatte recht, Musik war in diesem Augenblick das beste. In meiner Gemütsverfassung konnte Musik Tränen auslösen, und die Tränen besänftigen mich, während weiteres Reden, wie er wohl wußte, mich dazu bringen konnte, daß ich einen Vorwand zu einem Streit mit ihm suchte.

Ich starrte wiederum die bärtigen Patriarchen an, hörte Brailowsky zu einer Mazurka ansetzen, versuchte an den wasserklaren Klang der Musik zu denken, aber ich befand mich am Rande des Abgrunds, am Rande jenes Gemütszustands, in dem ich mir alles zum Vorwurf mache, eines

Zustands, in dem nicht mit der Welt, sondern mit mir etwas nicht in Ordnung ist, und ich ermahnte mich, sei ruhig, ganz ruhig, lausche dieser Mazurka, laß die Musik in deinen Kopf eindringen und alle Gedanken verjagen.

Die Musik schwoll an, hüllte mich ein, und ich wandte mich um und sah Terence an, der sich auf der Couch ausgestreckt hatte und den *New Statesman* las. Er streifte sich mit den Zehen des einen Fußes den braunen Mokassinschuh des anderen Fußes ab. Der Schuh fiel zu Boden. Dann wiederholte er die Prozedur mit dem anderen Fuß. Dieser Schuh fiel nicht herunter, sondern blieb auf der Couch liegen, und ich fixierte den Schuh mit dem Blick und dachte, ich will an weiter nichts als an diesen Schuh denken, ich will den Schuh betrachten und der Musik lauschen und überhaupt nicht denken. Ich-will-nicht-denken.

Terence beobachtete mich. Er tat nur so, als lese er die Zeitung. Ich wußte, daß er ahnte, welch häßliche Gedanken mir gerade durch den Kopf gingen, und daß er mich jetzt im stillen fragte, was ich denn aus meinem Leben gemacht hatte, daß ich das Recht zu haben glaubte, ihm vorhalten zu können, was er aus dem seinen gemacht hatte.

Und ich sagte zu mir, ich lasse mich nicht mit ihm auf einen Streit darüber oder über irgend etwas anderes ein. Aber es nützte nichts. Ich geriet in einen stummen Streit mit mir selber. Ich sagte zu mir, nun hör mal zu:

Das Leben braucht keinen großen Sinn und Zweck zu haben.
Keinen
großen
Sinn und

Zweck.

Gewöhnliche Menschen leben ein gewöhnliches Leben (sagte ich zu mir).

Es braucht keinen großen

Sinn und

Zweck zu haben.

Denk nur an die Frauen. Die meisten Frauen leben nicht einmal ein Leben in stiller Verzweiflung. (Stille Verzweiflung ist viel zu dramatisch.) Die meisten Frauen leben ein Leben, das aus Geschirrspülen besteht, sie erledigen die Hausarbeit des einen Tages und bereiten sich auf die des nächsten vor, bis auf einmal der Mastdarmpolyp entdeckt wird oder das Herz stehenbleibt und alles vorbei ist. Und was von ihnen bleibt, ist ein Name auf einem Grabstein.

Aber es nützte nichts, Terence urteilte über mich, ich wußte, was er dachte, und so urteilte ich auch über ihn. Ich blickte auf zu Dostojewski an der Wand und dachte, sag mal, Fjodor, hättest du deinen Roman liegenlassen um einer bombensicheren Sache willen, eines kleinen Musicals, wie Terence' das getan hat? Ganz klar, das hättest du nicht, Fjodor. Aber diese kleine Revue in London, die ist eigentlich Terence' bekanntester Erfolg. Ich erinnere mich an den Nachmittag nach der Premiere, wir fuhren zu dem Theater in der Shaftesbury Avenue, um uns die am Schirmdach über dem Eingang als Reklameslogans angebrachten Rezensionsschlagworte anzusehen, und der Theaterdirektor kam heraus und fotografierte uns mit einer Blitzlichtkamera unter den lobenden Worten der Kritiker. »Schönster Spaß seit Jahren – *Times.*« – »Lachte Tränen – *Sketch.*« – »Reizend, zeitgemäß – *Mirror.*« Ich stand Arm in Arm mit Terence da, in die Kamera lächelnd, stand da in einem Nieselregen und war traurig hinter der

Maske meines Lächelns, bekümmert wegen des Schauspiels, das Terence aufgegeben hatte, weil »sie« gesagt hatten, das Publikum werde es nicht mögen, weil »sie« ihn gedrängt hatten, dieses Musical zu schreiben, und jetzt sahen »sie« sich gerechtfertigt durch die an dem Schirmdach über uns zitierten Banalitäten. Wie kannst du es wagen, über mich zu urteilen, Terence, sagte ich zu mir und starrte ihn an, während er seine Zeitung zu lesen vorgab, wie kannst du es wagen? Ich will dir etwas sagen, Terence. Wenn du zeitgemäß bist, dann wirst du nie der Zeit voraus sein oder außerhalb der Zeit stehen, wie dies für das Genie gilt, für Proust, für Dostojewski. Ich starrte ihn an, und ich war wieder mein verrückter Zwilling, und ich dachte, ja, ja, ja, du solltest dich weniger um den Erfolg kümmern. Hörst du, Terence?

Es gibt mehr im
Leben als den
sofortigen
Erfolg.

Und während ich so dasaß und ihn anstarrte mit zornigen Tränen in den Augen und nicht auf den Chopin hörte, drehte sich Terence, mein Liebling, um und blickte mich an, und da sah ich, daß sich der verrückte Zwilling wieder einmal geirrt hatte, Terence hatte kein Urteil über mich gesprochen, das tut er nie, und wer war ich, daß ich so häßlich über ihn zu Gericht saß, die ich mich aus dem Fenster stürzen würde, wenn ihm etwas zustieße, denn was ich zu Hat gesagt hatte, gilt noch immer, Terence ist mein Erlöser, er erquicket meine Seele, er hat mich glücklich gemacht, und ich sollte mich schämen, daß ich ihn so haben möchte wie den alten Fjodor (mein Gott, dachte ich, stell dir vor, du müßtest mit diesem bärtigen Irren mit seiner Spielerleidenschaft und seinem krankhaften Verlangen nach kleinen Mädchen ins Bett gehen), welche normale Frau wünscht sich schon ein Genie als Ehepartner, was tut es, was die Nachwelt über Terence sagt, werde ich denn etwa noch dasein, um das Schweigen dieser zukünftigen Jahre hören zu können, nein, natürlich nicht.

Ich hatte den Kopf zur Seite gedreht, damit Terence meine Tränen nicht sah, und jetzt wischte ich mir die Augen und blickte wieder zu ihm hin, aber plötzlich – ich weiß, es klingt unvernünftig, aber ich ertappte ihn dabei, wie er mich sehr kalt und forschend ansah, und ich dachte, ja, er glaubt, ich werde verrückt, er versucht herauszufinden, wie schwach und wacklig ich bin. Und als ich ihn so anstarrte, lächelte er, ein falsches, gekünsteltes Lächeln, und ich lächelte zurück, weil ich mich vor ihm fürchtete, ja, fürchtete, *obwohl ich wußte, daß sich nur ein Verrückter vor Terence fürchten kann.* Also *war* ich verrückt, und ich lächelte und lächelte und hoffte, ihn täuschen zu können, denn wenn ich nicht meine verrückte Seite unter Kontrolle behielt, würde sogar Terence, der gute, liebe Terence, nach dem Hörer greifen und den Arzt verständigen, die Papiere unterschreiben (es ist das Beste für dich, Mary), mich fortschaffen und in eine Nervenheilanstalt einsperren lassen.

Und wenn sie mich dort einsperren, dann werde ich wirklich den Verstand verlieren, weil ich zu den Menschen gehöre, die sehr empfänglich für ihre Umgebung sind; wäre ich mit Verrückten zusammen eingesperrt, würde ich anfangen, sie nachzuäffen (das hört sich verrückt an: »sie nachzuäffen«), ich meine, wenn ich unter solche Leute gesteckt werde, dann könnte mich das so sehr erschüttern, daß ich tatsächlich erkrankte, ich meine, zeitweilig geistesgestört wäre, und das könnte dann zu einer ständigen Geistesgestörtheit führen, und dann würde man mich endgültig aufgeben; all dies ging mir durch den Kopf, während ich dasaß und Terence, meinen Feind, feige anlächelte, und ich begann im stillen ein Bußgebet zu sprechen, o mein Gott, es tut mir herzlich leid, daß ich gegen dich gesündigt habe; weil du so gut bist, will ich nie mehr gegen deine Gebote verstoßen und will mein Leben ändern.

Und jetzt, liebe Mutter Gottes, wurde es wirklich schlimm, ich glitt über den Klippenrand und lächelte Terence an, der von der Couch aufgestanden war und auf mich zukam, und ich lächelte, du siehst, mit mir ist alles in Ordnung, das mit dem Namen-Vergessen heute, das war nur ein Scherz, Terence, mein Liebling, mir geht es gut, du siehst ja, ich lächle dich an, und jetzt streckst du die Hand aus, um die meine zu ergreifen, aber wenn ich dich meine Hand anfassen lasse, wirst du entdecken, daß ich zittere, und deshalb willst du natürlich meine Hand anfassen, eben um zu sehen, ob ich zittere, ja, du willst meine Hand nicht aus Liebe halten, sondern wie ein Arzt, um mir den Puls zu fühlen, aber das habe ich durchschaut, mein Liebling, deshalb umarme ich dich ganz fest und drücke mich an dich, daß ich meine bebenden Hände in die Gewalt bekomme, und ich küsse dich und ziehe dich mit mir herunter auf die Couch und stelle mich erregt und verlangend und löse mich dann aus deinen Armen und ziehe die Jalousie herunter, während ich hinter mir ein Geräusch höre, welches mir sagt, daß du dich entkleidest.

Ich erinnere mich, wie ich dort am Fenster stand, in einem plötzlichen lichten Augenblick von meiner Angst getrennt, und ich erinnere mich, daß ich dachte, ich bereite mich zum Geschlechtsakt mit Terence vor, als wäre ich eine Prostituierte, denn ich tue es nicht aus Liebe oder auch nur Zärtlichkeit, sondern nur um zu verhindern, daß er merkt, in welcher Verfassung ich bin.

Ich wandte mich um und wollte etwas sagen, ich glaube, ich wollte mich dir sogar anvertrauen, Terence, aber da warst du und wartetest schon, und ich bekam wieder Angst, und so begann ich für dich zu posieren, während du auf der Couch saßest, begann meine Kleider abzulegen, zuerst meinen Rock, dann meine Kostümjacke, dann meinen Büstenhalter, stand da in Schlüpfer, Hüftgürtel und Strümpfen, blickte zu dir hinunter mit einem Schauspielerlächeln, wandte mich um und kehrte dir das Gesäß zu, während ich den Schlüpfer herunterstreifte, und du hattest auch die Hose ausgezogen, du saßest im Hemd da, und dein Glied sah neugierig zwischen den Hemdzipfeln hervor, und als du dein Hemd aufknöpftest, bückte ich mich, um Hüftgürtel und Strümpfe auszuziehen, und mein Gesicht war deinem nackten Leib nahe, als du das Hemd auszogst, und ich erinnerte mich meines Alptraums, in dem Nacktsein Panik ist, in dem Nacktsein Düsternis und Verdammnis ist, in dem ich mich in unbekannten Hotelzimmern mit namenlosen Männern abgebe; die Männer wechseln, aber ich bin immer die gleiche. Ich komme aus dem Badezimmer, nackt, das Haar bis zu den Hüften herabfallend, das Gesicht geschminkt; ich gehe auf das Bett zu, und der Mann steht auf. Er ist nackt, und sein Glied ist steif. Nackt heißt nicht Schlaf; steifes Glied heißt Geschlechtsverkehr: heißt mich selbst zu Ende abreagieren später im Badezimmer oder unbefriedigt wach liegen, ein trauriges, weibliches Tier neben dem schlafenden Mann.

Und nun kam Terence nackt auf mich zu, und ich zitterte, aber du hieltest mich fest, Terence, du drücktest mich an dich, und ich spürte mein Zittern, aber du hieltest mich. Ich wollte versinken, aber ich spürte deinen Körper an dem meinen, deinen Körper, der dem meinen angepaßt ist wie kein anderer zuvor, spürte dein Glied an meinem Leib, und ich wußte, ich würde nicht versinken, denn mit dir zusammen ist Nacktsein alles neu machen, die Vergangenheit existiert nicht, du bist meine Auferstehung und mein Leben, und aus der Tiefe schreie ich zu dir, und nun weidet mich Terence auf einer grünen Aue, er erquicket mich mit seinen Fingern in mir, während er mir die Brüste und den Hals küßt, und ich nehme sein Glied in die Hand und gleite, nachdem all mein Zittern besänftigt ist, der Freude entgegen, der Vereinigung, jener Messe der Sinne, jenem Prickeln unserer Geschlechtsteile, bis kein Denken mehr in mir ist, ich bin eins mit dem Augenblick, während wir uns herumrollen und drehen, und jetzt wechseln wir den Rhythmus, wir bewegen uns in jenes heiße, wilde Drängen, jene Lust hinein, die mich ganz erfüllt, wir versuchen es hinauszuzögern, langsam, warte noch, warte, und jetzt spüre ich deine Erregung in mir, ich schreie vor Freude auf, es ist nicht, wie es mit anderen immer war, es ist keine Furcht dabei und kein »Werde ich soweit kommen und kann ich es, und wenn ich es nicht kann, kann ich dann so tun?«. Ich spüre dich und weiß, du bist nahe daran, und ich bin auch nahe daran, zu nahe, oh, laß es noch etwas dauern, denk an etwas anderes, damit es noch etwas dauert, aber wir jagen darauf zu, und ich spüre, wie du die höchste Freude erreichst und wie ich sie erreiche, wir erreichen sie beide gleichzeitig, und ich zittere und bebe, ich zittere und bebe und zittere und zittere. Und liege still.

Er liegt neben mir. Schweiß ist auf meiner Stirn, und mein Herz klopft laut. Aber in mir ist Frieden.

Wir schliefen. Ich wachte auf. Ich sah auf die Uhr auf seinem Arbeitstisch. »Terence, es ist halb sieben.«

Er gähnte. Er rieb sich die Augen mit den Fingerknöcheln, setzte sich auf und knipste das Licht an. Ich sah den Tigerstreifen schwarzen Haars, der ihm vom Nabel bis zu den Schamhaaren hinunterreicht. »Wie lange haben wir geschlafen?« fragte er.

»Zwei Stunden«, sagte ich, und dann fiel mir ein: *Ernie*. Ich hatte eine Lammkeule braten wollen, aber jetzt war es zu spät. Terence beugte sich zu mir herüber und küßte mich. »Terence«, sagte ich, »könntest du schnell zum Supermarkt hinuntergehen und uns ein paar Lammkoteletts besorgen? Ich hatte Lammkeule machen wollen, aber es ist zu spät, und der Metzger hat schon zu –«

Er lächelte und schnitt mir das Wort ab, indem er meine Brüste in die Hand nahm. »Würden die nicht reichen? Wie wär's denn mit zwei feinen Brüsten? Sehr lecker.«

Manchmal ärgert er mich mit diesen burlesken Scherzen, aber diesmal fühlte ich mich ihm gegenüber so schuldig, weil er die Koteletts holen sollte, daß ich ihm verzieh. Ich fühle mich Terence gegenüber schuldig. Er hat soviel zu tun, und ich bitte ihn immer wieder, mir bei meinen wenigen Pflichten zu helfen. Er arbeitet methodisch, und ich nicht. Ich weiß noch, ich dachte, Leute wie Ernie Truelove sind immer pünktlich. Ich sprang auf, packte meine Kleider und rannte in mein Badezimmer, während Terence wie ein nackter junger Satyr in Richtung auf das andere Badezimmer am Ende der Diele an mir vorbeisprintete.

Im Badezimmer betrachtete ich mich im Spiegel. Mein Gesicht lächelte mich mit jenen vielzitierten »Zügen befriedigten Verlangens« an, und ich dachte, danke vielmals und vielen Dank auch Ihnen, Mr. Lavery, Sir. Hat hatte gesagt: »Du willst weiter nichts als gevögelt und gevögelt werden, bis die Soße aus dir herausläuft«, und jawohl, Sir, Hat, ich kann das nur empfehlen, es wirkt Wunder bei einer prämenstruellen Spannung, und während ich mich im Badezimmer zurechtzumachen begann, dachte ich an Terence, der gleich hinuntergehen würde, um die Lammkoteletts zu kaufen: Er tut gern einen Gang für mich, weil er mich liebt. Auch Mackie machte es nichts aus, etwas für mich zu erledigen, solange sie mich für sich hatte. Bei einer unserer Auseinandersetzungen sagte Jimmy einmal: »Hör mal, du arbeitest mit ihr zusammen, du ißt mit ihr zusammen zu Mittag, du verbringst deine Abende mit ihr zusammen. Ich weiß, es ist nicht deine Schuld. Ich muß studieren. Aber verdammt noch mal, Mary – wann sind wir eigentlich zusammen, außer wenn wir in diesem Bett schlafen? Früher haben wir uns mal über meinen Job bei Loblaws unterhalten, über die T. Easton Company und die Blodgetts und Neuschottland und die Schule und all die Sachen, über die wir immer gelacht haben. Aber ich sage dir, Kleines –« das war eine beliebte Redensart von ihm, ich sage dir, Kleines –, »ich sitze hier Abend für Abend beim Essen und höre mir an, wie ihr beide von *Canada's Own* erzählt und von diesem und jenem und drauflos kichert, und ich habe dir überhaupt nichts mehr zu sagen, Herrgott noch mal, *sie* ist dein Kumpel, du bist mehr mit ihr verheiratet als mit mir.«

»Du bist ja auch derjenige, der studiert.«

»Und was machst du, wenn du mal nicht hier mit Makkie zusammensitzt? Dann bist du mit Schauspielern zusammen.«

»Ich besuche eine Schauspielschule, das habt ihr ja so herrlich für mich arrangiert, du und Mackie. Was willst du – soll ich etwa den Unterricht aufgeben?«

»Ich spreche nicht vom Unterricht, versuch nicht immer das Thema zu wechseln.«

»Wer versucht hier das Thema zu wechseln?«

»Du.«

»Nein.«

»Doch. Jedenfalls – ich habe von dir und ihr gesprochen. Bist du dir bewußt, daß wir in diesem Wohnzimmer nie allein sind? Daß ich nicht mit dir ein Gespräch anfangen kann, ohne damit rechnen zu müssen, daß Ihre Ladyschaft hereinplatzt, sich hinsetzt und jedes Wort mit anhört, das wir sprechen.«

»Es ist schließlich *ihr* Haus.«

»Eben. *Eben.*«

»Du warst derjenige, der darauf bestand, daß wir hier einziehen, Jimmy, nicht ich.«

»O Gott«, rief er und stürzte ins Schlafzimmer.

Doch selbst im Streit waren wir zu dritt. Nach jeder Auseinandersetzung, wenn das Schweigen der Meinungsverschiedenheiten über unseren Mahlzeiten lastete, war stets Mackie da, die das Fleisch herumreichte, noch etwas Soße, bitte, mit vorsichtigem Blick von Jimmy zu mir sah und »taktvoll« stumm blieb, wodurch Jimmy in Wirklichkeit verurteilt wurde, denn während all der Zeit, die sie und ich zusammen verbrachten, gelang es ihr, die Tatsache meiner Ehe zu ignorieren, sie sagte nie etwas, das die Maria, die ich für sie war, mit jener schuldbewußten verheirateten Frau verknüpft hätte, die allabendlich zu irgendeinem Zeitpunkt des Zubettgehens – beim Auskleiden, beim Haarkämmen, beim Zähneputzen – den gleichen unglücklichen Gedanken hatte: Hoffentlich will er heute abend nicht.

Jahre später schrie Hat mich an, ich hätte nie etwas anderes gewollt, als immer wieder gevögelt zu werden. Und ich glaubte ihm. Geradeso wie ich Jimmy glaubte, als er sagte: »Weißt du, was du bist? Du bist eine Jungfrau, das bist du, du bist so kalt wie eine Heiligenstatue.« Jimmy hat recht, dachte ich. Ich *bin* kalt, es ist meine Schuld, mit mir ist etwas nicht in Ordnung.

Es ist komisch, daß ich Jimmy genauso glaubte wie später Hat. Damals hielt ich die Männer für intelligenter als die Frauen. Ich glaubte aber auch, daß ich sehr intelligent sei. Heute muß ich lächeln bei der Erinnerung an meine verlorene Unschuld, aber wenn mir Männer schmeichelhafte Dinge sagten und mich zur Arbeit einstellen wollten, wenn Zugschaffner sich die Mühe machten, mir ganz ausführlich eine Auskunft zu geben, kam ich nie auf den Gedanken, daß dies mit meinem Aussehen zu tun haben könnte. Ich hielt mich für zu hoch gewachsen, glaubte, meine Nase sei zu groß, ich hätte gern eine Stupsnase und eines jener Puppengesichter gehabt, die in Kleinstädten für hübsch gelten. Sogar was Mackie betraf, glaubte ich, meine Intelligenz habe sie angezogen. Ich war überzeugt, sie habe deshalb Gefallen an mir gefunden und mir die Stelle verschafft, weil auch sie einmal bei diesem schrecklichen Adreßbuchverlag gearbeitet hatte und weil sie in mir so etwas wie eine jüngere Version ihrer selbst sah. Erst als sie mir ihr seltsames Geständnis machte, nachdem wir uns vier Monate kannten, wurde mir klar, daß meine Intelligenz nichts damit zu tun hatte. Sie rückte damit bezeichnenderweise an einem Abend heraus, als Jimmy oben im Schlafzimmer büffelte. Mackie sagte: »Ich habe gerade ein Buch über romantische Liebe gelesen, ich meine die romantische Liebe, die die Dichter besingen, eine reine Liebe, die romantisch ist, weil sie nie Erfüllung finden kann. Ritterliche Liebe, erinnern Sie sich?«

Ich sagte ja, obwohl ich noch immer nicht begriffen hatte.

»Ritterliche Liebe«, sagte sie. »Ritterlich, weil ohne jede Hoffnung. Wie meine Liebe.«

Und so erwiderte ich überrascht, naiv: »Ihre Liebe? Ich wußte gar nicht, daß Sie verliebt sind.«

Sie lächelte mich an. »O Maria. Erinnern Sie sich noch, wie Sie in mein Büro in der Bibliothek kamen. Wissen Sie, was da geschah? Ich blickte zu Ihnen auf, und mir wurde schwindlig. Ich hatte das Gefühl, gleich ohnmächtig zu werden. Ich erinnere mich, als das Schwindelgefühl nachließ, war mein erster Gedanke: Was hat sie für einen billigen Mantel und was für abgelaufene Schuhe.«

»Ich verstehe nicht – was hatte denn das mit Ihrem Schwindelgefühl zu tun?«

»Ich kannte Sie doch gar nicht«, fuhr sie fort, »ich hatte Sie noch nie gesehen, aber ich wollte Ihnen einen schönen Mantel kaufen – und schöne Schuhe, die sollten Sie haben. Ich weiß noch, ich stellte mir Ihr Gesicht in einem hohen Pelzkragen vor.«

»Mackie!« (Ich war verlegen. Ich erinnere mich, ich lachte, aber sie nicht.)

»Doch, das ist wahr. Ich brachte Ihnen den Artikel, den Sie haben wollten, und dann setzte ich mich wieder an meinen Schreibtisch und sagte zu mir, dieses Mädchen wird den Artikel lesen, und wenn sie damit fertig ist, wird sie fortgehen, und ich werde sie nie mehr wiedersehen, wenn ich nicht irgend etwas unternehme, etwas Ungewöhnliches. Sind Sie sich bewußt, was an diesem Tag geschah, sind Sie sich bewußt, was mich beseelte, als ich noch einmal zu Ihnen ging und Sie ansprach, und als Sie mir dann sagten, wo Sie arbeiteten, da hatte ich diese verrückte Idee und rannte zu MacKinnon hinüber und verlangte, daß er Sie als meine Assistentin einstellte. Erinnern Sie sich, Maria? Oh, was war das für ein Tag. Ritterliche Liebe, habe ich gesagt, o Gott, ich war ein Ritter in glänzender Rüstung an diesem Tag, ich fürchtete mich nicht, ich habe MacKinnon richtig dazu gezwungen, daß er Sie einstellte, erinnern Sie sich?«

Ich starrte sie an, als sie mir das erzählte. Ich weiß noch, ich dachte, du liebe Güte, sie ist sich über die wahre Bedeutung dessen, was sie da sagt, nicht einmal im klaren. Ich fühlte mich um ihretwillen peinlich berührt, wollte sie nicht verletzen, und ich dachte, sie liebt mich und ich liebe sie nicht, ist sie sich nicht bewußt, daß ich verheiratet bin, die Ärmste, deshalb will sie, daß Jimmy und ich bei ihr wohnen, sie ist eine Lesbierin, ohne es zu wissen. (Ich hatte erst vor kurzem etwas über Lesbierinnen gelesen, ich verstand nicht viel davon, aber ich erinnere mich, nachdem sie mir das alles erzählt hatte, dachte ich, es sei unmoralisch, daß wir weiter hier wohnen und diese arme Frau ausnutzen. Wir sollten ausziehen. Und ich sollte mir eine andere Stelle suchen.)

Aber ich sagte Jimmy nichts von dem, was sie mir gesagt hatte. Und wir suchten uns keine andere Wohnung. Ich zog es vor, ihr Geständnis zu vergessen. Ich sagte mir, daß ihre Liebe hoffnungslos sei, wie sie es ja selbst gesagt hatte.

Es würde nie etwas daraus werden. Außerdem, dachte ich mir, wie könnte ich es ihr sagen, wie könnte ich ihr damit weh tun, daß ich ihr sage, was nach meiner Ansicht mit ihr nicht stimmt?

Sie sagte, ihre Liebe sei ritterlich. Sie glaubte, es sei eine reine Liebe, bei der sie mich mehr liebte als sich selbst. Aber natürlich täuschte sie sich. Ihre Liebe war nicht ritterlich, sie war selbstsüchtig. Sie war höchst zufrieden darüber, daß sie mich eingefangen und zu ihren Bücherregalen und in ihr Haus geschleppt hatte. Wie sie auch später auf Hat so eifersüchtig war, daß sie Jimmy davon erzählen mußte in der Hoffnung, diese neue Liebe zu zerstören. Ich erinnere mich, daß ich heute morgen im Taxi an Jimmy dachte, der sagte, er liebe mich, in Wirklichkeit aber nach einem Gesicht und einem Körper verlangte, die zufällig mir gehörten. So traurig das klingt, Mackie war genauso. Denn sie liebte ein Mädchen, das sie erfunden hatte, ein Mädchen, dem sie den Namen Maria gab. Es gab aber keine Maria. Es gab nur mich.

»Lammkoteletts«, sagte Terence. »Sonst noch etwas?«

Er stand an der Badezimmertür, angekleidet, frisch gekämmt. Ich sagte, nein, ich hätte alles. Ich hörte, wie die Wohnungstür ging, und ich dachte, oh, ich könnte mich ohrfeigen, warum nur habe ich Ernie zum Abendessen eingeladen? Ein Abend allein mit Terence wäre viel schöner gewesen. Ich dachte, um meine Frisur kümmere ich mich nicht mehr, ich hab keine Zeit, ich setze meine Perücke auf, und ich dachte an die Perücke auf dem ovalgesichtigen Schaumstoffkopf auf der Fensterbank in meinem Schlafzimmer. Ich weiß noch, ich dachte, ich schminke mich noch hier im Bad und dann ziehe ich mein Op-art-Kleid an, das von Ohrbach, mit dem kurzen Rock, das ist modisch, und ich zog mir gerade die Lippen nach, da klingelte es an der Wohnungstür. Terence hat seine Brieftasche vergessen, dachte ich, die vergißt er immer, wenn er sich umzieht.

»Die Tür ist offen«, rief ich. Ich wußte, daß ich sie vorhin nicht abgeschlossen hatte, er brauchte nur die Klinke niederzudrücken.

Ich hörte ihn hereinkommen.

»Hast du deine Brieftasche vergessen?« rief ich, aber es kam keine Antwort. Ich hatte meine Lippen geschminkt und ging hinaus, um im Schlafzimmer mein Kleid anzuziehen. Und da sah ich mich in der Diele Ernie Truelove gegenüber.

Und ich stand da im offenen Bademantel und bot mich ihm im Schlüpfer, mit nackten Brüsten dar. Ich schlug den Mantel um mich. Ich hätte ihn umbringen können.

»Oh, entschuldige vielmals«, sagte er, aber seine Augen blickten noch immer wie glasig überzogen vom Anstarren meiner Brüste. Ich ging an ihm vorbei ins Schlafzimmer. Ich zitterte. Ich rief: »Ich bin gleich wieder da. Geh schon ins Wohnzimmer und – und schenk dir etwas zu trinken ein.«

Ich hörte, wie sich seine Schritte entfernten. Ich wollte gerade in mein Kleid schlüpfen, als seine Stimme erdröhnte: »Wirklich, Maria, das tut mir leid, entschuldige, ich wußte nicht, daß es noch so früh ist, ich meine, ich wollte dich nicht stören. Wirklich. Weißt du, tu einfach so, als wäre ich nicht da, ja?«

»Keine Sorge, schon gut, ich komme gleich. Auf dem Tisch im Wohnzimmer stehen Drinks, und Eis ist im Kühlschrank in der Küche.«

»Hat keine Eile«, dröhnte seine Stimme weiter. Und dann: »Also Maria, wirklich, es ist nett, dich wiederzusehen.«

Na, du hast ja auch genug gesehen, das kann man wohl sagen, dachte ich, während ich das Op-art-Kleid überstreifte.

»Ist dein Mann zu Hause?«

»Nein, er ist gerade etwas besorgen gegangen, er wird gleich dasein.«

»Sieh mal einer an, ihr habt aber eine ganz tolle Wohnung.«

Ich drückte mir gerade das Haar zurecht für die Perücke. Warum konnte er nicht einen Augenblick still sein und in einer Zeitschrift blättern oder so? Ich beeilte mich, und als ich fertig war, zog ich meine roten Schuhe an, betrachtete mein Kleid im Spiegel und ging dann auf den Flur hinaus. Ich sah Ernie im Wohnzimmer stehen, aber er hatte mich noch nicht bemerkt. Ich sah ihn ein paar Sekunden lang an, wie er dort am Fenster stand, ein breiter, untersetzter Mann, sehr kanadisch-vierschrötig, marineblauer Blazer, weißes Hemd, braune Krawatte, Flanellhosen und feine schwarze Schuhe. Als ich aufs Wohnzimmer zuging, hörte er mich kommen, drehte sich um und blickte zu mir hin auf eine Weise, daß ich den Eindruck hatte, er trage gewöhnlich eine Brille. Seine Augen, das fiel mir auf, waren meergrau mit eigenartigen bernsteinfarbenen Tupfen in der Iris.

»Nun«, sagte ich, ganz Gastgeberin, »was darf ich dir anbieten?«

»Ach, was du da hast.«

»Wir haben verschiedenes da. Rye, Scotch, Bourbon, Gin, Wodka, Sherry – ich glaube, wir haben so ziemlich alles da.«

»Ja, allerdings, das Gefühl habe ich auch«, sagte er und ließ demonstrativ den Blick umherschweifen, um mir zu zeigen, daß er sich des »alles« bewußt war. Die Hände hinterm Rücken verschränkt wie ein Polizist, wippte er langsam auf den Füßen hin und her. »Ich würde sagen, du hast es geschafft, Maria.«

Und natürlich verursachte mir die Art, wie er das sagte, ein Schuldgefühl, jenes Schuldgefühl, das man verspürt, wenn man alte Freunde trifft, die materiell nicht so erfolgreich gewesen sind. »Scotch und Soda?« fragte ich.

»Ja, mal sehen.« Er beugte sich über das Tablett mit den Getränken, die Hände noch immer hinter dem Rücken verschränkt. »Ja, wer die Wahl hat, hat die Qual – hmmmm.«

Kurze Stille, während er die Flaschenetiketten inspizierte.

»Hmm – na, warum nicht Rye und Ginger Ale, das alte kanadische Stammgetränk?«

»Rye und Ginger«, sagte ich und ging auf den Tisch zu.

»Aber vielleicht kommt dir das zu gewöhnlich vor?«

»Wieso?«

»Na ja, wo du jetzt zur besseren Welt gehörst...«

»Wie meinst du das?«

»Du weißt schon«, sagte er, »zu den Leuten, über die *Time* schreibt.«

»Das ist mir neu. Wieso gehöre ich dazu?«

»Du bist mit einem Vertreter dieser Welt verheiratet, meine liebe Maria. Über deinen derzeitigen Ehemann hat *Time* doch einen Artikel gebracht, nicht?«

Der »derzeitige Ehemann« ärgerte mich, und so sagte ich: »Ach, laß das, Ernie. Bist du unter die Berufsprovinzler gegangen?«

Er lachte gekünstelt und warf den Kopf zurück, um Heiterkeit vorzutäuschen. »Berufsprovinzler? Das ist gut. Das ist *gut.*«

In diesem Augenblick kam Terence herein. Sofort hörte Ernie auf zu lachen. »Das ist Terence«, begann ich, aber Ernie unterbrach mich mit einem überschwenglichen Ausbruch. »Oh, das brauchst du mir nicht zu sagen, Maria, deinen Mann würde ich überall sofort erkennen. Es ist mir eine Ehre, Sie kennenzulernen, Terence, eine große Ehre.«

»Guten Tag, sehr erfreut«, sagte Terence lächelnd, ein wenig verlegen, die Hand ausstreckend, die Ernie ergriff und festhielt, wobei er feststellte: »Doch, wirklich, und ich habe Ihre Bücher gelesen und Ihre Revue gesehen und Ihre Zeichnungen bewundert, und vergessen wir nicht Ihr Bühnenstück, ich werde es mir bestimmt ansehen, wenn es herauskommt mit – wer wird die Hauptrolle spielen, David Niven?«

»Soweit ist es noch nicht.«

»Na ja, ich habe jedenfalls das Gefühl, daß ich alles von Ihnen weiß. Kurz und gut, Terence, ich bin gewissermaßen ein richtiger Terence-Lavery-Fan.«

»Nun, dann will ich Ihnen mal schnell etwas zu trinken geben«, sagte Terence, um das Thema zu wechseln, und ging auf das Tablett mit den Getränken zu.

Ich hatte inzwischen Eiswürfel in Gläser getan und reichte Terence nun ein Glas, wobei ich sagte: »Ernie hätte gern Rye mit Ginger.«

»Rye mit Ginger?« sagte Ernie. »Du machst Witze, Maria.«

»Das hast du aber doch gerade gesagt.«

Ernie lachte, und ich erinnere mich, ich dachte, er sieht

aus wie eine Kuh in einem Disney-Trickfilm. »Das kann doch nicht dein Ernst sein. Wo hast du denn den guten alten kanadischen Humor gelassen?« Er wandte sich an Terence. »Sie hat mich nämlich einen Berufsprovinzler genannt, Terence. Da dachte ich, ich benehme mich lieber entsprechend. Rye und Ginger, haha.«

Ich erinnerte mich genau, daß er Rye mit Ginger verlangt hatte, *bevor* ich ihn einen Berufsprovinzler nannte. Ich sah ihn an und dachte, warum sind die gräßlichen, die abscheulichen Leute alle *meine* sogenannten Freunde. Und wie um das zu bestätigen, drehte sich Ernie zu Terence um, legte ihm die Hand auf den Arm und sagte: »Entschuldigen Sie, ich habe Sie Terence genannt, und ich weiß doch, daß die Engländer nicht gleich jeden Fremden beim Vornamen nennen. Ist auch ganz vernünftig. Entschuldigen Sie.«

»Nein, nein, schon gut«, sagte Terence ärgerlich-verlegen. »Nennen Sie mich ruhig Terence oder wie Sie wollen.«

»Nun, vielen Dank«, sagte Ernie. »Ich persönlich möchte natürlich beim Vornamen genannt werden. Ich hasse meinen Nachnamen. Truelove. Das können Sie doch verstehen, oder?«

»Hmm.« Terence nickte bestätigend, wie ein Junge, der in der Schule gerade ein schwieriges Problem gelöst hat. »Was möchten Sie nun trinken?«

»Teacher's«, sagte Ernie. »Teacher's Highland Cream und ein Schuß Wasser wäre genau das richtige für mich.«

»Und du, Liebling?«

»Ich nehme einen Martini.« Ich hatte das Gefühl, daß ich ihn brauchte. Ich fragte Terence, ob er die Lammkoteletts bekommen hatte, und als er sagte, ja, das habe er, entschuldigte ich mich und ging in die Küche, wobei ich abermals dachte, o Gott, warum habe ich ihn bloß eingeladen? Und da gab, genau wie am Morgen im Falle des alten Mr. Karl Dieter Peters, mein störrisches Gedächtnis plötzlich den Blick auf eine einzelne Szene frei: Beaver Lake in Montreal, ich gehe im Mondschein mit Ernie Truelove am See entlang, und ich erinnerte mich, daß ich ihm etwas anvertraute, während wir so dahinspazierten, und daß ich mir später sagen mußte, daß dies ein Fehler gewesen war. Aber was ich ihm anvertraute, dessen entsann ich mich nicht mehr. Ich überlegte: Er führte mich ein- oder zweimal zum Abendessen aus, als ich in Montreal wohnte und auf die Scheidung von Jimmy wartete und Hat in Europa war. Aber das war auch alles, woran ich Zeit hatte, mich zu erinnern, denn Terence kam in die Küche mit meinem Martini, und sein Blick bat mich, bald wieder ins Wohnzimmer zu kommen. Ich nahm den Martini, sagte, ich würde mich beeilen, und machte mich rasch an die Arbeit, deckte im Eßzimmer den Tisch und holte ein kleines Glas Kaviar und etwas Melbatoast heraus und wurde schließlich so unruhig, weil Terence mit Ernie allein war, daß ich mittendrin aufhörte, den Kaviar und den Toast nahm und ins Wohnzimmer zurückging.

»Kaviar?« blökte Ernie.

»Oh – mögen Sie Kaviar?« Terence nahm einen Löffel und tat ihm etwas auf den Teller.

»Na ja, sagen wir mal so –« Ernie hielt inne, legte die Hände auf die Knie und beugte sich vor wie ein Richter, der seinen Spruch verkündet. »Sagen wir mal so: Es ist etwas, wovon ich noch nicht so viel gegessen habe, daß ich es nicht mehr sehen könnte.« Er lächelte und erwartete offensichtlich, daß wir in schallendes Gelächter ausbrachen. Wir taten ihm den Gefallen nicht, und so setzte er hinzu: »Ja, ja, Kaviar. Der Gipfel der Verfeinerung.«

Ich erinnere mich, daß ich ihn in diesem Augenblick fragte, ob er noch bei *Canada's Own* sei. Er sagte, ja, er sei noch in der Redaktion, und Terence erkundigte sich, ob er da Texte zu redigieren habe.

»Ja«, erwiderte Ernie. »Auch solche, die nur aus Interpunktionszeichen bestehen.« Er griff nach seinem Glas und trank den Scotch, als wäre es Coca-Cola, dann aß er ein Stück Toast mit Kaviar. »Köstlich«, stellte er fest. »Ein herrlicher Brotbelag, diese Fischeier.« Er nickte sehr weise, leckte sich die Lippen und beugte sich zu Terence vor. »Wissen Sie, Maria war in meinem Fall eine richtige kleine Kassandra. Sie hat mir einmal die Zukunft prophezeit. Sie sagte, wenn ich nicht bald von der Redaktion fortkäme – das war vor Jahren –, dann würde ich mein ganzes Leben nicht mehr dort herauskommen. Sieht so aus, als hätte sie recht behalten.«

»Ich hätte dir die Zukunft prophezeit?« sagte ich.

»Ja – erinnerst du dich nicht mehr? Das war kurz nachdem ich dich kennengelernt hatte, ich meine, in Montreal. Du hattest damals die Wohnung in der Ridgewood Avenue, und du hast für die gute alte Mackie McIver eine Party gegeben, als sie einmal übers Wochenende von Toronto nach Montreal gekommen war. Erinnerst du dich? Ich war da und die Sloanes und Eddie Downes. Und nach dem Abendessen hast du uns die Zukunft prophezeit.«

»Das war nicht ich«, entgegnete ich. »Das war Mackie, die hat das immer gemacht.« Und als ich das sagte, sah ich sie auf dem Fußboden sitzen in ihrem guten »Abendkleid« (es war aus schwarzem Samt), und sie hatte etwas von einem alten Kind, wie sie uns aus der Hand die Zukunft las. Als sie meine Hand vor sich hatte, blickte sie mir in die Augen und sagte mir Dinge, von denen ich wußte, daß sie verkleidete Liebeserklärungen waren. »Nein«, sagte ich zu Ernie. »Ich mag ja kein besonders gutes Gedächtnis haben, aber daran erinnere ich mich genau. Die Zukunft hat dir Mackie prophezeit.«

»Falsch, Maria, falsch. Sie hat mir die Zukunft prophezeit, ja, aber nachher habe ich *dich* gebeten, mir die Zukunft zu prophezeien, und da hast du gelacht und so getan, als würdest du aus meiner Hand lesen, und dann hast du das gesagt, was ich meinte – daß ich mein Leben lang in der Redaktion bleiben würde, wenn ich nicht spätestens in drei Monaten ginge.«

Er brachte das so heftig hervor, aber ich dachte, nun, was soll's? Ich sagte, vielleicht habe er recht, aber daran erinnern könne ich mich beim besten Willen nicht.

»Ah.« Er schüttelte traurig den Kopf. »Es gibt so vieles, woran du dich nicht erinnerst.«

»Zum Beispiel?«

»Zum Beispiel hattest du mir versprochen, mich anzurufen, wenn du nach Montreal kommen würdest. Du warst inzwischen ein paarmal da, aber auf deinen Anruf warte ich noch immer.«

Ja, wahrscheinlich hatte ich versprochen, ihn anzurufen, aber Herrgott, wenn ich nach Montreal komme, dann ist das immer nur für ein paar Tage, da kann ich nicht jeden anrufen.

»Habe ich recht, Maria?« fragte er.

»Ja, entschuldige bitte, tut mir leid.«

Unvermittelt wandte er sich an Terence und hielt ihm sein Glas hin. »Darf ich noch um einen Schluck bitten?«

Terence stand auf und schenkte ihm einen zweiten

Scotch ein. Ich ging wieder in die Küche. Ich dachte, je früher wir essen, desto früher sind wir ihn los. Ich erinnere mich, ich blickte ins Wohnzimmer zurück und sah seinen Hinterkopf, sein sorgfältig über eine kleine, kahle Stelle gekämmtes pomadisiertes Haar. Und als ich seinen Kopf noch anstarrte, beugte er sich vor und stellte das Glas, das Terence ihm gerade gereicht hatte, auf einen Untersatz auf dem Kaffeetischchen. Die achtsam überdeckte kahle Stelle, die präzise Geste beim Hinstellen des Glases erinnerten mich an seine penible Art auch in anderen Dingen. Ich mußte daran denken, daß er, ehe er morgens seine Arbeit in der Redaktion begann, sechs Bleistifte spitzte und sie in einer Reihe griffbereit für die rechte Hand auf den Tisch legte. Und als ich zum erstenmal in seiner Wohnung war, öffnete ich seinen Küchenschrank, um ein Glas herauszuholen, und da waren Gläser und Geschirr in säuberlichen Stapeln geordnet mit maschinegeschriebenen Zetteln darunter: TELLER (SUPPE), GLÄSER (SHERRY), UNTERTELLER (KLEINE) und so weiter.

Immer ordentlich. Und dann erinnerte ich mich (wahrscheinlich weil ich gerade in meiner eigenen Küche stand und an die säuberlich etikettierten Regale in seinem Küchenschrank gedacht hatte) an jenen ersten Besuch in seiner Wohnung. Das war an dem Abend gewesen, als ich von der Scheidungsverhandlung (es ging um meine Scheidung von Jimmy) aus Ottawa zurückgekehrt war. Jimmy war nicht zugegen gewesen. Die Anklagepunkte gegen ihn, Ehebruch und böswilliges Verlassen, waren beide erfunden. Die Scheidung war eine von beiden Seiten vereinbarte Sache, weil sich inzwischen auch Jimmy von mir scheiden lassen wollte. Zumindest sagte ich mir das immer wieder. Aber ich war mir nicht ganz sicher. Vielleicht hatte er sich nur dafür entschieden, um seinen Stolz zu wahren. Jedenfalls – als ich an diesem Abend in der Windsor Station in Montreal ankam, erinnerte ich mich daran, wie Jimmy und ich ganz am Anfang unserer Ehe auf diesem Bahnhof auf das Geld gewartet hatten, das O'Keefe uns schicken sollte, damit wir nach Toronto weiterreisen konnten, nachdem Tom, der Geisteskranke, mit seinem Vater nach Halifax heimgefahren war. Und bei dieser Erinnerung erfaßte mich eine trübsinnige Stimmung. Ich rechnete nicht damit, auf dem Bahnhof Bekannte zu treffen. Ich hatte mir vorgenommen, nach Hause zu fahren und gleich zu Bett zu gehen. Aber Ernie Truelove und sein Mädchen standen an der Sperre. Sally Soundso, ja, richtig, Sally Harper hieß sie. Größer als Ernie, rothaarig. Sie waren, wie sie sagten, gekommen, um mich zum Abendessen in Ernies Wohnung einzuladen. Ich hatte zwar keine Lust, wußte aber damals noch nicht, wie man nein sagt, und so verfrachteten sie mich in Ernies kleinen Renault und fuhren mich den Mount Royal hinauf zu Ernies Wohnung in der unmittelbaren Nähe des Beaver Lake.

Es war Sommer und sehr heiß, und als ich die Wohnung betrat, schlug mir Stimmengewirr entgegen und Leute begrüßten mich mit einem Kuß oder einem Handschlag. Ernie hatte fast alle zusammengetrommelt, die ich damals in Montreal kannte: Janice und Charles Sloane, Blair und Peggy O'Connell, die Leducs, Eddie Downes. Es war eine typische Montrealer Party, alles redete durcheinander, und Männlein und Weiblein betranken sich. Ich erinnnere mich, daß jemand Lasagne gekocht und daß Blair Chianti mitgebracht hatte und daß ich, als ich in die Küche ging, um beim Vorbereiten des Abendessens zu helfen, den Küchenschrank öffnete und Ernies Gläser und Teller darin auf so penibel-akkurate Weise aufgestapelt und etikettiert fand.

Und in diesem Augenblick, als ich in Ernies Küchenschrank hineinstarrte, mußte ich an die Ereignisse jenes Tages zurückdenken. Ich erinnerte mich an einen recht senilen Senator, der mich fragte, ob die Hoffnung bestehe, die Sache zwischen mir und Jimmy »wieder in Ordnung zu bringen«, und daß ich daraufhin sagte: »Nein, Sir, keine Hoffnung«, wie mein Anwalt mir geraten hatte. Aber bestand wirklich keine Hoffnung? War das Ganze nicht meine Schuld? Und worauf hatte ich mich eingelassen? Hat ließ sich von seiner Frau scheiden, und ich ließ mich von Jimmy scheiden und würde Hat heiraten. Und plötzlich wußte ich, daß es mit Hat noch einmal genauso kommen würde; das Sexuelle stimmte mit ihm zusammen genausowenig wie mit Jimmy. Mit mir ist sexuell etwas nicht in Ordnung, dachte ich. Wenn es mit mir und Hat nicht so ist, wie es sein müßte, dann ist es meine Schuld. Und um mich aufzumuntern, sagte ich mir, daß es mit Hat zusammen immerhin besser ging, als es mit Jimmy gegangen war. Außerdem waren die Scheidungen eingereicht. Nachdem wir so weit gegangen waren, gab es jetzt kein Zurück mehr. Und ich dachte, ich mag Hat, und ich werde sicher lernen, das Sexuelle zu überwinden.

Während ich diesen düsteren Gedanken nachhing, drang lautes Lachen aus Ernies Wohnzimmer. Es war wie eine Totenwache; ein Dutzend Leute feierte den Tod meiner Ehe mit Jimmy. Mir wurde richtig schlecht, und so ging ich, als die anderen Frauen in der Küche nicht zu mir hinsahen, zur Hintertür hinaus und stand dann im Mondschein in Ernies kleinem Garten und mußte mich übergeben. Ein paar Minuten später fand mich Ernie dort, auf seiner Gartenbank sitzend, den Kopf zwischen den Knien. Ich sagte, nein, es sei nicht der Alkohol, ich hätte kaum ein, zwei Schluck getrunken, aber ich erinnere mich, er überhörte dies und schlug einen Spaziergang am Beaver Lake vor, damit ich wieder einen klaren Kopf bekäme. Und so stiegen wir einen Hang hinter seinem Garten hinauf, und da lag der Beaver Lake, der eigentlich nur ein Parkteich ist, kein richtiger See, hell und unwirklich im Licht des Sommermonds.

Wir schritten am Ufer entlang, Ernie und ich, der Ehrengast mit dem Gastgeber, den Lärm der ausgelassenen Party im Rücken. Ich glaube nicht, daß mir Ernies Gegenwart auch nur bewußt war, ich war ganz mit meiner eigenen Not beschäftigt. Und da ging er plötzlich ein paar rasche Schritte voraus, drehte sich um und versperrte mir den Weg.

»Warum weinst du, Maria?«

Ich starrte ihn an im Mondschein. Etwas an ihm flößte mir Angst ein. »Bist du nicht glücklich?«

Und ich begann blödsinnigerweise von neuem zu weinen und sagte: »Nein.«

Er packte meinen Arm und schüttelte ihn ein wenig, er war so sehr bestrebt, meine ganze Aufmerksamkeit auf sich zu lenken. »Ich liebe dich«, sagte er. »Ich habe vor dir noch nie eine Frau geliebt.«

Ich starrte ihn an. Ich dachte, er sei betrunken. Ich sagte: »Aber was ist mit Sally?«

»Das ist etwas anderes. Ich mag Sally ganz gern, aber hör mal, *du* solltest das doch wissen. Man kann sich den Menschen nicht aussuchen, in den man sich verliebt, oder? Ich liebe dich, Maria. Du bist die unmöglichste Frau, in die ich mich verlieben konnte, du machst dir nichts aus mir, du denkst wahrscheinlich nie an mich, aber das kann ich nicht ändern. Ich liebe dich. Ich werde dich immer lieben.«

Ich werde dich immer lieben. Das sagte er damals, und eben gerade, in der Küche, kurz bevor ich das Abendessen auftragen wollte, fiel es mir wieder ein. Und noch etwas fiel mir wieder ein, etwas, was Janice Sloane mir beim Lunch gesagt hatte – daß Ernie Truelove »mit diesem Mädchen, dieser Sally Soundso« Schluß gemacht habe, und ich dachte, o Gott, er hat mit Sally Schluß gemacht, weil er glaubt, daß er mich liebt, der Wahnsinnige, er glaubt noch immer, daß er mich liebt.

Und das machte mir angst. Denn es ist erschreckend, von jemandem geliebt zu werden, den man nicht liebt, aus dem man sich nichts macht. Und ich erinnere mich, daß ich dachte, wenn Ernie jetzt Terence von seiner Liebe zu mir erzählt, wenn es ihm gelingt, Terry einzureden, daß etwas zwischen uns war, was dann?

Diese Frage ließ mir keine Ruhe, und ich ging ins Wohnzimmer zurück, obwohl das Essen noch nicht fertig zubereitet war; ich wollte hören, was Ernie in seiner Verrücktheit Terence vielleicht erzählte, und da sah ich Ernie gerade etwas Merkwürdiges tun. Er setzte sich in seinem Sessel auf, legte die Beine aneinander und hob sie dann in die Höhe wie zu einer gymnastischen Übung. Und mit solcherart in der Luft schwebenden Füßen, seine großen schwarzen Schuhe anstarrend, verkündete er: »Sagen wir es mal so – ich glaube, New York ist – na ja, dekadent ist der einzig passende Ausdruck dafür.«

Terence schenkte von neuem Whisky ein und sagte: »Hm.«

»Ich will Ihnen erklären, was ich damit meine, Terence«, sagte Ernie. »Wie ich die Dinge sehe, gibt es drei Typen von Menschen in New York. Da gibt es zunächst einmal die Leute, die hier geboren sind. Gewöhnliche Leute, die beispielsweise im Stadtteil Bronx oder so wohnen. Ja?«

Terence nickte. Ich stellte mir vor, wie ihn das Gespräch langweilen mußte.

»Das ist die eine Kategorie. Dann die zweite Kategorie. Leute wie Sie etwa, Terence, Leute, die auf Grund ihrer besonderen Befähigung nach New York kommen. Gut und schön.

Das ist die zweite Kategorie. Die dritte Kategorie sieht ganz anders aus. Und zu ihr gehören sehr viele, glauben Sie mir. Und lassen Sie mich das noch sagen: Diese dritte Kategorie ist schuld daran – zumindest für meine Begriffe –, daß New York stinkt.«

Er wandte sich zu mir um und zeigte seine großen Pferdezähne, während er das Wort »stinkt« aussprach.

»Die dritte Kategorie«, fuhr er fort, »die dritte Kategorie, das sind die Untalentierten, Leute, die aus anderen Städten zuziehen und glauben, sie seien besser als wir anderen, nur weil sie hier wohnen. Ja?«

»Hm«, sagte Terence.

Ernie führte das Glas zum Mund. Er hatte seinen Whisky ausgetrunken und zermalmte jetzt den Eiswürfel mit seinen großen Zähnen.

»Noch einen?« fragte Terence, und Ernie hielt ihm fahrig das Glas hin und sah mich dann mit irr blickenden Augen an. »Ich habe gestern abend ein Stück gesehen, Maria.«

»War es gut?«

»Na ja, die theatralische Hauptaktion bestand darin, daß sich ein Schauspieler auf die Bühne stellte und dem Publikum seinen nackten Hintern zeigte.«

»Aha – *Marat-Sade*«, sagte Terence und reichte Ernie einen viel zu reichlich bemessenen Scotch.

»Seinen nackten Hintern«, sagte Ernie. »Also wenn das keine Dekadenz ist.« Er trank einen Schluck. »Wahrscheinlich haben wir nichts Besseres verdient als dieses Schwulentheater. Wohl eine natürliche Reaktion.«

»Worauf?« fragte Terence höflich.

»Auf die weibliche Vorherrschaft auf dem nordamerikanischen Kontinent.«

Er schüttelte den Kopf, ein Savonarola, der warnend auf die Übel der Zeit hinweist. »Ja, ich nehme an, wir müssen auch den Homos was bieten. Ich meine, wir müssen ihnen als Nervenkitzel ein paar männliche Hintern zeigen. Ich meine, ist da ein Unterschied, wenn man an diese sogenannten Schauspielerinnen denkt? Ich meine, was soll man dazu sagen? Es gibt heute keine sogenannte Schauspielerin mehr in der Branche, die nicht bereit wäre, sich vor dem Publikum, vor ihr völlig fremden Menschen, mit nackten Brüsten zu produzieren wie eine Hure. Ist das nicht unerhört?«

Dabei sah er mich mit seinen irren Augen an. Ich dachte an die Szene, wie er hereingekommen war, an meinen offenstehenden Bademantel, an diese glasig überzogenen Augen, die meine Brüste angestarrt hatten.

»Der Geschmack ändert sich«, sagte Terence. »Vor ein paar Jahren waren Männer in Bluejeans mit nacktem Oberkörper die große Mode.«

Aber Ernie ließ sich nicht ablenken. »Du warst doch Schauspielerin«, sagte er in anklägerischem Ton zu mir. »Würdest du deinen BH ausziehen, wenn ein Regisseur es verlangt?«

Ich sah ihn an, und das verrückte Ich meldete sich

wieder. »Du weißt nicht, wovon du sprichst«, sagte ich. »Es gibt genug Schauspielerinnen, die das nicht tun würden.«

»Dann bringen sie es sicher nicht weit.« Schimmernde Pferdezähne. Gräßliche Lache. »Nein, heutzutage heißt es, zieh dich aus oder stirb.«

Ich stand auf und sagte, ich müsse die Koteletts in die Pfanne tun. Während ich in die Küche ging, verfolgte mich seine Stimme, dröhnend, verklingend, wieder lauter werdend: »... mögen oder nicht mögen ... ich weiß nicht ... nehmen Sie mich, ich war eines von den Kindern, die von den anderen einfach nicht gemocht werden. Und wissen Sie, Terence, darunter hatte ich noch als Erwachsener zu leiden. Mich mögen andere einfach nicht.«

Sehr richtig, dachte ich, aber, oh, warum schenkt Terence ihm so viel ein? Er betrinkt sich, todsicher, Kanadier betrinken sich gern, sie scheinen das als Ehrensache zu betrachten. Terence begreift das nicht, er kennt sie nicht so gut wie ich.

»Sie meinen, in Montreal?« hörte ich Ernie sagen.

»Ja«, sagte Terence. »Ich glaube, die Stadt hat sich sehr verändert.«

»Allerdings, Sie würden sie nicht mehr wiedererkennen. In Montreal passieren aufregende Dinge. Sie sollten sich das mal ansehen. Sie könnten bei mir wohnen, beide.«

Terence murmelte etwas, und dann dröhnte wieder Ernies Stimme. »Nein, nein, ich hätte Sie sehr gern bei mir zu Gast. Sie beide. Es wäre mir eine Ehre, den berühmten Terence Lavery bei mir im Hause zu haben.«

»Ich-bin-nicht-berühmt-nun-reden-Sie-keinen-Unsinn«, sagte Terence verwirrt und überstürzt.

»Sie sind nicht eingebildet, das muß man Ihnen lassen«,

versicherte ihm Ernie. »Ich will Ihnen ein Geheimnis verraten. Ich habe ein Bild von Ihnen an der Wand hängen. Eines, das in der Zeitung erschienen ist, von Ihnen und Maria, damals, bei Ihrer Hochzeit. Ich habe mir einen Abzug danach machen lassen, und wenn mich jemand fragt, sage ich, ich kenne Sie. Bis jetzt war das gelogen, genaugenommen. Ich kenne Maria. Aber jetzt stimmt es, denn jetzt habe ich endlich auch Sie kennengelernt.«

Terence murmelte etwas.

»Ist so wie ein Pin-up-Bild, dieses Foto«, fuhr Ernie fort. »So wie diese Bilder, wissen Sie, mit denen man angibt, obwohl man die Mädchen gar nicht kennt.«

»Aber Sie haben doch gar nicht angegeben«, sagte Terence. »Sie kennen doch Mary, und Sie sagten, sie sei auf dem Bild mit drauf.«

»Reizend sieht sie aus. So schön.«

Es trat ein Schweigen ein, dann murmelte Terence etwas, und einen Augenblick später stand er neben mir in der Küche, die Brauen hochgezogen, und deutete mit dem Kopf zum Wohnzimmer hin. Ich blickte auf und sah drüben Ernie, der mir den Rücken zukehrte. Er schien sich die Nase zu putzen.

Terence flüsterte: »Wir sprachen gerade von dir, er sagte, du seist reizend und so schön. Dann hat er zu weinen angefangen. Was soll das alles?«

Ich sagte: »Geh bitte wieder hinein. Ich trage sofort das Essen auf.«

Das mit dem Essen zu sagen war töricht, aber ich war verwirrt. Ich warf Terence einen flehenden Blick zu, und er nickte und ging wieder ins Wohnzimmer. Ich machte schnell mit dem Essen weiter und versuchte dabei zu sehen und zu hören, was im Wohnzimmer vor sich ging. Terence setzte sich aufs Sofa, die langen Beine übereinandergeschlagen, die Arme links und rechts vom Oberkörper auf der Rückenlehne. Ernie saß mit dem Gesicht zu ihm vornübergebeugt in seinem Sessel, so beflissen wie ein Stellenbewerber. Und als ich Schüsseln und Teller ins Eßzimmer trug, hörte ich Ernie sagen: »Ja, selbst etwas schreiben. Ja, das war und ist meine große Ambition. Das wollte ja auch Hat, Marys Mann. Wir hatten beide gehofft, einmal etwas Interessantes zu schreiben.«

Ich muß ihn vom Thema Hat abbringen, dachte ich. Am besten sage ich, das Essen ist fertig. Ich ging ins Wohnzimmer, und da hörte Ernie zu sprechen auf, erhob sich mit übertriebener Höflichkeit und lud mich mit einer Geste ein, Platz zu nehmen. Er schwankte ein wenig.

»Ernie erzählt mir gerade von seiner Schriftstellerei«, sagte Terence.

»Von meinem unveröffentlichten Roman«, erläuterte Ernie. »Du kommst darin vor. Ja, ja, du bist auch drin. Diese eine herrliche Szene zwischen dir und Mackie McIver. Sie erkundigt sich übrigens noch immer nach dir.«

»So«, sagte ich kühl. »Wie geht es ihr?«

»Oh, wie immer. Wenn ich nach Toronto komme, schaue ich jedesmal bei ihr in der Bibliothek herein. Und dann sprechen wir von dir. Komisch, auf eine merkwürdige Art hat sie dich sehr gern.«

»Hm«, sagte ich und wandte mich dann an Terence. »Tee, würdest du mir beim Auftragen helfen? Das Essen ist fertig.«

»Tee?« sagte Ernie. »Ein Kosename, wie? Ich weiß, Maria ist ganz groß in Kosenamen. Weißt du noch, Maria, daß du ›Mackie‹ auf diesen Namen ›Mackie‹ getauft hast? Mackie – für Mackie Messer.«

Es hatte überhaupt nichts mit Mackie Messer zu tun, dachte ich. Wo hat er das nur her. Und als wir uns dann zu Tisch setzten, sagte Ernie, der noch immer seinen Scotch in der Hand hielt und gerade wieder einen Schluck davon getrunken hatte, mit schon leicht schleppender Stimme: »Ja, und der Name hat auch ganz gut gepaßt, finde ich. War ja auch wie ein Messerstich, daß sie Jimmy von dir und Hat erzählt hat.«

Ich griff rasch nach dem Johannisbeergelee und reichte es Ernie. »Versuch mal davon zum Fleisch.«

Er starrte die Schüssel an. »Was ist denn das?«

»Johannisbeergelee.«

»Zu Lammbraten? Noch nie gehört.«

»Vielleicht eine typisch englische Spezialität«, meinte Terence.

»Minzensoße ist auch englisch«, informierte uns Ernie. »Das weiß ich zufällig. Aber ich muß sagen, wenn ich ehrlich sein soll – ich ziehe Minzengelee vor. Das essen die Kanadier zu Lammfleisch.«

Terence blickte auf seinen Teller. Ich dachte, warum sind es immer meine Freunde, die sich wie riesige Hornochsen benehmen? Ach ja, Ernest Truelove, was bist du für ein brillanter Plauderer. Willst du bitte den Mund halten?

Aber nein, natürlich nicht. Er geriet schon wieder in Fahrt.

»Ja, das ist mir an den Engländern aufgefallen«, sagte er. »Sie mögen diese absonderlichen Soßen. HP-Soße und A-1-Soße und Worcestershire-Soße und noch eine – wie heißt sie noch, ach ja, Lea-and-Perrin's-Soße. Nein, ich glaube, das ist die Worcestershire-Soße. Ja, komisch, wie, daß sie all diese Soßen so gern mögen.«

»Die Küche ist nicht berühmt, zu Hause in England«, sagte Terence und erhob sich, um Wein einzuschenken.

»Stimmt das?« sagte Ernie. »Ich war noch nie dort, wissen Sie. Natürlich bekommen die Armen sehr schlecht zu essen, nicht?«

Terence machte ein verblüfftes Gesicht. »Ja, ja. Wie in den meisten anderen Ländern auch, nehme ich an.«

»Ja, aber Sie haben in England diese Klasseneinteilung. Ich hoffe, ich kränke Sie damit nicht?«

»Sollte ich mich gekränkt fühlen?« fragte Terence lächelnd.

»Na ja, Sie gehören doch zur oberen Schicht, oder?«

Terence lachte. »Ein Jammer, daß meine gute alte Frau Mama das nicht hören konnte. Sie ist so ein gräßlicher Snob.«

»Ja«, sagte ich. »Und sie ist Putzfrau im Verkehrsministerium in London.«

»Ach, kommen Sie, Sie wollen mich zum besten halten.« Ernie lachte sein wieherndes Lachen und trank einen großen Schluck Wein, aber ich sah ihm an, daß er sich ärgerte. »Ich mag ja ein Berufsprovinzler sein«, sagte er, »aber ich weiß doch, wann ich jemanden vor mir habe, der mit britischem Oberschicht-Akzent spricht. Weil *ich Arbeiter*klasse bin. Mein Vater ist Spengler in Brockville, Ontario.«

»Hm«, sagte Terence, den Akzent wechselnd, »ich quatsche zwar'n ganz passables Englisch, aber das darf Ihnen kein Anhaltspunkt sein. Ich bin'n ganz großer Schwindler, wissen Sie.«

Aber Ernie konnte darüber nicht grinsen. Sein Gesicht war gerötet vom Trinken und von der Erregung.

»Das ist kein Witz, Ernie«, sagte ich, ohne es eigentlich

gewollt zu haben. »Terence hat mit einem Stipendium in Oxford studiert.«

»Genau«, sagte Ernie. »Oxford. Das ist ein himmelweiter Unterschied zum Sir George Williams College in Montreal, das ich besucht habe. Eine Schule des Christlichen Vereins Junger Männer.« Er wandte sich an Terence. »Also ich weiß nicht, ob das ein Witz sein soll oder nicht, daß Ihre Mutter eine Putzfrau ist. Ich bin jedenfalls *nicht* Mittelstand. Mich würde kein Mensch für einen Angehörigen des Mittelstands halten.«

Dann sah er mich an. »Du, Maria, du gehörst zum Mittelstand. Dein Vater war Börsenmakler, glaube ich.«

»Nein«, sagte ich, »das ist ein Irrtum. Wie könnte es in so einem kleinen Ort wie Butchersville einen Börsenmakler geben? Mein Vater war ein kleinstädtischer Geschäftsmann, der eine Holzhandlung hatte, die pleite ging, und dann kam der Krieg, weiß Gott, was sonst aus ihm geworden wäre.«

Terence begann zu lachen und wippte mit dem Oberkörper über seinem Teller hin und her. »Ätsch, mein alter Herr hat aber eine größere Pleite gemacht als dein alter Herr – von wegen Snobs.«

Ich blickte Ernie an, überzeugt, daß er diese Bemerkung nun wirklich krummnehmen würde, aber da begann sich seine innere Spannung zu lockern, und er drehte sich um und deutete auf mich. »Ist das nicht lustig, daß sie mit ihrem alten Herrn angibt – Pleite, Holzhandel –, ja, ich gebe zu, das ist ungewöhnlich. Tatsächlich.«

Ich saß da und sah sie an, und mir war zumute wie ganz früher, wenn Jungen über mich lachten, weil ich ein Mädchen war, und ich sagte mir, Terence ist nicht treulos zu mir, er versucht nur den Abend zu retten; aber er *schien* treulos zu sein, und da standen mir auf einmal Tränen in den Augen, und was noch schlimmer war, sie hörten beide zu lachen auf und blickten mich besorgt an.

»Es war ein Scherz«, sagte Ernie. »Nur ein Scherz, Maria.« Und ich sah den besorgten Blick von Terence und dachte, er glaubt, ich bin verrückt, ja, das glaubt er, oh, ich mußte etwas tun, damit er nur *das* nicht denkt, und so begann ich zu reden, einfach drauflos und recht wirr, nehme ich an. Was ich alles redete, weiß ich nicht mehr, aber ich erinnere mich, daß ich log und sagte, meine Tränen hätten nichts mit ihrem Lachen zu tun, ich hätte nur an etwas Unschönes denken müssen, das mir während des Tages zugestoßen sei, etwas, woran ich mich gerade wieder erinnert hätte.

Natürlich fragten sie mich beide, was das denn für ein unschönes Erlebnis gewesen sei, und ich weiß selbst nicht, wie es kam, auf einmal begann ich ihnen von dem Mann zu erzählen, der mich am Morgen auf der Straße angesprochen hatte. Und als ich sagte, dieser Mann, ein gut gekleideter, normal aussehender Mann habe mir etwas Unanständiges zugeflüstert, blickte Ernie plötzlich sehr aufmerksam. »Was denn?« fragte er. »Ich meine, was hat er genau gesagt?«

»Ach, einfach etwas Unanständiges.«

»Aber es interessiert mich«, forderte er hartnäckig, und voller Zorn auf ihn dachte ich, na schön, Ernie Truelove, du hast es nicht anders gewollt. Ich beugte mich ein wenig zu Ernie vor, starrte in seine blinden bernsteingefleckten Augen und sagte: »Wenn du es unbedingt wissen willst – er hat gesagt: ›Ich möchte dich vögeln, Baby.‹«

Ernies Gesicht straffte sich. Ich sah, wie sich seine Haut spannte, sah, wie sich seine Ohren flach andrückten. Er legte die Gabel nachdenklich aus der Hand und starrte mit seinem blinden Blick vor sich auf den Teller. Eine kräftige Röte verbreitete sich von seinem Kinn aus über die Wangen, während er über das, was der Fremde auf der Straße gesagt hatte, nachsann. »Mann«, sagte er. »Mann, und trotzdem –« er wandte sich an Terence –, »wissen Sie, Terence, ich sage mir manchmal, wenn die fünfhundert Meilen nicht wären, die mich von einer Frau wie Maria trennen, dann könnte so etwas auch mit mir passieren.«

Ich glaube nicht, daß Terence begriff. »Was?« sagte er und goß Wein in Ernies Glas.

»Ich meine, ich könnte dieser Mann sein«, erklärte Ernie. Er sah zuerst Terence und dann mich an, als wolle er uns herausfordern, ihm zu widersprechen. Er griff nach Messer und Gabel und schnitt ein Stück Fleisch ab.

»Ich erwähne das«, fuhr er fort, »weil es Terence vielleicht interessiert. Schöpferische Menschen hören oft gern etwas über anomale Gemütszustände.« Er lachte und hob das Stück Fleisch an den Mund. »Wie etwa die Liebe.« Er steckte das Fleisch in den Mund und begann gleichzeitig zu kauen und zu sprechen. »Ja, die Liebe. Terence, ich will Ihnen erzählen, was mir vor neun Jahren passiert ist. Ich war für einen Tag nach Toronto herübergekommen, weil ich in der Hauptredaktion von *Canada's Own* zu tun hatte. Nach meiner Unterredung mit MacKinnon, unserem Chefredakteur, ging ich in die Bibliothek, weil ich da etwas nachsehen wollte. Und da war sie.«

Noch immer kauend, wandte er sich an mich, den Mund halb geöffnet, so daß man die Fleischteilchen sehen konnte. »Ja. Maria. Ich weiß sogar noch, was sie damals trug. Sie trug ein Blusenkleid, rot und schwarz – nein, es waren rosa und schwarze Streifen. Ich erinnere mich, das

Rosa paßte genau zu dem Rosa ihrer Lippen. Und ich erinnere mich, ich bat sie um ein paar Akten, und sie brachte sie mir, aber glauben Sie mir, ich habe überhaupt nichts getan, ich habe nur dagesessen, bis es Zeit war für meine Maschine. Ich hatte mich verliebt. Jawohl.«

»Das war natürlich der berühmte Dunne-Magnetismus«, sagte Terence, der versuchte, das Ganze ins Spaßhafte zu wenden.

»Ja, ja«, entgegnete Ernie. »Und stellen Sie sich vor, ich sah sie vier Monate lang nicht – vier volle Monate –, aber ich glaube, es verging kein einziger Tag, an dem ich nicht an sie gedacht hätte. Das dürfen Sie mir glauben. Ich wußte nicht einmal, daß sie verheiratet war. Ich habe nicht einmal ihren Trauring bemerkt. Na, was sagen Sie dazu?«

»Hm«, sagte Terence.

»Ich glaube, ich rede zuviel, wie?«

»Meine Ohren brennen schon«, sagte ich. »Können wir nicht das Thema wechseln?«

»Das Thema wechseln?« Ernie fixierte mich mit seinem Blick. »Mich hast du jedenfalls ganz schön ausgewechselt. Ja, ja, du hast mein ganzes Leben verändert.«

»Nun komm«, sagte ich. »Übertreib nicht.«

Er schüttelte den Kopf und blickte mich an. »Das tue ich nicht. Weiß Gott nicht.«

Er starrte mich an, und ich starrte ihn an, diesen vergessenen Vertreter, der da behauptete, ich hätte sein Leben verändert. Im Zerrspiegelkabinett unserer Erinnerung entstellen wir das, was wir sehen. In Ernies Spiegelbild von mir werde ich vergrößert, zu einem Mädchen verzerrt, das ihn verlockte, zum Gegenstand seiner großen, unglücklichen, unerfüllten Liebe. Während er in dem gleichfalls verzerrenden Spiegel meiner Vorstellung als ein untersetzter Zwerg aus meiner Vergangenheit erscheint, ein uninteressanter Fremder, an den man sich nur wegen seiner kleinen Verschrobenheiten erinnert.

Ich sah ihn an, während er schuldbewußt von seinem Wein trank. »Ich weiß«, sagte er. »Ich gehe Maria bestimmt auf die Nerven. Sie hat mir damals oft zu verstehen gegeben, daß ich sie langweile. Und das stimmt, ich bin kein sehr interessanter Mensch, das weiß ich. Aber vielleicht interessiert es Terence?«

Im Wohnzimmer begann das Telefon zu läuten.

»Ich gehe«, sagte ich zu Terence.

»Nein, laß nur, es ist wahrscheinlich sowieso für mich.«

Es gab kein Entrinnen, Terence war schon aufgestanden und hinausgegangen. Der Apparat hörte auf zu läuten, und Ernie und ich saßen verlegen da. Terence' Stimme aus dem Wohnzimmer: »Hallo? ... Ja, wie ist es denn gegangen? ... m ... mm.«

Während sich Ernie auf seinem Stuhl herumdrehte. »Endlich allein.«

»Was hast du gesagt?« Ich versuchte meiner Stimme einen möglichst eisigen Klang zu verleihen.

»Philadelphia?« sagte Terence am Telefon. »Warum nicht New Haven?«

»Warum hast du mich nie angerufen, wenn du in Montreal warst?« fragte Ernie.

»Ich hab's vergessen.«

»Bist du mir jetzt böse?«

»Wärst du das an meiner Stelle etwa nicht? Reitest da auf diesem Nicht-Anrufen herum. Ich war inzwischen nur zweimal in Montreal, und beide Male nur ganz kurz. Ich kann nicht jeden anrufen, du mußt schon entschuldigen.«

»Bin ich jeder?«

»Wie viele Wochen?« fragte Terence am Telefon. »Fünf?«

»Ernie, sei doch nicht kindisch. Ich sag' doch, ich hab's vergessen.«

»Na schön, dann hast du's eben vergessen. Ich nehme an, ja, ich nehme an, das ist die letzte, ja, die allerletzte Ohrfeige. Du hast's vergessen. Da weiß ich ja dann Bescheid, nicht?«

»Bitte«, sagte ich, »ich fühle mich heute abend nicht wohl. Fangen wir jetzt keine große Szene an, ja?«

»Gib mir doch mal Jack«, sagte Terence am Telefon.

»Ich liebe dich noch immer«, sagte Ernie, wobei er verstohlen zum Wohnzimmer hinüberblickte.

»Ach, das ist doch Unsinn!«

»Doch.«

»Oh, sei still. Wie könntest du!«

»Wie ich das *könnte*? Weil ich's kann, weil ich dich eben liebe, weil ich nichts dagegen machen kann. Das habe ich dir doch alles schon gesagt. Erzähl mir nicht, daß du dich nicht daran erinnerst.«

»Ich erinnere mich aber nicht daran.«

»Ach, nun komm, Maria.« Er sah mich vorwurfsvoll an.

»Ich erinnere mich nur –« nun war ich es, die einen verstohlenen Blick ins Nebenzimmer warf, wo Terence sich aufhielt –»daß du mich ein paarmal zum Essen ausgeführt hast, während ich auf Hat wartete, der gerade in Europa war. Du wußtest, daß ich im Begriff war, Hat zu heiraten. Das habe ich dir gesagt.«

»Das hast du mir *nicht* gesagt«, entgegnete er fast schreiend. Er sah mit einem alkoholbenebelten Blick zum Wohnzimmer hinüber und wandte das Gesicht wieder mir zu. »Das hast du mir nicht gesagt«, wiederholte er in etwas ruhigerem Ton.

»Nun, ich dachte, ich hätte es dir gesagt, aber das ist ja auch gleichgültig. Es war nichts zwischen dir und mir. Was für einen Grund hattest du, dich für mein Privatleben zu interessieren?«

»Ich liebe dich«, sagte er. »Ist das kein Grund?«

»Nein, nein, gib mir noch einmal Jack«, sagte Terence am Telefon.

»Meinetwegen«, sagte ich zu Ernie (und ich dachte dabei, das ist blöd, das ist nicht zum Aushalten, wie bin ich nur in diese Sache hineingeraten?). »Aber ich habe nie gesagt, daß ich dich liebe.«

Er senkte den Kopf. »Du hast mich aber in diesem Glauben bestärkt.«

»Wann?«

»Als ich dich diese paar Male ausführte.«

»Daran kann ich mich nicht erinnern.«

»Aber du erinnerst dich, daß wir ein paarmal zusammen ausgingen, ja?«

»Ich bin auch mit anderen Männern ausgegangen.«

»O Maria«, sagte er. »Bitte, stell dich nicht so an. Als du das eine Mal in meiner Wohnung geblieben bist, haben wir die ganze Nacht darüber geredet. Ich werde diese Nacht nie vergessen, Maria. Nie. Ich bin seitdem nicht mehr der gleiche Mensch.«

Ich gab keine Antwort. Ich blickte in seine alkoholverschleierten Augen und dachte, *ich kann mich nicht erinnern.* Wie meint er das, ich sei in seiner Wohnung über Nacht geblieben? Ich konnte mich nicht erinnern.

Im Nebenzimmer sagte Terence: »Nein, das war die erste Option, glaube ich. Sieh nur mal nach.«

Ich dachte, zwischen mir und Ernie ist nie etwas gewesen, das ist Unsinn. Und dann dachte ich, von Panik erfaßt, wenn aber nun etwas mit meinem Gedächtnis ist, so eine schizophrene Jekyll-und-Hyde-Sache? Wenn ich nun Dinge getan habe, an die ich mich einfach nicht erinnern kann?

Ich starrte ihn an. Ich hörte mich sagen: »Ernie, das war – das ist alles schon so lange her.«

»Für dich vielleicht«, erwiderte er. »Für mich ist das alles noch so deutlich wie in der Nacht, als es geschah.«

»Als *was* geschah?« Ich zitterte, und er sah, daß ich zitterte, und das schien ihn zu erregen.

»Du sagst, du erinnerst dich nicht«, erwiderte er mit lauter, empörter Stimme. »Du sagst, du erinnerst dich nicht an das, was für mich der wichtigste und – ja, der innerlich aufwühlendste Abend meines ganzen Lebens war.«

Seine Augen funkelten; Hysterie ist ansteckend, ich spürte, wie sie in mir emporstieg, als wir uns so anstarrten, hysterisch erregt, das Essen, ja sogar Terence vergessend. Es war, als befänden wir uns allein in der Wohnung, Ernie und ich. Und dann begann Ernie mit der auf bewußte, überdeutliche Artikulation bedachten Stimme des Betrunkenen von neuem zu sprechen. »O ja, Maria, ich nehme an, du möchtest das gern vergessen. Du hast ein Talent zum Vergessen, das zu vergessen, was wirklich geschah. Du benutzt andere Menschen, dann läßt du sie fallen. Ja, mein Gott, wenn ich mir das vorstelle, der Appell der Fallengelassenen, ja, wenn ich an die denke, die sich deiner Gunst nicht würdig erwiesen, wie zum Beispiel Jimmy Phelan, ich bin ihm nur ein-, zweimal begegnet, aber er schien mir ein sehr netter Junge zu sein. Ein *sehr* netter Junge. Und die arme Mackie McIver, schön, sie hat Jimmy das mit dir und Hat erzählt, aber sie hatte ja auch Jimmy ganz gern, aber wieso, verdammt noch mal, diese Frau war doch wie eine Mutter zu dir, sie hat dir die Schauspielschule bezahlt, du hast bei ihr gewohnt, und ich weiß zufällig, daß du ihr nie schreibst oder sie mal anrufst, ja, du hast sie fallenlassen, genau wie mich, genau wie Hat. Hat, der arme Kerl, all diese Monate hat er auf dich gewartet. Wenn ich daran denke, Herrgott, Hat war mein bester Freund.«

Ich hörte mir alles an, aber das machte mich stutzig. Ernie und Hats bester Freund, das schien mir lächerlich, das stellte alles andere, was er gesagt hatte, in Frage. »Du – Hats bester Freund?« sagte ich. »Nun hör aber auf, Ernie, das stimmt doch nicht.«

»Doch, das stimmt!« rief er. »Ich war bei ihm in der Nacht, als er starb. Ich war der letzte, der mit ihm gesprochen hat.«

Ich hatte schon einmal Einzelheiten eines Todes erfahren. Ralph Davis las den Bericht über die gerichtliche Untersuchung und erzählte meinem Bruder davon, der wiederum mir erzählte, wie das Zimmermädchen im Park Plaza Hotel in New York um elf Uhr morgens an die Tür geklopft und keine Antwort bekommen hatte. Wie sie dann mit Hilfe ihres Hauptschlüssels die Tür geöffnet, den auf dem Bett liegenden Mann gesehen und geglaubt hatte, er schlafe noch, und dann die zur Decke emporstarrenden offenstehenden Augen gesehen hatte. Wie sie darauf hinausgegangen war, die Tür entsprechend der für solche Fälle geltenden Anweisung wieder abgeschlossen hatte und den Flur entlanggerannt war zum Haustelefon. Als Ernie sagte, er sei der letzte gewesen, der mit Hat gesprochen hatte, da dachte ich an den letzten

Menschen, der mit meinem Vater gesprochen haben mußte, an die Frau (wer immer sie war), die am Nachmittag vorher mit ihm zusammen in diesem Hotel abgestiegen war. Sie müssen sich ausgezogen haben und sofort ins Bett gegangen sein, denn der Leichenbeschauer ermittelte als Todeszeit den späten Nachmittag oder frühen Abend. Ich sehe meinen Vater, wie er mitten im Akt zusammenbricht, zur Seite rollt und stirbt. Ich sehe, wie die entsetzte Frau versucht, ihn wieder zum Leben zu erwecken. Ich sehe sie seine offenen Augen anstarren, sie fragt sich, ob sie sie zudrücken und ihn zudecken soll, aber das kann sie nicht tun, denn dann würden die ermittelnden Behörden sofort wissen, daß zur Zeit seines Todes jemand bei ihm war. Also verläßt sie das Bett, zieht sich an und geht hinaus, wobei sie die Tür hinter sich ins Schloß fallen läßt. Es wird dunkel; er liegt die Nacht hindurch da, die toten Augen starren zur Decke empor, der New Yorker Nachthimmel wirft sein rotes Leichentuch über den nackten Körper. Der Morgen graut, es wird Tag, um elf dreht sich ein Hauptschlüssel im Schloß, seine Nachtwache ist beendet.

Ich saß da und erinnerte mich an dies alles, sah Dinge, die ich nie wirklich gesehen hatte. Als mein Vater starb, war ich zweitausend Meilen weit weg auf der Schule. Wenn Ralph Davis Dick nichts gesagt und Dick mir nicht die Geschichte weitererzählt hätte, hätte ich nie etwas davon erfahren. Dann wäre ich heute eine andere Frau. Ich wollte nicht, daß Ernie mir erzählte, wie Hat gestorben war. Er starb in Montreal, und er starb ganz plötzlich, das war alles, was der Mann mir damals auf Molly Lupowitz' Party gesagt hatte.

Aber da war Ernie, Ernie mit den irr glänzenden Augen, und ich hätte wer weiß was getan, nur um ihn vom Thema

Tod abzubringen, und so sagte ich: »Dieser Abend – ich meine, dieser Abend, von dem du gesprochen hast, diese Nacht, die ich in deiner Wohnung verbracht habe, wie du sagst – wann war denn das? Bitte, ich verstelle mich jetzt nicht, mit meinem Gedächtnis stimmt heute einfach etwas nicht, ich kann mich an nichts mehr erinnern. Wirklich an *gar nichts.*«

Das schien ihn ein wenig zu besänftigen, denn er griff nach der Flasche, schenkte sich den Rest Wein ein, trank ihn auf einen Zug aus, nickte, beugte sich vor, nickte noch einmal und sagte: »Na schön. Gut, nehmen wir mal an, ja, nehmen wir mal an, du machst dich nicht über mich lustig. Ja, nehmen wir das mal an. Du erinnerst dich nicht an den Abend, der, wie gesagt, der wichtigste, der aufregendste Abend meines ganzen Lebens war. Gut, wenn dem so ist, was muß ich mir dann sagen, Maria? Hm? Dann muß ich mir sagen, daß ich als ein verrückter und stupider Idiot dastehe, der ich zweifellos bin, wenn ich eine Frau wie dich liebe. Als ein *Idiot.*«

»Ernie«, sagte ich, »ich wollte dir nicht weh tun, wirklich, das wollte ich nicht. Ich – ich bin heute einfach schrecklich durcheinander.«

»Ja, Maria«, sagte er, »das glaube ich auch, daß du durcheinander bist. Vielleicht vergißt du diese Dinge, weil du es nicht ertragen kannst, dich an sie zu erinnern. Aber ich glaube, es ist nicht gut, wenn du sie vergißt. Du kennst doch die Maxime: Wer sich nicht an die Geschichte erinnern kann, ist dazu verurteilt, sie zu wiederholen. Willst du wirklich dein Leben wiederholen? Willst du das wirklich?«

»Nein, ich glaube nicht«, sagte ich.

»Gut, dann will ich dir erzählen, was an diesem Abend

geschah. Laß mich mal überlegen.« Und er begann zu sprechen. Gleich darauf kam Terence wieder herein und setzte sich zu uns. Aber Ernie ließ sich von ihm nicht stören. Er hatte zu seiner Erzählung angesetzt. Er war Coleridges ›Alter Matrose‹; er bannte uns mit seinem trunkenen Blick: wir waren gefangen.

»Erinnerst du dich an den Anfang dieser Nacht, Maria? Erinnerst du dich, daß ich mit Hat zusammen unten in der Bar des Tour Eiffel saß? Es war etwa acht Uhr, und wir saßen schon seit ungefähr drei Stunden dort, und Hat geriet allmählich in Fahrt. Ich hatte ihm bei einer Story geholfen, das heißt, ich hatte ihm die Laufereien abgenommen, na ja, wir saßen eben dort in der Bar, Hat und ich, und quatschten, und da kam plötzlich jemand herein, bei dessen Anblick mein Herz immer einen Schlag lang aussetzt. Du hast auf einmal auf der Schwelle gestanden und zu uns herübergesehen, aber nichts gesagt, und Hat blickte auf und sah dich. Ich erinnere mich, er sagte sehr beiläufig: ›Hallo, komm, setz dich zu uns.‹ Aber du hast nicht darauf gehört und bist an uns vorbeigegangen und hast dich an einen Tisch in der Ecke der Bar gesetzt. Und Hat drehte sich zu mir um und redete weiter mit seiner hohen Stimme, aber ich konnte dem Gespräch jetzt nicht mehr folgen, weil du da warst, Maria. Jedesmal, wenn ich mit dir im gleichen Raum bin – sogar jetzt –, dann fühle ich mich so erregt, daß ich – na ja, ich bin dann gewissermaßen außer Atem, verstehst du?«

»O Ernie, um Gottes willen!«

»Nein, wirklich, im Ernst.«

»Schön, also im Ernst«, sagte ich. »Aber können wir nicht von etwas anderem sprechen?«

»Trinken Sie noch einen Schluck Wein«, sagte Terence,

stand auf und ging zur Anrichte, um noch eine Flasche zu holen, aber er warf mir einen merkwürdigen Blick zu, der mein Herz wieder zum Rasen brachte. Was mußte er denken? Glaubte er vielleicht, zwischen mir und diesem gräßlichen Ernie sei etwas gewesen? Zornig und furchtbesessen, von dem Wunsch erfüllt, daß mein Herz sich wieder beruhigte, wandte ich mich Ernie zu, und o Gott, da weinte er. Tränen standen in seinen Augen, kindische Tränen, ein kindischer Kummer, unverhohlen, von keiner Scham verhüllt.

Hinter mir an der Anrichte hörte ich ein knallendes Geräusch, als Terence die Flasche entkorkte. Und in der kurzen Stille, die darauf folgte, hörten wir beide Ernie schluchzen. Es war schrecklich.

»Was ist denn, Ernie?« fragte ich ungeschickt. »Fühlst du dich nicht wohl?«

»Ich – ich –« begann er, aber seine Worte gingen wieder im Schluchzen unter.

»Ernie, weißt du was«, sagte ich in einem Ton, der möglichst fröhlich klingen sollte, »wir sprechen über diese Dinge ein andermal. Schließlich –« ich lachte gekünstelt – »schließlich habe ich selbst dem armen Terence schon so viel von meinem Vorleben erzählt, daß es ihm für einige Jahrzehnte reicht.«

Noch immer schluchzend, drehte sich Ernie auf seinem Stuhl um, schluckte hörbar, blickte mit nacktem, tränennassem Gesicht zu Terence auf, der sehr verlegen und betreten von der Anrichte herüberkam und hastig große Mengen Wein in unsere drei Gläser goß. »Aber Terence scheint –« begann er, »ich meine, er scheint so ein netter Kerl zu sein. Und wenn er nichts dagegen hat, möchte ich Maria gern von dieser Nacht erzählen, damit ich's mir von der Seele rede, gewissermaßen. Ich habe das Gefühl, es wäre sehr nützlich – wenn Terence nichts dagegen hat?«

»Ich habe nichts dagegen«, beeilte sich Terence ziemlich verwirrt und ratlos zu versichern.

»Vielen Dank.« Ernie zog ein Bündel Papiertaschentücher aus der Hosentasche, schneuzte sich und schien sich wieder in die Gewalt zu bekommen. Terence setzte sich mit sichtlich unbehaglichem Gefühl hin, stellte die Flasche neben Ernie auf den Tisch und drehte sich dann zu mir um mit einem Blick, der das Ganze als einen Spaß zu sehen versuchte. Natürlich war es kein Spaß, das wußte er genau, aber sein Blick beruhigte mich ein wenig. Zumindest war er auf meiner Seite.

»Ja«, sagte Ernie, »um auf diesen Abend zurückzukommen.« Er nickte, beugte sich vor, nickte dann noch einmal wie jemand, der gerade in einem Buch, das er liest, die Stelle gefunden hat, an der es weitergeht. »Ja, ich glaube, er – ich meine, Hat – war mit dir verabredet und hatte das völlig vergessen. Und du hattest so eine Ahnung, wo du ihn finden konntest. Ja?«

Ich nickte. Herauszubekommen, wo Hat sich in jenen Tagen aufhielt, war nicht schwer.

»Jedenfalls, du warst auf einmal da, Maria, an einem Tisch in einer Ecke der Tour-Eiffel-Bar, und neben mir saß Hat und redete. Ein Kellner trat an deinen Tisch und erkundigte sich, was du haben wolltest, und kam dann zu uns an die Bartheke. Er sagte zu mir: ›Verzeihen Sie, Sir, die Dame dort wünscht Sie zu sprechen.‹ Natürlich dachte ich, der Kellner hätte sich geirrt, deshalb sagte ich zu Hat: ›Sie meint dich.‹ Aber der Kellner sagte: ›Nein, Sir. Sie.‹ Und er deutete auf mich, und ich sah zu dir hinüber, Maria, und du hast genickt, und da bin ich zu dir gegangen, und erinnerst du dich, du hast mich gebeten, dich zu einem Drink einzuladen? Na, das hab' ich natürlich gern getan, ich hab' mich zu dir gesetzt und etwas bestellt, und dann haben wir miteinander geplaudert, nur wir zwei, ich und die Frau meiner Träume.«

»Ehem«, sagte Terence und grinste mich dabei an. »Ich glaube, wir könnten eine Tasse Kaffee vertragen, wie?«

»Ich mache welchen«, sagte ich und sprang auf, aber Ernie sah mich an. »Bitte«, sagte er. Auf einen Wink von Terence gab ich mich geschlagen und setzte mich wieder. Ernie erzählte weiter: »Also der Kellner brachte unsere Drinks, und wir zwei, Maria, saßen an dem Tisch in der Ecke, und gerade als du dein Glas gehoben und ›*Cheers*‹ gesagt hast, stand Hat von seinem Barhocker auf und kam im Zickzack auf uns zu. Ich sehe ihn noch neben uns stehen und zu uns herunterblicken. Er sah mich an und dann dich, und er sagte zu dir: ›Hast du dich nicht geirrt? Ich dachte, du bist mit *mir* zum Abendessen verabredet.‹ Und du sagtest: ›Nein, ich wollte Ernie fragen, ob er mich zum Essen einlädt. Er hat mich schon oft ausgeführt.‹ – ›Wann?‹ fragte Hat. ›Im Sommer, als du dich in Europa herumgetrieben hast.‹ Und als du das sagtest, Maria, da starrte uns Hat sprachlos an, erinnerst du dich?«

»Ich sagte dir doch, Ernie, ich kann mich nicht erinnern.«

»Aber daran *mußt* du dich erinnern. Diese irren Augen, die Hat manchmal hatte. Richtig angefunkelt hat er uns. Ich werde das nie vergessen.«

Ich sah zu Terence hinüber, der mit gesenktem Kopf dasaß und vor sich auf den Tisch sah.

»Ja«, fuhr Ernie fort, »ich hatte immer Angst vor Hat,

weißt du. Jedenfalls – er hat uns so angeblickt und dann gesagt: ›Wer hätte das gedacht? Mary und ihr Truelove, Mary und ihre Wahre Liebe‹ – du weißt, so in singendem Ton, so spöttisch, weißt du. Und da bist du aufgestanden – oh, du warst kolossal, Maria –, du bist aufgestanden, hast deinen Gin und Tonic genommen und ihm das ganze Glas über den Kopf gegossen, oho, das hätten Sie sehen müssen, Terence, wie ihm das Zeug durch die Haare gelaufen ist und übers Gesicht, und Maria sagte zu ihm: ›Werde erst mal nüchtern‹, und ging an ihm vorbei und zur Tür hinaus, und ich ging ihr nach, und da kam der Kellner hinter uns her gerannt, weil wir zu zahlen vergessen hatten, und während ich bezahlte, sah ich Hat noch immer neben dem Tisch stehen. Er trocknete sich gerade mit einer Serviette das klatschnasse Haar. Ich nehme an, es war lustig, vielleicht hätte man die ganze Szene komisch nennen können, aber weißt du, Maria, für mich war sie nicht lustig, denn mein Leben lang haben sich Leute über mich lustig gemacht, und wenn man Ernest Truelove heißt, was kann man da anderes erwarten?

Aber an diesem Abend hast du mich für das alles entschädigt, Maria. Ja, und wir gingen essen, ich erinnere mich, wir gingen ins La Salle Hotel, in das alte Restaurant im Erdgeschoß mit den gewürfelten Tischdecken, es existiert heute gar nicht mehr, und wir haben Wein getrunken zum Essen und ziemlich viel erzählt, und ich weiß noch, dich hatte die Szene sehr aufgeregt, der Krach mit Hat, so daß der Alkohol auf dich vielleicht stärker wirkte; jedenfalls, was ich sagen will, du hast wohl einen kleinen Schwips bekommen, während ich nüchtern blieb, und vom La Salle Hotel fuhren wir in meine Wohnung, erinnerst du dich, auf der Höhe, beim Beaver Lake, und ich machte eine Flasche Napoléon auf, die Sally mir von ihrer Europa-Reise mitgebracht hatte, und da fingen wir dann richtig an zu trinken. Weißt du, Maria, du erinnerst dich wohl nicht daran, aber auf einmal hast du aufgehört zu sprechen und still dagesessen, und dann hast du gesagt, es sei ein Fehler, daß du Hat heiraten wolltest, du könntest mit niemandem glücklich werden und wüßtest das genau, du wärst von dir aus unglücklich und würdest andere unglücklich machen, und dein Vater hätte ein schlimmes Ende gefunden, und dir würde es auch so gehen.

Du siehst, ich erinnere mich noch an alles, Maria, ja, ich sehe dich auf dem kleinen Teppich vor dem Fenster mit dem Ausblick auf Montreal sitzen, all die vielen Lichter unter uns, du hast erzählt, ich habe dir gegenübergesessen, und dann begannen die Lichter auszugehen, als es langsam Morgen wurde. Terence, vielleicht verstehen Sie das besser als Maria, weil sie sich nicht daran erinnert, sie sagt, sie erinnert sich nicht, jedenfalls – es war Morgengrauen, und sie hatte gerade gesagt, sie sei sich gar nicht sicher, ob sie Hat Bell heiraten sollte, sie könne niemals einen Menschen glücklich machen, jedenfalls – ich hab' mir plötzlich ein Herz gefaßt und zu ihr gesagt: ›Mary, wenn du mich heiratest, wäre es mir egal, ob du mich glücklich machst oder nicht. Nur in deiner Nähe zu sein wäre für mich mehr Glück, als ich sonst je für mich erhoffen könnte. Denn ich liebe dich, Maria, ich liebe dich aufrichtig, ich liebe dich, wie dich sonst niemand liebt. Ich meine, selbstlos – *selbstlos*. Hör zu‹, hab' ich weiter gesagt, ›wenn du Hat Bell nicht heiraten und von hier fort willst – nach Europa oder so –, dann stelle ich dir zwei Drittel meines Gehalts zur Verfügung, ohne irgendwelche Bedingungen, ohne daß du mir für irgend etwas Rechenschaft schuldig wärst, du gehst einfach fort, für ein Jahr oder für wie lange du willst.‹

Und das kannst du mir glauben, Maria, als ich das damals vor vielen Jahren im Morgengrauen sagte, da habe ich das ernst gemeint, jedes Wort, es wäre mir übrigens noch heute ernst damit, denn wenn man jemand wirklich liebt, dann ist es ganz gleich, was der andere tut, ob er ein guter oder ein schlechter Mensch ist, denn wenn man sagt, man würde für den anderen einen Mord begehen oder sich für ihn umbringen lassen, was hat dann Gut oder Böse damit zu tun?«

»Das ist doch Unsinn, Ernie, sieh mal –«

Er hob die Hand, wie um mich zum Schweigen zu bringen, und wandte sich dann an Terence. »Nein, ich bin überzeugt, Terence versteht, was ich meine. Jedenfalls, wie gesagt, es wurde langsam hell an diesem Morgen, und ich hatte dir diese Liebeserklärung gemacht, und wir saßen nebeneinander auf dem Teppich vor dem großen Fenster, und da hast du dich plötzlich an mich gelehnt, Maria, mit geschlossenen Augen, das Gesicht zu mir emporgehoben, als wartetest du auf einen Kuß, und ich erinnere mich, was ich da empfand, das ist viel zu persönlich, als daß man es in Gegenwart eines Dritten beschreiben könnte, jedenfalls, wir küßten uns, und ich werde diesen Augenblick nie vergessen, Maria, als ich dich küßte, ich werde mich mein Leben lang daran erinnern. Entschuldige, ich weiß, ich benehme mich unmöglich, aber ich will dir nur noch das eine sagen. Nur noch das eine, nämlich daß ich mein ganzes Leben noch einmal leben würde nur wegen dieses einen Augenblicks, ja, ich würde meine Kindheit noch einmal in Kauf nehmen und meinen Namen und daß sich die Leute über mich lustig machen und keiner mich richtig mag – ja, und das Schlimmste ist, daß ich den Leuten keinen Vorwurf mache, daß sie mich nicht mögen, weil *ich selbst* Menschen wie mich verachte, und ich weiß, daß ich nicht so bin wie Terence, beispielsweise, obwohl ich gern so sein möchte; ich weiß, daß alles, was ich je getan habe und je tun werde, doch nur drittklassig ist, ja, auch der Roman, an dem ich schreibe, das Buch, auf das ich so große Stücke halte, ja.«

Seine blinden Augen, gerötet von Tränen und vom Trinken, suchten mich, als wartete er darauf, daß ich etwas sagte. Ich saß starr da und konnte mein Zittern gerade noch unterdrücken; aber mein Herz erschreckte mich. Ich sagte: »Bist du fertig?«

»Ja, ich bin fertig, ich glaube, ich bin endlich fertig. Das war wohl alles, meine ganze große Geschichte. Langweilig, nicht? Ich weiß. Ich weiß nur nicht, warum ich dich damit belästigt habe, euch beide, denn ich glaube, wichtig ist sie nur in meinem Gedächtnis; du erinnerst dich nicht einmal daran, Maria. Du warst ein wenig beschwipst, damals, und es war nur ein Kuß, es ist gar nichts passiert, außer daß du gesagt hast, du hättest mich ganz gern –«

»Sie sagen, Sie sind jetzt fertig mit Ihrer Geschichte, ja?« fragte Terence.

Da senkte sich, wie wir so im Eßzimmer saßen vor den Resten des Mahls, vor den Tellern, Gläsern, Flaschen, ein Augenblick völliger Bewegungslosigkeit auf uns alle drei herab, als hätte sich der Film unseres Lebens verklemmt. Wir lösten uns erst wieder aus der Erstarrung, als Ernie plötzlich mit dem Kopf einen Ruck machte und das von der fast schmerzhaften Parodie eines verlegenen Jungengrinsens verzerrte Gesicht mir zuwandte. »Ja«, sagte er, »ich glaube, ich bin fertig damit. Was, Maria? Herrje, da hab' ich's doch wieder mal fertiggebracht. Da bin ich doch wieder mal Leuten auf die Nerven gegangen, die mir besonders sympathisch sind. Dir und Terence. Herrje noch mal.«

Nach dieser Selbstzüchtigung glaubte er wie alle Menschen, die mit einer Entschuldigung behende bei der Hand sind, man habe ihm auch schon verziehen. Er grinste wieder und sagte: »Was für ein Riesenroß. Das denkt ihr jetzt bestimmt von mir.«

Terence schüttelte halb ärgerlich, halb zornig den Kopf und erhob sich. »Gehen wir hinüber und trinken wir noch einen Cognac.«

Ich sagte, ich wolle Kaffee machen, und ich erinnere mich, daß ich in der Küche, als ich Wasser in den Melittafilter goß und hörte, wie Terence den Schrank öffnete, um die Cognacgläser herauszuholen, meinen Herzschlag so laut und heftig spürte, daß ich mich fragte, mein Gott, wenn es *nicht* die Nerven sind, wenn ich ernstlich krank bin, wenn ich einen Herzfehler habe oder so etwas, wovon ich nichts weiß, wenn ich nun hier in der Küche zusammenbreche und sterbe, das wäre Ernie ganz recht, der hierherkam und all diesen Quatsch und Unsinn von sich gab, ja, ich habe ihn wahrscheinlich »benutzt«, wie er sagt, an jenem Abend damals, weil ich es Hat heimzahlen wollte, aber daran sieht man wieder, wenn man andere benutzt, muß man dafür bezahlen, so wie ich heute abend, viele Jahre danach, für diesen dummen Kuß bezahlt habe, den ich Ernie gab. Und als ich so in der Küche stand und den Kaffee zubereitete, hörte ich Ernie mit lauter Stimme sagen: »Nein, ich dachte, vielleicht zur Beerdigung, da kommt sie mal rauf. Nicht zusammen mit Ihnen, nein, ich dachte, sie kommt vielleicht mal allein.«

»Sie wußte überhaupt nichts davon«, sagte Terence.

»Aber wie ist das möglich? Ich hatte ihr doch ein Telegramm geschickt.«

»Ach!«

»Ja, um sie zu benachrichtigen. Wissen Sie, Hat wohnte damals bei mir.«

»Das habe ich nicht gewußt«, sagte Terence.

»Ja, wir waren ziemlich eng befreundet die letzten ein, zwei Jahre. Ich habe alle Formalitäten für die Beerdigung erledigt, und ich habe seine Familie benachrichtigt und wer sonst noch in Frage kam. Auch Maria. Ich entsinne mich ganz genau, daß ich ihr ein Telegramm geschickt habe.«

Terence murmelte etwas, was ich nicht verstand. Meine Hände zitterten, und ich mußte den Kessel auf den Tisch stellen und mich setzen. Ich legte mein Gesicht mit der Wange auf die Holzplatte des Tischs, und da spiegelten sich meine Augen im Aluminium des Kessels neben mir, sie waren wie die toten Augen meines Vaters, wie Hats tote Augen, und in einem Alpdruckbild sah ich auch meine Mutter als Tote, sie lag jetzt auf dem Fußboden der Küche in Butchersville, der Wind kam unter der Tür herein und wehte ihr die grauen Haare in die toten, starren Augen –

»Mary, was hast du? Ist dir schlecht?«

Terence stand an der Küchentür. Er kam herein, setzte sich zu mir auf den Stuhl, legte den Arm um mich und fühlte mein Zittern, fühlte mein Beben, sah, in welchem Zustand ich war, aber ich fürchtete mich nicht mehr vor ihm, er war lebendig, er war das Leben, nicht der Tod. Ich hielt ihn fest und dachte, er ist mein Erlöser, er erquicket meine Seele. Ich hörte ihn wieder und wieder fragen, was denn sei, und ich verlor die Beherrschung über all die unnennbaren, unvernünftigen Emotionen meines Zustands und hielt ihn fest und küßte ihn und sagte unter Tränen: »Tee, Tee, ich liebe dich, bitte, lieb mich auch.«

»Natürlich. Natürlich liebe ich dich auch.«

»Und dieser gräßliche Ernie«, sagte ich. »Es tut mir leid, daß ich ihn eingeladen habe, aber bitte, ich will jetzt nicht über Tote und Beerdigungen sprechen, über Hat, weißt du, ich bin einfach nicht imstande dazu.«

Terence stand auf, schloß die Küchentür und sagte dann: »Ich sage ihm, dir sei schlecht, du hättest Kopfweh oder sonstwas. Du brauchst dich nicht mehr mit diesem Menschen zu befassen. Der Kerl ist ja total betrunken. Jetzt mach dir keine Sorgen, das gibt sich gleich wieder. Komm, wir gehen hinein, und du verabschiedest dich von ihm, und dann trinke ich noch eine Tasse Kaffee mit ihm und werfe ihn anschließend hinaus.«

»Nein, das kann ich nicht, ich kann dich nicht so im Stich lassen.«

»Du kannst es, und du wirst es auch«, sagte Terence. »Komm jetzt.«

Er faßte mich am Arm und öffnete die Küchentür, und wir gingen zu Ernie hinein, der sich vom Fenster umdrehte, den Cognacschwenker in der Hand, und ich hatte recht gehabt, er trug eine Brille, denn als er sich zu uns umwandte, nahm er sie gerade verstohlen ab, mit der merkwürdigen eitlen, schuldbewußten Miene dessen, der anderen verheimlichen möchte, daß er Augengläser braucht. Er klappte die Brille zusammen, schob sie in die Seitentasche seines blauen Blazers und kam mit einem gezwungenen Lächeln auf uns zu. »Sehr schön, Arm in Arm, ach ja, die junge Liebe. Ihr gebt ein schönes Paar ab, doch, das muß man sagen.«

»Mary fühlt sich leider nicht wohl«, sagte Terence. »Sie hat Migräne, und ich glaube, es ist das beste, sie sagt jetzt brav gute Nacht, nimmt zwei Tabletten Aspirin und geht zu Bett. Meinen Sie nicht auch?«

»Migräne«, sagte Ernie. »Ja, das ist – ja, das ist dumm. Das tut mir leid.«

»Mir tut es leid«, sagte ich. »Aber ich fürchte, ich bin in dieser Verfassung keine gute Gesellschafterin mehr.«

»Ist schon gut, mach dir keine Sorgen, ich bin überzeugt, Ernie versteht das«, beeilte sich Terence hinzuzufügen.

»Ja, natürlich, natürlich«, bestätigte Ernie mit dröhnender Stimme. »Leg du dich gleich ins Bett. War prima, dich mal wiederzusehen, ganz großartig, und sehr fein von dir, diese Einladung zum Abendessen, das war allein die Reise nach New York wert, und sei mir nicht bös, daß ich soviel von vergangenen Dingen erzählt habe, aber ich glaube, du weißt jetzt, wie sehr ich die ganze Zeit an dich gedacht habe; na ja, ich darf dich jetzt nicht aufhalten, wo du dich so schlecht fühlst, ich sage auch gleich gute Nacht und gehe.«

»Kein Grund zur Eile«, sagte Terence. »Trinken Sie ruhig noch ein Gläschen mit mir. Ich glaube, Mary hat auch Kaffee gemacht.«

»Ja«, sagte ich, »er ist schon fertig.«

»Nein, nein, ich muß wirklich gehen. Ich bin Ihnen lange genug zur Last gefallen.«

»Nun...« Terence unterließ es, ihn ein zweites Mal aufzufordern.

»Ja, ich muß«, wiederholte Ernie.

»Ja, dann – ehem –«, sagte Terence. »Ja, es war – ja, ehem – nett, Sie kennenzulernen.«

Inzwischen hatte Terence Ernie auf mysteriöse Weise in die Diele bugsiert, und Ernie hatte schon seinen schrecklichen Kokosfaserhut von der Kapitänstruhe genommen. Mein Herz klopfte nicht mehr so laut, das Zittern ließ nach. »Ja, ganz meinerseits, ganz meinerseits«, sagte Ernie zu Terence. »Sie wissen, ich bin einer Ihrer größten Bewunderer, das sagte ich Ihnen ja. Doch, das bin ich.«

»Leb wohl, Ernie«, sagte ich. »Und alles Gute.«

»Leb wohl, Maria. Und denk daran, du hast versprochen, mich anzurufen, wenn du mal nach Montreal kommst.«

»Ja«, sagte ich.

»Ja, dann leben Sie wohl.«

»Leben Sie wohl, Ernie«, sagte Terence und hielt ihm die Wohnungstür auf.

»Oh, noch eins.« Ernie blieb, Hut in der Hand, neben der Kapitänstruhe stehen und drehte sich wieder zu mir um. »Die Sache interessiert mich nur, ich sprach gerade eben mit Terence, und da kamen wir darauf, ich meine, auf ein Telegramm, das ich dir bei Hats Tod geschickt habe. Du hast es offenbar gar nicht erhalten?«

Ich schüttelte den Kopf. Aber der Stoß saß.

»Dann – hast du dann den Brief bekommen, den ich ein paar Tage später abgeschickt habe?«

»Was für einen Brief?«

»Einen Brief, den Hat dir wenige Stunden vor seinem Tod geschrieben hatte.«

»Einen Brief?« sagte ich wie betäubt.

»Ja, er hatte den ganzen Nachmittag daran geschrieben.«

»Was für einen Brief? Ich habe keinen Brief bekommen.«

»Hm«, sagte Ernie. »Ich habe ihn aufgegeben. Er war an dich adressiert, aber es waren noch keine Briefmarken drauf. Deshalb habe ich ihn noch nicht gleich mit abgeschickt, zusammen mit dem Telegramm. Ich dachte, ich – ehem – ich gebe ihn dir, wenn du zur Beerdigung nach Montreal kommst. Als du dann nicht kamst, habe ich ihn zur Post gebracht.«

»Welche Adresse stand darauf?«

»Augenblick – Gramercy Park.«

»Und an diese Adresse haben Sie auch das Telegramm geschickt?« fragte Terence.

»Ja.«

»Na, da haben wir's ja«, sagte Terence. »Wir wohnten damals nicht mehr dort. Wir wohnen schon seit über einem Jahr hier.«

»Aber der Brief«, sagte ich. »Was ist aus dem Brief geworden? Warum ist er mir nicht nachgeschickt worden?«

»Keine Ahnung«, sagte Terence.

»So was«, Ernie schüttelte den Kopf. »Du hast ihn nicht bekommen? Hm, ich habe oft über diesen Brief nachgedacht. Ich hatte sogar schon vor, mich deswegen mit dir in Verbindung zu setzen. Bei der gerichtlichen Untersuchung wurde ich nämlich gefragt, ob Hat irgendeine Nachricht hinterlassen hätte, und da sagte ich ›nein‹, weil es ja genaugenommen keine Nachricht war, nicht?«

Durch die geöffnete Wohnungstür sah ich, wie eine Nachbarin, eine alte Dame mit einer Geschwulst an der Stirn, zum Aufzug ging und mithörte. Ich beugte mich vor, packte Ernie am Ärmel, zog ihn in die Diele zurück und schloß die Tür. »Was für eine Nachricht?« fragte ich. »Was für eine gerichtliche Untersuchung?«

»Liebling, nun reg dich nicht auf«, sagte Terence. »Es besteht kein Grund zur Beunruhigung.«

»Was für eine gerichtliche Untersuchung?«

»Na ja, es kam zu einer Untersuchung der Todesursache«, sagte Ernie. »Er war während dieser letzten Monate in psychiatrischer Behandlung.«

»Bei Ranald MacMurtry? Dr. MacMurtry?«

»Ja, ein Bekannter von dir, nicht wahr. Er wurde bei der Verhandlung vernommen, und ich erinnere mich, daß er Hat als einen manisch-depressiven Typ bezeichnete. Es ging um die Frage, ob Selbstmord oder ein Unfall vorlag.«

»Selbstmord?« Ich mußte mit zu lauter oder bebender Stimme gesprochen haben, denn Terence tätschelte beruhigend meinen Arm.

»Ja, die Autopsie ergab, daß er durch die Einnahme von Barbituraten und Alkohol gestorben ist. Er hatte wieder zu trinken angefangen, nachdem du ihn verlassen hattest, weißt du. Und dann ging er nach zwei ziemlich schlimmen Touren wieder zu diesem Dr. MacMurtry, und da wurde es eine Zeitlang besser. Er hörte auf zu trinken. Aber etwa eine Woche bevor er starb, fiel mir auf, daß er wieder damit anfing. Und so etwa um diese Zeit fing er auch an, von dir zu sprechen. Das war immer ein schlechtes Zeichen. Jedenfalls – ich sah mir an diesem Samstagnachmittag im Fernsehen das Spiel um den Grey Cup an, und er – ehem – er kam nicht zu mir herein, und das war komisch, er war ein Fußballfan, das weißt du ja, aber, na ja, als ich in die Küche ging, um mir ein Bier zu holen, da saß er vor der Reiseschreibmaschine am Tisch, neben sich eine Flasche Scotch, und er hatte viele Seiten vollgeschrieben; während ich mir das Bier holte, adressierte er einen Umschlag, faltete alle Seiten zusammen, steckte sie hinein und sagte:

›Ich will das per Luftpost nach New York schicken, was glaubst du, was kostet das?‹ Ich habe in meinem Zimmer eine kleine Briefwaage, und da hab' ich den Brief genommen und gewogen, aber wir hatten nicht genug Briefmarken zu Hause, und da sagte er: ›Versprich mir, daß du diesen Brief aufgibst, falls ich Montag nicht ins Büro komme, ja? Er ist wichtig.‹ Ich hatte natürlich beim Wiegen die Adresse gelesen und wußte, daß er an dich war, und deshalb hab' ich etwas Lustiges gesagt, so wie ›Na, ich sehe, du schreibst wieder der Frau meiner Träume‹, aber er hat mich nur mürrisch angeblickt, du weißt ja, und dann nahm er die Whiskyflasche, ging ins Wohnzimmer und fragte, wie das Spiel stehe. Na ja, und das war's, wir haben uns das Spiel zusammen zu Ende angesehen. Ich wollte später zu einer Abendgesellschaft gehen, es war Samstag abend, du weißt ja, Samstag abend in Montreal, und deshalb hab ich geduscht und mich umgekleidet, und als ich dann ging, so etwa um sieben, saß Hat noch immer vor dem Fernsehapparat, und die Flasche war schon ziemlich leer. Ich hab zu ihm gesagt: ›Iß lieber mal was, wenn du bei Sinnen bleiben willst, im Kühlschrank ist noch alles mögliche.‹ Er sah mich an und sagte: ›Mach's gut, Ernie. Viel Vergnügen.‹ Na ja. Ich ging aus und kam spät nach Hause, und ich bin am nächsten Tag, es war ja Sonntag, erst gegen Mittag aufgewacht; die Tür zu seinem Schlafzimmer war noch immer geschlossen, und als ich Kaffee gekocht hatte, dachte ich, bringst ihm eine Tasse rein, das weckt ihn auf, und als ich drin war, lag er im Bett, auf dem Gesicht –«

»Ja, gut«, sagte Terence, »ersparen wir uns die Einzelheiten.«

»Oh – ach Gott, ja, entschuldige, Maria.«

»Und dann kam es zu einer gerichtlichen Untersuchung?«

»Ja, das sagte ich ja schon. Er hatte sich offenbar ziemlich benebelt ins Bett gelegt und ein paar Schlaftabletten genommen und ist dann wahrscheinlich aufgewacht und hat noch mal welche genommen. Du weißt ja, wenn er betrunken war, hatte er keine Ahnung, was er einnahm. Es war jedenfalls eine Überdosis. Man hat etwa fünfzehn Tabletten in seinem Magen gefunden. Die haben ihn umgebracht.«

»O Mary«, sagte Terence, denn ich zitterte am ganzen Leib. Ich muß ausgesehen haben, als würde ich gleich zusammenklappen. Terence führte mich ins Wohnzimmer zurück zum Sofa. Ernie blieb an der Wohnzimmertür stehen. Ich erinnere mich, daß ich Ernie anblickte, daß ich dieses selbstgefällige, hinterhältige Gesicht anstarrte und dachte, war der Brief verschlossen, oder hat er ihn gelesen? Es würde mich nicht wundern, wenn er ihn gelesen hätte.

»War der Brief verschlossen, ich meine, der Brief an mich?«

»Ja, ja, natürlich war der verschlossen. Ich habe nur die Briefmarken draufgeklebt.«

Ich sah Terence an, der sich zu mir gesetzt und den Arm um mich gelegt hatte. »Tee – wenn nun der Brief noch immer dort ist – ich meine, in Gramercy Park, wo wir früher gewohnt haben?«

»Nein, nein«, sagte Terence, »die Post wird uns ja jetzt noch von dort nachgeschickt, sogar die Reklamedrucksachen.«

»War auf dem Brief ein Absender angegeben?« fragte ich Ernie.

»Ich kann mich nicht erinnern – nein, ich glaube nicht.«

»Dann ist er vielleicht noch bei der Abteilung für unzustellbare Briefe?« fragte ich weiter.

»Kaum.« Ernie schüttelte den Kopf. »Ich weiß zufällig, daß die Post diese Briefe nach einem halben Jahr vernichtet.«

»Bist du sicher?«

»Hör mal zu, Mary«, sagte Terence, »es hat keinen Zweck, jetzt noch darüber nachzugrübeln. Hat ist tot, und dieser Brief hat bis heute für dich gar nicht existiert. Ich glaube nicht, daß du ihn jetzt noch finden könntest, und selbst wenn – was hättest du schon davon?«

»Nun, er könnte auf die Frage Selbstmord oder nicht Antwort geben«, meinte Ernie.

»Und wem würde das etwas nützen? Er ist schließlich tot.«

»Nun, was mich betrifft – ich wäre eine Ungewißheit los«, sagte Ernie.

»Und was ist mit Mary? Wenn nun in dem Brief lauter gehässige Dinge über sie stehen? Sie haben vorhin gesagt, kein Mensch liebe Mary so wie Sie; wenn Sie sie wirklich so sehr lieben, Mr. Truelove, dann kann ich mir nicht erklären, weshalb Sie solchen Wert darauf legen, daß sie einen Brief liest, der ihr weh tun könnte.«

»Eins zu null für Sie«, sagte Ernie laut. »Sie haben recht. Und ich stelle fest, daß Sie genauso sind wie die anderen, Terence, obwohl man Sie als schöpferischen Menschen für empfindsam halten sollte. Sie konnten dem Seitenhieb mit meinem Namen nicht widerstehen, wie?«

»Sie besoffener Idiot«, sagte Terence, »wer kümmert sich schon um Sie oder Ihren Namen?«

»Bitte«, sagte ich, »bitte, streitet jetzt nicht.«

»Entschuldige, Liebling«, sagte Terence, aber Ernie ließ sich nicht so leicht beruhigen, er rang nach Luft und hielt den Kopf mit trunken-stierem Blick gesenkt wie zum Angriff. »O ja, streiten wir nicht.« Er äffte mich nach. »Kehren wir alles unter den Teppich und denken wir nicht mehr dran. Ja, Maria, das ist so ganz dein Stil.«

Terence erhob sich unvermittelt. Ernie wich sofort zurück, die Schulter in defensiver Boxerhaltung eingezogen. »Terence«, sagte ich. Hysterie hatte mich erfaßt. »Um Gottes willen!«

»Na schön«, sagte Terence. »Aber er soll sich jetzt lieber verziehen.«

»Ja, werft mich nur hinaus«, höhnte Ernie. »An etwas erinnert zu werden ist manchmal schmerzhaft, wie?«

»Hinaus«, sagte Terence. Er ging auf Ernie zu, und in diesem Augenblick explodierte alles in mir, meine Spannung, mein hämmerndes Herz, mein Zittern, mein Schreienwollen, Weinenwollen, alles zusammen, alles, was ich mein verrücktes Zwillings-Ich nenne, und ich (oder mein verrücktes Ich) stand auf, schob mich zwischen die beiden Männer, stieß Terence zurück und packte Ernie an seinem Rockrevers und schüttelte ihn, ja, schüttelte ihn, während eine Stimme, die ich nicht als die meine wiedererkannte, rief: »Was soll das heißen – mein Stil? Woran soll ich mich erinnern. Hast du nun Hats Brief gelesen oder nicht?«

Terence hatte mich schon gepackt und zog mich zurück. »Mary, komm, Liebling, komm, nimm dich zusammen, Liebling.«

»Nein, ich will das jetzt wissen, er hat mir gerade die Schuld an Hats Tod gegeben, er hat gerade gesagt, es war Selbstmord. Oder nicht?«

»Keiner weiß es, wahrscheinlich war es ein Unglücksfall«, sagte Terence.

Aber das verrückte Ich ließ sich nicht beschwichtigen. »Gut, aber was ist mit dem Brief, was stand drin? Ich bin überzeugt, er weiß es, ich bin sicher, er hat ihn gelesen, ehe er ihn abgeschickt hat, er ist so der Typ, du hast ihn gelesen, nicht wahr?«

Ernie warf den Kopf zurück, als hätte ich zu einem Schlag ausgeholt. Er stierte mich an, alkoholbenommen und dennoch erschreckt durch meinen hysterischen Ausbruch. »Wirklich, Maria, mein Ehrenwort – ich hab' ihn nicht gelesen.«

»Bestimmt nicht? Es wäre mir fast lieber, du *hättest* ihn gelesen, ich möchte jetzt nämlich wissen, was drin stand.«

»Ehrenwort, Maria, ich hab' ihn nicht gelesen.«

»Aber es war ein langer Brief, das weißt du bestimmt? Viele Seiten, hast du gesagt.«

»Ja, es war ein langer Brief.«

»Was glaubst du denn, was drin stand? Was hat er zum Schluß so über mich gesagt?«

»Mary, willst du jetzt nicht lieber damit Schluß machen?« fragte Terence.

»Nein, ich muß es wissen – ich meine, ob es Selbstmord war oder nicht. Und wenn ja, ob er es meinetwegen getan hat. Sonst werde ich bis an mein Lebensende den Gedanken nicht los –«

»Wenn du es wirklich wissen willst –« Ernie hielt inne.

»Ja, erzähl nur weiter.«

»Er – er sagte immer – er hat sich immer beschwert, daß du ihm nie geschrieben hast.«

»Warum hätte ich ihm schreiben sollen? Wir waren doch geschieden.«

»Ich weiß ja, es hätte keinen Sinn gehabt, das hab' ich ihm ja auch immer gesagt. Aber er glaubte trotzdem, du würdest von dir hören lassen.«

»Das ist doch lächerlich.«

»Ich weiß, Maria, aber er – na ja, bitte, das mußt du mir glauben, zum Schluß war er wirklich ein bißchen komisch. So hatte er sich etwa zehn Tage vor seinem Tod in den Kopf gesetzt, du seist in der Stadt. Das warst du doch nicht, oder?«

»In Montreal? Natürlich nicht.«

»Na ja, Hat ließ sich nicht von dieser Vorstellung abbringen. Wir haben alle Hotels angerufen, und dann haben wir gedacht, du könntest vielleicht bei Bekannten wohnen.«

»*Wir* haben gedacht – wie meinst du das?«

»Na ja, du weißt doch, ich liebe dich doch auch, ich war auch daran interessiert. Und außerdem, hm, ja – außerdem habe ich doch immer für Hat die Nachforschungen und Laufereien und so erledigt.«

»O Gott«, sagte ich und lachte. Ich war hysterisch, ich habe keine andere Erklärung.

»Jedenfalls – nachdem ich überall angerufen und mich erkundigt hatte«, fuhr Ernie fort, »war ich überzeugt, daß Hat sich geirrt haben mußte, und ich sagte ihm das auch. Er ließ sich aber nicht davon abbringen; er habe dich vor ein paar Tagen aus dem Ritz Hotel herauskommen sehen, sagte er, und dann kam ich eines Abends vom Büro nach Hause – es war an dem letzten Donnerstag vor seinem Tod –, es war etwa sechs Uhr, und ich ging die Treppe hinauf und zog den Schlüssel heraus, um die Tür aufzuschließen, und da hörte ich, wie Hat von drinnen heraus sagte: ›Komm herein, Mary.‹ Es war irgendwie gespenstisch. Ich schloß die Tür auf, und da saß Hat in einem Sessel gegenüber der Tür und starrte mich an.«

»Wahrscheinlich betrunken«, sagte Terence.

»Nein. Und ein so enttäuschtes Gesicht hatte ich noch nie gesehen. Er sagte: ›Sie war heute hier. Mary war heute hier.‹«

»Aber das ist doch Unsinn«, sagte ich. »Er *muß* betrunken gewesen sein.«

»Nein. Hör weiter zu. Er sagte, am Morgen, also an diesem Donnerstagmorgen, habe er im Wohnzimmer gestanden und zum Fenster hinausgesehen. Das hat er oft getan, wenn er an Depressionen litt. Er stand dann im Wohnzimmer und blickte durch die Schlitze der Jalousie hinaus. Er konnte sehen, ohne selbst gesehen zu werden. Die Straße führt auf Fensterebene vorbei, erinnerst du dich?«

»Nein«, sagte ich.

»Er blickte jedenfalls an diesem Morgen zum Fenster hinaus, als er dich plötzlich die Straße entlangkommen sah. Ich sagte: ›Du hast dich bestimmt getäuscht‹, aber er sagte: ›Nein, das habe ich nicht, es war Mary, sie war nur zehn Meter von mir entfernt. Ich habe sie durch die Jalousie hindurch genau beobachtet. Sie hat nach der Hausnummer gesehen und ist dann hereingekommen, ich habe ihre Schritte auf den paar Treppenstufen gehört. Sie ist bis zur Wohnungstür gekommen und dann stehengeblieben. Es war ganz still. Ich wußte, daß sie unschlüssig war, deshalb habe ich gesagt: ›Komm herein, Mary.‹ Und da hörte ich sie auf einmal wieder die Stufen hinunterrennen. Ich habe die Wohnungstür aufgerissen, aber sie war schon hinausgelaufen. Ich bin zur Haustür gerannt – sie war verschwunden. Sie war aufgeregt, nahm ich an. Ich wäre auch aufgeregt, wenn ich vorhätte, zu jemandem zurückzukehren.‹«

»Er glaubte, ich würde zu ihm zurückkehren?«

»Ja. Und er sagte: ›Ist schon gut, sie muß jetzt jeden Augenblick kommen. Ich warte schon die ganze Zeit.‹ Und da saß er, im Sessel, und hatte den ganzen Tag schon so dagesessen.«

»O Gott«, sagte Terence.

»Und er saß die ganze Nacht noch dort und wartete auf dich«, fuhr Ernie fort. »*Und* den nächsten Tag, den Freitag, *und* die Freitagnacht. Es war schon unheimlich, tatsächlich. Ich machte mir natürlich Sorgen. Und als ich dann am Samstag morgen aufstand, da saß er immer noch in seinem Sessel, aber jetzt hatte er eine Flasche Scotch neben sich stehen, und er hatte schon ein paar Gläser getrunken. Und so um Mittag dann an diesem Samstag ist er plötzlich aufgestanden und in sein Zimmer gegangen und mit der Flasche und der Schreibmaschine wieder herausgekommen und hat sich an den Küchentisch gesetzt und zu mir gesagt: ›So, dann ist das jetzt wohl klar. Sie will nicht zurückkommen. Sie ist wieder fort, und ich werde sie nie mehr wiedersehen.‹ Und dann hat er zu tippen angefangen. Als ich am Nachmittag in die Küche kam, um mir ein Bier zu holen, das habe ich ja schon gesagt, hatte er viele Blätter vollgeschrieben. Ich fragte ihn, ob er arbeite, aber er sagte, nein, er habe dir einen Brief geschrieben. Ehrlich, Maria, das hat er gesagt, das waren seine Worte. Er sagte: ›Weißt du, ich glaube, es gibt da ein paar Sachen, die dieses Mädchen erfahren sollte. Für mich ist das jetzt das Ende. Ich hab's aufgegeben. Ich werde sie nie mehr wiedersehen. Deshalb habe ich ihr geschrieben.‹ Er hob die beschriebenen Bogen hoch und sagte: ›Wie du siehst, hat mir einiges auf der Seele gelegen.‹ Und dann hat er den Umschlag verschlossen und die Adresse draufgeschrieben, und ich habe ihn gewogen, wie gesagt, und ihm versprochen, den Brief am Montag aufzugeben.«

»O Gott«, sagte Terence noch einmal.

»Und das ist die ganze Geschichte, Maria. Der Brief hatte also etwas mit dieser Wahnvorstellung zu tun – daß du in Montreal gewesen wärst und schon vor der Wohnungstür gestanden und dich dann doch entschlossen hättest, nicht zu ihm zurückzukehren. Das ist alles, mehr weiß ich nicht.«

»Ja, ich glaube auch, das ist alles«, sagte Terence. Ich sah, wie er Ernie einen Blick zuwarf, und dann sagte er: »Kann ich Sie einen Augenblick sprechen?« Sie gingen beide zur Tür hinaus, und ich hörte, wie sie unter Männern über mich flüsterten. Dann kamen sie wieder zurück, Ernie zuerst, und Ernie sagte: »Ja, ich muß jetzt wirklich gehen. Vielen Dank für das Abendessen und alles. Und – ehem – es tut mir leid, das mit dem Brief, Maria, wie gesagt, ich würde alles tun – ich meine, ich möchte nie im Leben, daß dich etwas bedrückt. Terence hat ganz recht, es ist sowieso alles vorbei, es hat keinen Sinn, sich jetzt noch darüber aufzuregen.«

»Ja«, sagte ich. »Ja. Dann gute Nacht, Ernie.«

»Gute Nacht. Und entschuldige, wenn ich mich falsch benommen habe.«

»Schon gut, das hast du nicht.«

Terence schüttelte Ernie die Hand, und wir traten alle wieder hinaus in die äußere Diele. Ernie nahm meine Hand zwischen seine großen, feuchten Handflächen und drückte sie, wobei er mich mit blinden Augen anstarrte. »Gute Nacht, Liebes«, sagte er.

Ich entzog ihm meine Hand. Terence reichte ihm den Kokosfaserhut und hielt ihm die Tür auf. Ernie setzte den Hut auf, rückte ihn zurecht, damit er fest saß, wandte sich dann mit einer unbeholfenen, halb demütigen Verbeugung um und ging hinüber zum Lift. Ehe Terence die Tür schloß, sah ich gerade noch, wie er in die Seitentasche griff, die verheimlichte Brille hervorholte, sie aufsetzte und dann etwas festeren Schrittes weiterging, als wäre er endlich wieder sehend geworden.

»Ich glaube, du könntest einen Drink vertragen«, sagte Terence, indem er sich zu mir umdrehte und mich in die Arme nahm. Ich preßte mein Gesicht gegen sein Jackett und hörte laut mein Herz klopfen. Ich glaubte, er müsse es auch hören, aber ich sagte: »Nein danke. Ich fühle mich wohl. Ich kümmere mich lieber gleich um den Spülkram.« Da sagte Terence, er wolle mir helfen, und ich erinnere mich, daß ich das Geschirr aus dem Eßzimmer in die Küche trug und das Spülwasser vorbereitete, während Terence sagte, er glaube, Ernie sei nicht ganz normal, er habe etwas Fahriges, und ich erinnere mich, daß ich eine Zeitlang über Ernie sprach, aber im Geist sah ich ständig Hat vor mir, wie er in seinem Wahn durch die Jalousiespalten in Ernies Wohnzimmer eine Frau anstarrte und glaubte, ich sei diese Frau und kehrte nun endlich zu ihm zurück. Und bei diesem Gedanken hörte ich auf zu sprechen und stand stumm da und starrte auf das Spülbecken.

»Mary, ist dir schlecht?«

»Nein.«

»Möchtest du dich nicht lieber hinlegen? Ich spüle die

paar Sachen schnell ab und koche Kaffee. Leg dich ein paar Minuten hin, ich bringe dir dann eine Tasse.«

Ich sagte, ja, gut, und ging ins Schlafzimmer. Dort knipste ich alle Lampen an und setzte mich aufs Bett und dachte an den langen Brief, den Hat geschrieben hatte. Er schrieb ihn, um mich zu verdammen, und nahm sich dann das Leben, um dieser Verdammung Nachdruck zu verleihen. Aber der Brief hatte mich nicht erreicht. Bis heute hatte ich nicht einmal gewußt, daß es Selbstmord gewesen war. Und auch das werde ich nie mit völliger Sicherheit wissen. Doch war nicht gerade diese Ungewißheit die Krönung seiner Rache? Der Brief war wahrscheinlich nur eine Wiederholung jener Vorwürfe, mit denen er mich in den letzten Tagen vor der Trennung überschüttete. Aber ich kann dessen nicht sicher sein: Ich weiß nicht, was darin stand. Nichts wissen ist das Schlimmste, diese anderen Dinge, die ich nicht weiß, wie etwa Name und Gesicht der Frau, die mit meinem Vater im Bett war an dem Nachmittag, als er starb, diese Dinge, die ich nie wissen werde, sie sind es, die mich erschrecken, und ihretwegen kann ich nicht mehr zu der Mary Dunne zurückfinden, die ich in meiner Schulzeit war, zu jener Mary Phelan, die in dem Wohnschlafzimmer bei den Blodgetts kicherte und weinte, oder zu dem Mädchen, das vor langer Zeit auf einer winterlichen Straße lachte, als Hat rief: *»Mange la merde«*, als solche Dinge lustig waren, als ich Mary Bell war. Ich werde nicht einmal zu dem heutigen Tag zurückkehren können, an dem ich Mary Lavery bin, denn dieser Tag war eine Warnung, eine Ankündigung, ich meine, daß ich meinen Namen vergaß, das war wie damals, als ich meinen Namen in Juárez vergaß vor langer Zeit, ich werde ihn wieder vergessen, werde ihn immer öfter vergessen, es wird mir bald jeden Tag, jede Stunde passieren – und während ich so auf dem Bett saß und diesen Gedanken nachhing, erfaßte mich die Untergangsstimmung, die Juárez-Stimmung.

Terence kam herein und sah mich so sitzen. »Was ist dir?« fragte er, aber ich konnte es ihm nicht sagen. »Ich weiß es nicht. Ich bin so mutlos, völlig mutlos.«

Er kam zu mir und legte sich neben mich aufs Bett und hielt mich fest, aber das half nichts. Mir war, als wäre ich von irgendeinem merkwürdigen elektrischen Strom erfaßt worden, der nun durch mich hindurchfloß und mich schüttelte. Es war die Untergangsstimmung, die Juárez-Stimmung, und diesmal wußte ich, daß sie mich nicht mehr verlassen würde, ich würde zittern und beben für den Rest meiner Tage. Und da sie jetzt endgültig über mich gekommen war, würde Terence mich verlassen, die Ärzte würden dazu raten, und man würde mich einsperren, und deshalb begann ich zu weinen, und Terence küßte mich und sagte: »Liebling, das beste ist, du vergißt das alles. Du weißt doch, wie Hat war – wie er im Rausch nicht mehr wußte, was er tat, und außerdem, selbst wenn es Selbstmord war, hast du doch nichts damit zu tun. Was mit ihm nicht in Ordnung war, war schon nicht in Ordnung, bevor du ihn kennengelernt hast.«

»Das hat Ranald auch gesagt.« Ich kam mir vor wie jemand, der Konversation macht.

»Wer?«

»Ranald MacMurtry, der Psychiater.«

»Was hat er gesagt?«

»Ach, damals hat er mir gesagt, was mit ihm nicht stimme, habe mit seiner Familie zu tun – mit seinen Eltern.«

»Na ja, siehst du. Nun versuch das alles zu vergessen.«

»Es geht ja nicht darum, es geht um mich«, sagte ich. »Ich habe Angst und weiß nicht, warum. Ich glaube, mit meinem Verstand passiert etwas.«

»Unsinn«, sagte Terence.

Das Telefon läutete. Wir lagen auf dem Bett und lauschten. »Geh nicht an den Apparat«, sagte ich. »Das ist er schon wieder. Ernie. Oder Janice Sloane. Oder sonst jemand, mit dem ich nicht sprechen will.«

»Nein, das ist wahrscheinlich Bowen, er wollte mich anrufen. Ich bin gleich wieder da.« Ich lag auf dem Bett und weinte nicht, doch mein Herz erschreckte mich, der elektrische Strom floß durch meinen Körper, ich zitterte; er würde nicht mehr aufhören, würde mich nicht mehr loslassen.

»Für dich, Liebling«, rief Terence aus dem Wohnzimmer herüber. »Deine Mutter.«

Meine Mutter hat Krebs, einen Knoten im Mastdarm, und wenn man sie operiert, wird man sie einfach aufschneiden und sehen, was es ist, und sie wieder zunähen und heimschicken, damit sie zu Hause sterben kann. In der Juárez-Stimmung packt mich die Angst wie eine Übelkeit in der Kehle, und der elektrische Strom fließt durch meinen Körper, daß mir das Herz klopft und die Hände zittern, und als ich den Hörer nahm und »Hallo?« sagte, merkte meine Mutter mir sofort alles an.

»Mary, ich bin's. Wie geht es dir? Fehlt dir etwas?«

»Nein danke, mir geht es gut«, sagte irgendeine Tonbandstimme in mir.

»Du bist aber ganz anders. Bist du krank?«

»Nein, Mama. Ich habe heute deinen Brief bekommen.«

Ihre Stimme, weit fort in Butchersville, ignorierte meine Bemerkung: »Sag mal, Mary, hast du heute angerufen?«

»Ja.«

»Ach, dachte ich's mir doch. Mrs. Daly vom Amt sagte, es hätte jemand aus New York angerufen, das war Mary, hab' ich mir gleich gesagt, hoffentlich ist nichts passiert, warum hätte sie sonst angerufen? Und da dachte ich, ich rufe lieber mal zurück. Was ist denn, Kind, kann ich etwas für dich tun?«

»Kann ich etwas für *dich* tun?« fragte ich. »Ich meine, wegen des Krankenhauses.«

»Wegen des Krankenhauses?«

»Ja, du hast doch von dieser Geschwulst geschrieben. Wie fühlst du dich? Machst du dir Sorgen?«

»Also deshalb hast du angerufen. Natürlich, wieso bin ich nicht gleich darauf gekommen? Ach du lieber Gott, ich habe dich nicht aufregen wollen.« Und sie lachte.

»Worüber lachst du?«

»Ich hatte vergessen, wie leicht du dir Sorgen machst, Kind. Nun reg dich mal gar nicht auf, das ist nicht so schlimm, kaum schlimmer, als wenn man einen Furunkel aufgeschnitten bekommt.«

»Trotzdem«, sagte ich. »Man wird dich betäuben, und da fühlst du dich nachher nicht wohl. Soll ich für ein paar Tage zu dir kommen und mich um dich kümmern?«

»O Mary, Kind.« Ich hörte meine Mutter abermals lachen. »Ach, das ist lieb von dir, und ich freue mich natürlich immer, wenn ich dich sehe, aber warum für ein, zwei Tage soviel Geld ausgeben? Besuch mich doch lieber mal richtig und bring deinen Mann mit – Terence, nicht wahr? Kommt doch beide und bleibt einige Zeit, wenn das Wetter etwas besser ist.«

»Aber ich habe doch nicht von Ferien gesprochen«, sagte ich.

»Ich weiß, Kind, ich weiß. Du machst dir Sorgen, du hast Angst, es könnte Krebs sein, nicht wahr?«

»Machst *du* dir *keine* Sorgen?« fragte ich zurück.

»Na ja, ein ganz klein bißchen schon.«

»Wäre es dir vielleicht doch lieber, wenn ich käme?«

»Damit du dir dann gleich für zwei Sorgen machst, ja?«

»O Mama, ich mache mir keine Sorgen. Es wird schon alles gutgehen.«

»Natürlich wird es das« – ihre Stimme, die Stimme meiner Kindheit, die Stimme, die sagte, ein Kuß würde einen Schmerz gleich heilen. »Ja, natürlich wird alles gutgehen«, sagte die Stimme meiner Mutter. »Dr. McLarnon hat gesagt, diese Art von Geschwulst sei bei Frauen meines Alters etwas ganz Normales. Natürlich weiß ich, es könnte auch etwas Ernstes sein, ich bin ja nicht dumm. Aber ich werde beten und mein Leben in Gottes Hand legen. Mehr können wir Menschen nicht tun.«

Gott: Ich sehe Jesus, weibisch und salbungsvoll; er trägt einen dünnen braunen Bart und ein weißes Nachthemd. Er hält die Hand hoch, Handfläche nach vorn, wie um den Verkehr anzuhalten. Und ich kann dann auch nicht weiter. Jedesmal, wenn in einem Gespräch die Rede auf ihn kommt, werden meine Mutter und ich zu Fremden in einer Dunkelheit, ohne Kontaktmöglichkeit, zu Fremden an den Enden eines langen Telefonkabels.

»Ja«, sagte ich, »wahrscheinlich nicht.«

»Weißt du was, Mary – ich werde Dick sagen, er soll dich anrufen, sowie die Operation vorbei ist. Ja?«

»Ja, gut.« Ich sagte ihr nicht, daß ich schon mit Dick gesprochen hatte.

»Also mach dir keine Sorgen.« Nach einer ganz kurzen Pause: »Wie geht es dir? Du sprichst so abgespannt.«

»Das bin ich auch«, sagte ich. »Aber das geht vorüber, hoffe ich.«

»Natürlich geht das vorüber. Und noch etwas, Mary –«

»Drei Minuten«, sagte eine Telefonistin.

»Ja, wir sind gleich fertig«, sagte meine Mutter.

»Mama,was wolltest du mich eben noch fragen?«

»Ach, es war eigentlich nicht so wichtig«, sagte meine Mutter hastig. Sie dachte jetzt nur noch daran, daß die drei Minuten um waren. »Gute Nacht, Kind. Wir lassen wieder voneinander hören, ja?«

»Mam?« sagte ich. »Mama? Ich möchte dich noch etwas fragen. Glaubst du, daß ich mich in den letzten Jahren sehr verändert habe?«

Wieder lachte sie. »Du hast dich überhaupt nicht verändert, du sprichst nach wie vor über die Zeit.«

»Nein, im Ernst.«

»Gute Nacht jetzt, Kind. Für mich hast du dich nicht verändert. Du bist meine Tochter, und für mich wirst du dich nie verändern. Gute Nacht, mein Liebes.« Und sie legte auf.

»Etwas passiert zu Hause?« fragte Terence, der gerade mit zwei Tassen Kaffee aus der Küche hereinkam. Ich erzählte ihm von dem Brief am Morgen und von meinem Telefongespräch mit Dick.

»Du Ärmste«, sagte er. »Was für einen Tag hast du heute gehabt. Kein Wunder, daß du fertig bist.«

Ich sah ihn an, als er das sagte. Wußte er es? Er saß mir gegenüber, lächelte mitfühlend und trank von seinem Kaffee. Wußte er, daß die Juárez-Stimmung mich umfangen hatte, daß der elektrische Strom in mir pulsierte, der mich von allem abschnitt, denn in dieser Stimmung ist es nicht die Welt, mit der etwas nicht in Ordnung ist, sondern ich bin es selbst, es ist meine Schuld, meine schwerste Schuld, und doch kenne ich meine Schuld nicht, die Juárez-Depression bezieht sich nicht auf wirkliche Dinge, ich denke nicht an Hats Selbstmord, ich weiß nicht, was ich eigentlich getan habe, und so kann ich mir, da ich es nicht weiß, auch nicht verzeihen. Ich weiß nur, daß ich unrecht getan habe, daß ich jetzt bestraft werde und daß ich nie mehr glücklich sein werde. Mich wieder so zu fühlen wie vor ein paar Stunden, ehe diese Depression über mich kam, wäre das höchste Glück. Aber das wird nicht geschehen, es wird immer schlimmer werden mit mir, ich werde in einem Irrenhaus enden, ein stumpfsinniges Lebewesen, in meinen eigenen Exkrementen hockend, unfähig, mich selbst sauberzuhalten, und ich weiß, wo ich schon jetzt gerade daran denke, daß Terence derjenige ist, der gezwungen sein wird, mich in die Nervenheilanstalt einzuliefern, und jetzt fürchte ich mich davor, mit ihm in demselben Zimmer zu sein, denn er wird merken, wie verrückt ich geworden bin, und ich muß aufpassen und ihm zu entwischen versuchen, deshalb sage ich jetzt zu ihm: »Ja, du hast recht, es *war* ein schwerer Tag für mich. Ich glaube, das beste ist, ich nehme ein warmes Bad und lege mich dann ins Bett.«

»Ja, tu das«, sagte er. »Ich gehe auch bald schlafen.« Er lächelte mich an.

So entwischte ich ihm.

Aber nicht der Depression. Im Badezimmer stand ich nackt vor dem bis zum Boden reichenden Spiegel und betrachtete mich. Ich hatte mir ein Bad einlaufen lassen, aber gerade als ich in die Wanne steigen wollte, fiel mein

Blick auf mein nacktes Spiegelbild. Ich sah mein Gesicht an, eine Maske, die wiederum mich ansah, sah meinen Körper, der verbarg, was in ihm vorgeht, denn das ist die Hölle, und ich bin in ihr, der seltsame Strom fließt in mir, er wird nie mehr aufhören, es wird mit mir immer schlimmer werden, ich werde nicht nur das Gedächtnis, sondern auch den Verstand verlieren, und zum Schluß werde ich das nur vegetierende Wesen sein, das in der Geistesgestörten-Abteilung der Heilanstalt auf dem Boden kauert, unfähig, seinen Namen zu nennen, irgendeinen seiner Namen, denn es hat vergessen, deshalb ist es nicht, es hat keinen Namen, es kann sich nicht einmal sauberhalten. Und der Tod, der mich den ganzen Tag schreckte, der Tod, der Andeutungen und Depressionen vorausschickte, der Tod schreckte mich jetzt nicht, der Tod – das waren stille Gräber, Hats Grab, meines Vaters Grab, ein steinernes Grabmal im Schnee. Ich dachte an Schnee, als ich meinen Bademantel anzog und das Badezimmer verließ. Ich dachte an die weiße, helle, mit Geröll bedeckte Fläche, die ich vom Küchenfenster aus unten sehen kann. Ich ging in die Küche, aber ich war leise, ich wollte Terence nicht stören. Ich hörte ihn im Schlafzimmer hin und her gehen, als ich die Küchentür schloß. Ich ging zum Küchenfenster und öffnete es. Ich kletterte auf die Feuerleiter hinaus. Die eisernen Stufen der Leiter fühlten sich warm an unter meinen nackten Füßen. Das Haus neben unserem ist vor einigen Monaten abgerissen worden. Man will an seiner Stelle ein neues Apartmenthaus bauen. Ich blickte hinunter auf die schmale dunkle Passage unter dem Geländer der Feuerleiter, aber ich wurde nicht von diesem Dunkel angezogen, sondern von den seltsamen Palisaden dahinter, diesem Zaun aus alten Holztüren, wie ihn Abbruchkolonnen um verfallene Grundstücke errichten. Das Straßenlicht fiel auf das weißliche, staubige, schuttbedeckte Rechteck, wo das Haus gestanden hatte. Ich mußte höher hinaufklettern, mich auf das Geländer stellen und dann weit hinausspringen, den Graben der schmalen Passage überspringen, um dort aufzutreffen, wo ich auftreffen wollte, innerhalb des Holzzauns, inmitten des weißen, hellen, mit Backsteinschutt bedeckten Rechtecks.

Ich griff nach dem Geländer. Ich blickte hinunter, und da wurde mir sofort schwindlig. Ich konnte nicht auf das Geländer steigen. Ich konnte dort oben nicht das Gleichgewicht behalten. Ich fürchtete mich, fürchtete mich sehr davor, daß ich überhaupt draußen auf der Feuerleiter war, und so stieg ich wieder geduckt durchs Küchenfenster hinein. Ich schloß das Fenster.

Ich ging ins Schlafzimmer. Terence lag im Bett, halb eingeschlafen, ein Buch noch schlaff in der Hand. Ich ging ins Bett, rückte aber nicht in seine Nähe. Der seltsame elektrische Strom floß in mir. Ich lauschte, als Terence das Buch zu Boden fallen ließ. Er beugte sich herüber, sein Körper berührte den meinen. Er küßte mich auf die Wange.

»Ich liebe dich«, sagte er.

»Ich liebe dich«, sagte ich.

Er griff nach dem Schalter neben dem Bett. »Möchtest du das Licht noch anhaben?«

»Nein.«

Er knipste das Licht aus. Ich lag ganz still und fragte mich, wieso er mein Herzklopfen nicht hörte. Wenn ich vor dem Sprung von der Feuerleiter Angst hatte, dann fürchte ich mich vor körperlichem Schmerz noch mehr als vor der Depression. Wenn Hat sich das Leben genommen hat, dann war das eine törichte, selbstsüchtige Tat. Hat war immer ein Schauspieler, er machte aus seinen recht gewöhnlichen Problemen immer ein Drama. Und zuletzt hatte er sich in diese Selbstdramatisierung so sehr verrannt, daß er seine Rolle überzog. Doch ich fälle Urteile über Hat – was ist denn über mein Theater vorhin draußen auf der Feuerleiter zu sagen? Und was sind diese Depressionen anderes als ein erschreckendes, unwirkliches Spiel, das in meinem Kopf vorgeht, ein Spiel, das ich durchstehen und erdulden muß, denn wenn ich die Depressionen nicht bekämpfe, werden sie mich nicht verlassen.

Und so habe ich hier im Dunkeln die Augen geschlossen und bin siebzehn Jahre zurückgegangen. Sie warteten schon: Schwester Marie-Thérèse und die Klasse. Sie schrieb gerade an die Tafel: *Cogito ergo sum.* Ich hob die Hand: *Memento ergo sum.* Und siehe da, als ich mich angestrengt bemühte, gelang es mir, mich an die Gedanken, Worte und Taten von heute zu erinnern, und jetzt will ich mich nicht von der Panik erfassen lassen, die Depression ist vielleicht einfach prämenstrueller Natur, ich will meine Probleme nicht überdramatisieren, ich bin nicht im Begriff, mein Gedächtnis zu verlieren, ich weiß, wer ich bin, meine Mutter hat heute abend gesagt, daß ich ihre Tochter bin und dies bleiben und mich nicht verändern werde, solange sie lebt, ich bin die Tochter von Daniel Malone Dunne und Eileen Martha Ring, ich bin Mary Patricia Dunne, auf diesen Namen bin ich getauft, und weder mit meinem Herzen noch mit meinem Verstand ist etwas nicht in Ordnung: In ein paar Stunden wird meine Monatsblutung einsetzen, und bis dahin will ich durchhalten, ich will mich daran erinnern, was Mama mir gesagt hat, ich bin ihre Tochter, ich habe mich nicht verändert, ich erinnere mich, wer ich bin, und sage es mir immer immer wieder, ich bin Mary Dunne, ich bin Mary Dun ich bin Mary Dunne.

Brian Moore im Diogenes Verlag

Katholiken
Roman. Aus dem Englischen von Elisabeth Schnack
detebe 20546

Schwarzrock
Roman. Deutsch von Otto Bayer
detebe 21755

Die einsame Passion der Judith Hearne
Roman. Deutsch von Hermann Stiehl
detebe 21856

Die große viktorianische Sammlung
Roman. Deutsch von Helga und Alexander Schmitz
detebe 21931

Die Farbe des Blutes
Roman. Deutsch von Otto Bayer
detebe 21996

Die Antwort der Hölle
Roman. Deutsch von Rudolf Rocholl
detebe 21998